肖复兴散文

肖复兴/著

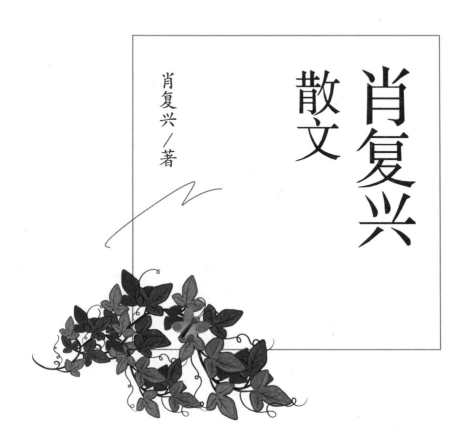

山西出版传媒集团 山西人民出版社

图书在版编目（CIP）数据

肖复兴散文 / 肖复兴 著. — 太原：山西人民出版社, 2023.10
ISBN 978-7-203-13092-5

Ⅰ. ①肖… Ⅱ. ①肖… Ⅲ. ①散文集－中国－当代 Ⅳ. ①I267

中国国家版本馆CIP数据核字（2023）第209342号

肖复兴散文

著　　者：肖复兴
责任编辑：郝文霞
特约编辑：孙鑫仪
复　　审：刘小玲
终　　审：贺　权
装帧设计：宋双成

出 版 者：山西出版传媒集团·山西人民出版社
地　　址：太原市建设南路 21 号
邮　　编：030012
发行营销：0351-4922220　4955996　4956039　4922127（传真）
天猫官网：https://sxrmcbs.tmall.com　电话：0351-4922159
E-mail：sxskcb@163.com 发行部
　　　　sxskcb@126.com 总编室
网　　址：www.sxskcb.com

经 销 者：山西出版传媒集团·山西人民出版社
承 印 厂：三河市天润建兴印务有限公司

开　　本：710mm×1000mm　　1/16
印　　张：18
字　　数：230 千字
版　　次：2023 年 10 月　第 1 版
印　　次：2023 年 10 月　第 1 次印刷
书　　号：ISBN 978-7-203-13092-5
定　　价：36.00 元

如有印装质量问题请与本社联系调换

目 录
CONTENTS

第一章　太阳味道的西红柿

太阳味道的西红柿　　　　　　002

蓖麻籽的灵感　　　　　　　　004

味美思　　　　　　　　　　　007

苦　瓜　　　　　　　　　　　012

家乡的小枣　　　　　　　　　014

白桦林　　　　　　　　　　　016

年轻时去远方漂泊　　　　　　018

阳光的三种用法　　　　　　　020

第二章　胡同的声音

胡同的声音　　　　　　　　　024

老北京的门联　　　　　　　　036

老点心铺　　　　　　　　　　043

白雪红炉烀白薯　　　　　　　047

酸梅汤　　　　　　　　　　　051

大白菜赋 054

京城花事 060

北京的树 064

鱼鳞瓦 066

天坛的门 069

天坛墙根儿小记 074

南横街 078

消失的年声 081

第三章　生命不仅属于自己

生命不仅属于自己 084

母　亲 086

窗前的母亲 089

花边饺 091

饺子帖 093

荔　枝 098

父亲的三件宝贝 100

清明忆父 107

姐　姐 110

喝得很慢的土豆汤 116

窗前的年灯 120

童年的小花狗 123

青木瓜之味 125

我的第一个笔记本 128

木刻鲁迅像 134

被雨打湿的杜甫 137

那一排钻天杨 140

一幅画像 146

那片绿绿的爬山虎　　　　　　149

海棠依旧　　　　　　　　　　152

第四章　忆秦娥

忆秦娥　　　　　　　　　　　156

六指兄弟　　　　　　　　　　171

跑堂的老宋和他的两个女儿　　180

商家三女　　　　　　　　　　190

水房前的指甲草　　　　　　　201

老钟和他的爬墙虎　　　　　　206

表叔和阿婆　　　　　　　　　217

油条佬的棉袄　　　　　　　　220

毕业歌　　　　　　　　　　　223

难忘泰戈尔　　　　　　　　　230

冬夜重读史铁生　　　　　　　233

第五章　春天去看肖邦

春天去看肖邦　　　　　　　　238

贝多芬肖像画　　　　　　　　242

谁打翻了莫奈的调色盘　　　　249

小溪巴赫　　　　　　　　　　253

孤独的普希金　　　　　　　　256

寻找贝多芬　　　　　　　　　259

兹罗尼茨的钟声　　　　　　　262

马勒是我一生的朋友　　　　　269

巴托克的启示　　　　　　　　275

 第一章　太阳味道的西红柿

太阳味道的西红柿

日子过去得非常快，一旦成了历史，事情便很容易褪色。鲜亮的颜色总是漆在眼前或即将发生的事情上，而不在如烟的往事上。

在北大荒插队，秋天是最美的，瓜园里有吃不够的西瓜和香瓜，让我们解开裤带敞开了吃。但过了秋天，漫长的冬季和春季，别说水果，就是蔬菜都很难见到了。我们要一直熬到夏天到来，才终于能尝到鲜，第一个鲜亮亮地跑到我们面前的就是西红柿。在北大荒，我们是把西红柿当成宝贵的水果吃的。想想，一冬一春没有见过水果，突然见到这样鲜红鲜红的西红柿，当然会有一种和阔别多日的朋友（尤其是女朋友）见面的感觉。蠢蠢欲动是难免的，往往等不到西红柿完全熟透，我们就会在夜里溜进菜园，趁着月光，从架上拣个大的西红柿摘下来，跑回宿舍偷偷地吃（如果能蘸白糖吃，那么简直比任何水果都要美味了）。

那时候，我最爱到食堂去帮厨，原因之一就是可以去菜园摘菜。北大荒的菜园很大，品种很多，最好看的还得属西红柿。其余的菜都是趴在地上的，比如南瓜、白菜、萝卜，长在架子上的菜总有一种高人一等的昂昂乎的劲头。但是，架上的扁豆还没有熟，北大荒的黄瓜五短身材难看死了，只有西红柿红扑扑、圆乎乎的，样子极耐看。没有熟的，青青的，没吃嘴里先酸了；半熟不熟的，粉嘟嘟的，含羞带怯像刚来的女知青般羞涩；熟透的，从里到外红透了，坠得架子直弯直晃，像村里那些小娘儿们般妖冶……

离开北大荒好久了，还是总能想起那里的西红柿，尤其是那种皮是红的切开来里面的肉是粉的，我们管它叫作面瓤的西红柿。有种难得的味道，不仅仅是甜和酸，也不仅仅是口感清新汁水丰厚，那真是一种其他水果没有的味道。吃着这种西红柿，躺在一望无边的麦地里，或是躺在场院高高的囤尖上吃，是最美不过的了。我们会吃完一个又一个，直至吃得肚子圆鼓鼓的再也吃不下去为止。那些西红柿被晒得热乎乎的，总有一种太阳的味道。

回北京好长一段时间，总觉得北京的西红柿不好吃，酸，汁水少，没有那种北大荒的面瓤西红柿。我母亲还在世的时候，有一年的春天种了一株丝瓜、一株苦瓜，还种了一棵西红柿。从小在农村长大的母亲，对于种菜很在行。夏天，这几种玩意儿全活了，长势不错，只是西红柿长不大，就那样青青的愣在架上萎缩了，最后只剩下一个终于长大了，渐渐地变红了。我告诉母亲别摘它，就那么让它长着，看个鲜儿吧。夏天快要过去了，整天晒在那里，它快要蔫了，母亲舍不得看着它蔫下去烂掉。从困苦中熬出来，母亲一辈子总是心疼粮食蔬菜，最后还是把它摘了下来。在母亲的手里，西红柿虽然蔫了，却依然红红的，格外闪亮。那一天，母亲用它做了一碗西红柿鸡蛋汤。说老实话，我没吃出什么味儿来。

唯一一次西红柿鸡蛋汤吃出味道的，是第一次从北大荒休探亲假回北京。弟弟的一位从青海来的朋友请我到王府井的萃华楼吃饭。那时他们在青海三线工厂工作，比我们插队的有钱。我是第一次到这样的饭店来吃饭，是冬天，是在北大荒没有水果没有蔬菜的季节。这位朋友点菜时说得要碗汤吧，要了这个西红柿鸡蛋汤。那是一碗只有几片西红柿的鸡蛋汤，但那汤做得确实好喝，西红柿有一种难得的清新。蛋花打得极好，奶黄色的云一样飘在汤中，薄薄的西红柿片，几乎透明，像是几抹淡淡的胭脂，显得那样高雅。我真的再也没有喝过那样好喝的西红柿鸡蛋汤了，也许，是离开北大荒太久了。

蓖麻籽的灵感

我当过整整十年的老师，小学、中学、大学都教过。当惯了老师都讲究师道尊严，面对学生，觉得自己一贯正确。其实，老师常有马失前蹄的时候。

我教过的一位女高中生，对我讲过她自己的一件事。

小学一年级时，发展第一批同学入队前，上学路上，她和一个小男孩一起走。小男孩先天残疾，半路上挨了一个大男孩的打。她很气不过，冲上前一拳朝大男孩打去。谁知这一拳正巧打在大男孩的鼻梁上。小男孩挨欺负没流血，大男孩欺负人反倒鲜血直流。事情就是这样的反差古怪，她被班主任老师——一位慈祥的老太太叫到办公室，狠狠地批评了一顿。批评的原因，在老师看来，很是简单明了：大男孩鼻子流的血是如此显山显水。

第一批入队的名单里，没有了她。

她回家后，不吃不喝，气得病了。父母问她为什么，她不说话，自己和自己置气。这很符合孩子的特点，疙瘩就这样系上了，如果解不开，很可能会改变一个孩子一生的性格，乃至对整个生活的态度。孩子的事，就是这样的细小，大人们会觉得没什么大不了，但在孩子柔弱的心里，却是没有小事的。

几天过后，那位老太太——她的班主任老师来到她家，手里拿着一条红领巾，还有一包蓖麻籽。老师把红领巾戴在她的脖子上，把蓖麻籽送给了她的父亲，说了好多的话，有一句，她至今记忆犹新："这孩子像蓖麻籽一样有刺儿！"

那个年代里，校园内外，种了许多蓖麻。它们可以炼油，蓖麻籽曾伴随我们这一代人度过肚内缺少油水的饥饿时光。现在的校园里，名贵的花草树木已经很多，很难见到蓖麻，学生对蓖麻陌生了。

这位女老师，用自己独特的方式，向比自己小几十岁的学生承认了自己的过错。我不知道她在送学生红领巾的时候，怎么会灵机一动，突然想起了蓖麻籽？这绝对是灵感，蓖麻籽使得老师认错这一简单的事情，化为了艺术，化为了她的学生一辈子永不褪色的美好回忆。

我相信，再高明的老师，也会有闪失。出现闪失之后，向自己的学生低头认错已是很难；再将这认错的过程化为艺术，则不是每一位老师都能做到的。

十六年前，我在北京一所中学里教高三语文并担任班主任，就在那一年的夏天，我考入了大学。即将离开这所中学的时候，班上发生了这样一件事：坐在最后一排的一位高个子女生的钢笔不翼而飞。如果是一支普通的钢笔，倒也罢了，偏偏是她的父亲在国外为她买的一支造型奇特、颜色鲜艳的钢笔。那时候，国门尚未打开，舶来品很是让人羡慕，让人眼睛为之一亮。

丢失钢笔后，她向我报告时，我看到她眼泪汪汪的，而她同桌的一个男同学，则得意而诡黠地笑。这家伙平常就调皮捣蛋，是班上有名的嘎杂子琉璃球。我当时有些不冷静，认定是这小子使的坏，班上只有他才会搞这种恶作剧。我立即叫他站起来，他偏偏不站起来，拧着脖子问我："凭什么叫我站起来？又不是我偷的钢笔！"我反问他："不是你偷的，你笑什么？"他反倒又笑了起来，而且比刚才笑得更凶："笑还不允许了？我想笑就笑！"

唇枪舌剑，话赶话，火拱火，一气之下，我指着他的鼻子，让他立马给我离开（差点说出"滚出"）教室！他更不干了，坐在那儿愣是不走。全班同学都把目光集中在我和他的身上，我更加不冷静，走上前去，一把揪起他，拖死狗一样，拖着他往教室门口走去。他的劲很大，使劲挣巴着，和我在拔河。

当了十年的老师，只有这一次，我竟和学生动了手。

第二天，这位女同学就找到了钢笔。她放错了地方，还愣在铅笔盒里找！没过多少天，我就离开了这所中学。到大学报到前，班上许多学生到我家来为我送行。没有想到，其中竟有这个被我揪起来的男同学。

我很感动。我觉得很对不起他，是我冤枉了他，而且还对他动了手。我不知道该如何表达我的歉意。向他认个错？我缺乏勇气，脸皮也薄。自然，我也就没能如那位老太太一样，突然萌发出送蓖麻籽的灵感。我当了十年的老师，却没有掌握当老师的这门独特艺术。

偶尔想起那个倔头倔脑的男同学。屈指算来，他现在快四十了吧。

偶尔也想起蓖麻籽。如今北京城真的已经很少见到蓖麻了。

味美思

如今，地铁十号线在洋桥有一站，洋桥已经属于三环内的市区。以前，这里是一片农田。为什么叫洋桥？因为此地有一个村子叫马家堡村，清末西风东渐，建起北京的铁路，最早的火车站就在这里，附近的凉水河上自然也得建起能通火车的水泥桥梁，于是便把这块地方取名叫了洋桥。这个有点儿维新味儿的地名，透露出这样一些信息，便是如果火车站真的在这里长久待下去，便会带动周围明显的变化，所谓火车一响，黄金万两。现代化标志的火车，肯定会让这一片乡村逐渐向现代化迈进。可惜的是，好景不长，据说是庚子年八国联军入侵，慈禧太后逃离北京，从皇宫跑到这里坐火车；而后坐火车返回北京，还得在这里下车，再坐轿子回金銮殿，一路颠簸，路途太远，才将火车站很快从这里移至前门。这里原来是乡村，徒留下洋桥这样一个具有维新意味的地名，还有作为老站台的一块水泥高台。

二十世纪六十年代，一批铁道兵在北京修建地铁后，集体转业留在北京，在这片农田上建立起他们的住所，取名叫地铁宿舍，从此这里开始了从乡村到城市的进程。如果看这一个多世纪北京城市的变化，洋桥是一个活标本，慈禧太后上下火车的一截老站台遗迹还在。一九七五年下半年到一九八三年初，我从前门搬家到这里住了近八年的时间，图的是这里的房间宽敞一些，而且每户有一个独立的小院。我母亲在世的时候，在小院里种了西红柿、扁豆、丝瓜、苦瓜好些蔬菜，自成一道别致的风景。

做饭也在小院里。朋友到家里聚会，是我大显厨艺的机会，每当这个时候，小院里便会烟火缭绕，菜香扑鼻。那时，兜里兵力不足，不会到餐馆去，只能在家里乐呵。艰苦的条件和环境，常能练就非凡的手艺。那时，在北京吃西餐，只有到动物园边上的莫斯科餐厅，谁有那么多钱去那里？我做得还算拿手的西餐，便常被朋友们津津乐道。说来大言不惭，说是西餐，只会两样，一是沙拉，二是烤苹果。

沙拉，主要靠沙拉酱，它是主角。其他要拌的东西可以丰简随意，只要有土豆、胡萝卜、黄瓜、香肠就行，如果再有苹果就更好。这几样，都不难找到。沙拉酱，那时买不到，做沙拉酱，是为首要，最考验做这道凉菜的功夫。事过四十多年，我已经忘记，做沙拉酱是我自己的独创，还是跟谁学得的高招了。记得要用鸡蛋黄（最好是鸭蛋黄），不要蛋清，然后用滚开的热油一边浇在蛋黄上，一边不停地搅拌，便搅拌成了我的沙拉酱。有了它，沙拉就齐活了。每一次在小院里做沙拉酱，朋友都会围着看，像看一出精彩的折子戏，听着热油浇在蛋黄上刺刺啦啦的声音而心情格外欢快。有好几位朋友，从我这里取得做沙拉酱的真经，回家照葫芦画瓢献艺。

烤苹果，我是师出有门。在北大荒插队，回北京探亲，在哈尔滨转火车时，曾经慕名到中央大道的梅林西餐厅吃过一次西餐。最早这是家流亡到哈尔滨的老毛子开的西餐厅，烤苹果是地道的俄罗斯风味的西餐。多年之后，我到莫斯科专门吃烤苹果，味道还真的和梅林做的非常相似。要用国光苹果，因为果肉紧密而脆（用富士苹果则效果差，用红香蕉苹果就没法吃了，因为果肉太面，上火一烤就塌了下来），挖掉一些果芯的果肉，浇上红葡萄酒和奶油或芝士，放进烤箱，直至烤熟。家里没有奶油和芝士，有葡萄酒就行，架在箅子上，在煤火炉上烤这道苹果（像老北京的炙子烤肉），关键是不能烤煳。虽然做法简单，照样芳香四溢。特别是在冬天吃，白雪红炉，热乎乎的，酒香、果香交错，有一种说不出的味道和感觉。很多朋友是第一次吃，都觉得新鲜，叫好声迭起，让我特别有成就感，满足了卑微的自尊心。

一九七八年春节，我结婚也是在这里的小屋，没有任何仪式的婚礼，只是把几位朋友请到家里聚会了一次，我依然做了这两道拿手菜，外加了一瓶味美思酒。这种酒，是在葡萄酒里加进了一些中草药，味道独特。

最难忘的一次聚会，是一九八二年夏天，我大学毕业，专程回北大荒一趟，重返我曾经插队的大兴岛二队。因我是第一个返城后回北大荒的知青，队上的老乡非常热情，特地杀了一头猪，豪情款待。酒酣耳热之际，找来一个台式录音机，每一位老乡对着录音机说了几句话，让我带回北京给朋友们听。回到北京，请朋友们来我家，还是在这间小屋，还是在这座小院，还是做了我拿手的这两道菜，就着从北大荒带回来的六十度的北大荒酒，听着从北大荒带回来的这盘磁带上的录音，酒喝多，话说多，直到深夜才依依不舍地散去。送大家走出小院，望着他们骑着自行车逶迤远去的背影，真的很难忘。那一夜，星星很亮，很密，奶黄色的月亮，如一盏明晃晃的纸灯笼，高悬于瓦蓝色的夜空，是我在洋桥住过的近八年时光中最难忘的夜晚。

前些日子读梁晓声的长篇小说《人世间》，里面也提到了聚会。小说从一九七二年逐年次第写到二〇一六年，他们的聚会便也从一九七二年到二〇一六年。这中间四十年来每年大年初三，在小说主人公周秉义家破旧低矮的土坯房中的聚会，彰显了普通百姓赖以支撑贫苦生活相濡以沫的友情，让人如此心动。快到小说的结尾，二〇一五年大年初三周家的聚会，没有了原先的风光。尽管周秉昆已经搬进了新楼，住的不再是贫民窟的土坯房，然而曾经亲密无间的那些朋友却发生了变化，有的死亡，有的疏远，有的隔膜，下一代更是各忙各的，不再稀罕旧日曾经梦一般的聚会。来的有限的人们，在丰盛的饭菜面前，一个说自己这高，一个说自己那高，得节食，得减肥，让聚会变得寡趣少味，曾经在贫寒日子里那样让人向往的聚会，无可奈何地和小说一起走到了尾声。

二〇一六年的大年初三，周家的聚会彻底结束，梁晓声只用了一句话写了这最后的聚会："二〇一六年春，周家没有朋友们相聚，聚不聚大家都不以为然。"不动声色、轻描淡写的这一笔，却让我的心为之一动，怅然良久。四十余年已经习惯磨成老茧的聚会无疾而终，曾经那样热衷、那样期盼、那样热闹、那样酒热心跳、那样掏心掏肺的聚会，已经让大家觉得"不以为然"。

我想起在洋桥我家小屋的聚会。一九七五年到一九八三年，将近八年时间的聚会，也到此画上了句号，比周家四十年的聚会要短得多。

当年，大家下班后，骑着自行车，从北京各个角落奔到我家，蒜瓣一样，围着台式录音机听录音的情景，恍若隔世。如今，很多人自己开着小汽车，没有小汽车，也可以打的或乘坐网约滴滴车，但很难再有这样的情景了。

如今，西餐厅在北京再不只是莫斯科餐厅一家，西餐也不再那样稀罕，沙拉酱更是品种繁多，不再用热油浇蛋黄土法炮制，烤苹果更是贻笑大方。也就是一九八三年初从搬离洋桥起，这样的聚会已经渐渐稀少直至彻底消失，大家再聚会，会到饭店里去了。我的武功尽废，曾经做那两道菜的手艺，便再也没有显露的机会。

记得搬家的那天，是朋友开着一辆大卡车帮忙的。因房子要留给弟弟一家住，他们在青海柴达木一时还没有回京，洋桥小屋，便荒芜了一阵子。但家具之类的一些东西还在。夏天，我回去取一些旧物，推开栅栏门，居然发现小院长满一人多高的蒿草，一下子，仿佛走进北大荒的荒草地一般。后来，一个朋友结婚时没房子，暂时借住在这里，大概嫌放在屋角的一个破旧的铁皮箱子碍事，便将其搬到了小院里。后来，我发现铁皮箱子的时候，由于雨水的浸泡，已经沤烂。箱子里装的不是什么值钱的东西，是我中学时代和在北大荒写的几本日记，还有回北京后写的一部长篇小说，厚厚一摞一千多页的稿纸，连魂儿都不在了。

那间小屋，那座小院，连同洋桥那片地铁宿舍，和马家堡村那一截火车站老站台遗迹，全都不在，代之而起的是一片高楼大厦。

味美思酒，也买不到了。

苦 瓜

　　原来我家有个小院，院里可以种些花草和蔬菜。这些活儿，都是母亲特别喜欢做的。把那些花草蔬菜侍弄得姹紫嫣红，像是给自己的儿女收拾得眉清目秀，招人耳目，母亲的心里很舒坦。

　　那时，母亲每年都特别喜欢种苦瓜。其实这么说并不准确，是我特别喜欢苦瓜。刚开始，是我从别人家里要回苦瓜籽，给母亲种，并对她说："这玩意儿特别好玩，皮是绿的，里面的瓤和籽是红的！"我之所以喜欢苦瓜，最初的原因是它里面的瓤和籽格外吸引我。苦瓜结在架上，母亲一直不摘，就让它们那么老着，一直挂到秋风起时，越老，它们里面的瓤和籽越红，红得像玛瑙、像热血、像燃烧了一天的落日。当我兴奋地将这像船一样盛满了鲜红欲滴的瓤和籽的苦瓜掰开时，母亲总要眯缝起昏花的老眼看着，露出和我一样喜出望外的神情，仿佛那是她的杰作，是她才能给予我的欧·亨利式的意外结尾，让我看到苦瓜最终具有了这朝阳般的血红和辉煌。

　　以后，我发现苦瓜做菜其实很好吃。无论做汤还是炒肉，都有一种清苦味。那苦味，格外别致，既不会传染给肉或别的菜，又有一种苦中蕴含的清香，和苦味淡去的清新。

　　像喜欢院子里母亲种的苦瓜一样，我喜欢上了苦瓜这道菜。每年夏天，母亲都会从小院里摘下沾着露珠的鲜嫩的苦瓜，给我炒一盘苦瓜青椒肉丝。它成了我家夏日饭桌上一道经久不衰的家常菜。

自从搬离小院之后，再也见不到鲜红欲滴的苦瓜瓤和籽了，因为再也回不到那个时候了。

然而，这样的菜，我一直吃到离开了小院，搬进了楼房。住进楼房，我依然爱吃这样的菜。只是再也吃不到母亲亲手种、亲手摘的苦瓜了，只能吃母亲亲手炒的苦瓜了。

一直吃到母亲六年前去世。

如今，依然爱吃这样的菜，只是母亲再也不能为我亲手到厨房去将青嫩的苦瓜切成丝，再掂起炒锅亲手将它炒熟，端上自家的餐桌了。

因为常吃苦瓜，便常想起母亲。其实，母亲并不爱吃苦瓜。除了头几次，在我的一再怂恿下，她勉强动了几筷子，皱起眉头，便不再问津。母亲实在忍受不了那股异样的苦味。她说过，苦瓜还是留着看红瓤红籽好。可是，每年夏天当苦瓜爬满架时，她依然会为我清炒一盘我特别喜欢吃的苦瓜肉丝。

最近，看了一则介绍苦瓜的短文，上面有这样一段文字："苦瓜味苦，但它从不把苦味传给其他食物。用苦瓜炒肉、焖肉、炖肉，肉丝毫不沾其苦味，故而人们美其名曰'君子菜'。"

不知怎么搞的，这段话让我想起母亲。

家乡的小枣

枣有多种吃法，枣也可以入菜，当然也可以有多种做法，但我从来没有见过这样的吃法，这样的做法。

一般用枣做菜，枣只是陪衬，比如红枣煨肉，枣只是肉周围一圈的护兵，将军肯定还是中间昂昂然的肘子肉。在家乡沧县吃的这道菜，却是全部用小枣做成的，一盘端上来，红扑扑的，玛瑙一样层层叠叠全是枣。只是将枣去核，中间塞上一层粘面，使得这道菜红白相间，色彩多了一分明快。再浇上一层拌有桂花的浓汁，又使得这道菜玲珑剔透、晶莹透明，还多了一分浓郁的香味。

关键是这道菜不仅看起来赏心悦目，而且吃起来更有味道。一颗颗小枣虽然只有手指甲盖大，枣肉却厚实有劲，夹上粘面，就更有嚼头。粘面中不用加糖，小枣本身就足够甜了。北方人都爱吃粘面，有了这层粘面，绵绵软软之中，多了扯不断理还乱的回味。

我是第一次吃这样新鲜而有味道的菜，只有在家乡才能吃到这样的菜。家乡沧县被称为枣县，到处是枣树，光枣的品种就有两百多种。说起家乡的枣，打我小时候记事时起就知道。虽然父亲年轻时候就离开了沧县，我们一家人一直住在北京，但最让他骄傲的就是沧县的武术和小枣，不知多少次提起过沧县的小枣，说得他的嘴唇、听得我的耳朵都起了茧子。如果有家乡人从老家给他带来小枣，是让他最高兴的事了。那种来自家乡的小枣，对于父亲来说一眼就能认出来的，就像一眼就能认出自己的乡亲一样；

对于我来说，虽然一眼认不出来，看不出它和其他地方的枣的区别，但只要吃上几颗，就会和别的枣判若两人般分得清爽。那时，我家住的大院里有三棵枣树，秋天打枣，曾是我们孩子的节日。但那枣吃起来，确实不如沧县的小枣甜。当然，甜不是沧县小枣比别的枣多出的唯一优势。有一阵子在北京到处卖一种叫作伊拉克蜜枣的，甜是足够的甜，父亲说甜得齁嗓子，哪儿赶得上老家的枣！老家的枣，刚下树甜中带脆；晒干了甜而绵软。

家乡的小枣，一直弥漫在父亲的回忆里和对我们的絮叨里。父亲自年轻时离开沧县四十多年之中，只回过一次老家，没给我们带回别的什么东西，但没忘记给我们带回家乡的小枣。所以，沧县小枣的影子和味道一直萦绕在我的心头。那里有父亲的一份乡情，也有我的一份朦朦胧胧的乡情。虽然还没有到过家乡；即使离家乡还很遥远，有了这小枣，家乡便像是会飞的云一样摇曳在眼前了。有诗人曾经说过乡愁是一枚邮票，对于父亲和我，乡愁只是家乡的小枣。

可惜父亲从未吃过用家乡小枣做的这道菜。

家乡热情的主人告诉我这道菜的做法：先将小枣用开水煮一下，去掉土腥味，让枣肉蓬松；再去核过油炸一遍；然后在中间塞上粘面烹调；最后浇汁起锅。做法并不复杂，但想出这道菜的人，确实是富有想象力的。

回到北京，我如法炮制，也做了这样一道菜。枣是从家乡带回来的，方法是有条不紊一点不差的，也就是用料和步骤完全一样。但做出的味道却和那天在沧县吃的不一样。真是怪了，莫非真是橘易地而成枳吗？

毕竟那是在家乡。

白桦林

　　我见过的白桦林不多，以前只在北大荒我们的农场和八五二农场见过。我们农场那片白桦林靠近七星河边，八五二农场那片白桦林就在场部的边上，当初大概就是因为有这样一片漂亮的白桦林，才会择地而栖将场部建在那里吧？

　　在所有的树木中，白桦和白杨长得有些相像，但只要看白桦的树干亭亭玉立，树皮雪白如玉，一下子就把白杨比了下去。尤其是浩浩荡荡的白桦连成了一片林子，尤其是这两处白桦林都有几百年的历史，那种天然野性的气势，更是白杨和其他树难比的。白桦林让人想起青春，想起少女，想起肃穆沉思的力量和寥廓霜天的境界。

　　在新疆，钻天的白杨到处可见，但白桦很少。所以，当到达阿勒泰，朋友说带我们看他们这里的桦林公园，我很有些吃惊。但真正见到之后，第二天又到喀纳斯湖旁看见白桦林，并没有一点惊奇。不是它们不美，是它们都无法和我在北大荒见过的白桦林相比。这里的白桦林大多长得有些矮，树干有些细，树冠又有些披头散发，没有北大荒的白桦林那样高耸入云，那种铺铺展展的野性，和那股苗条秀气的劲头，便都弱了几分。特别是树皮也没有北大荒的白，而且多了许多如白杨树一样的疤痕，皮肤一下子粗糙了许多。加之枝条散落，压低了树干，更少了白桦林应有的那种洁白如云的气势。想起北大荒的白桦林，总会想起秋天白桦的叶子一片金黄，金灿灿的，像是把阳光都融化进自己的每一片叶子里似的。雪白的树干在一片金黄的对比中便显得越发美丽。到了大雪封林的时节，雪没了树干老深，像是高挑而秀气的一条条美腿穿上了雪白的高筒靴，洁白的树干静静的，在雪花的映衬下显得相得益彰，仪态万千。开春，是我们最爱到白桦林去的季节。那时用小刀割开白桦树的树皮，会从里面滴下来白桦的汁液，露珠一样格外清凉、清新。什么时候到林子里去，都能见到斑驳脱落的白桦树皮，纸一样的薄，但韧性很强，而且雪一样的白，用它们来做过年的贺卡最别致。只是那时我们谁也没有想到。后来看普列什文①的《林中水滴》，他描写雪中的白桦林时忍不住问："它们为什么不说话？是见到我害羞吗？""雪花落了下来，才仿佛听见簌簌声，似乎是它们奇异的身影在喁喁私语……"便想起北大荒的白桦林，并不是因为青春时节在北大荒，便对那里的一切涂抹上人为诗化的色彩，确实是那里的白桦林与众不同。我们那时的生活是受尽苦楚而单调苍白的，但自然界却有意和我们的现实生活作对比似的，让白桦林是那样的清新夺目，让我们感受到，在艰辛之中，诗意的生存并没有完全离我们远去。有些树木是难以入画的，但白桦最宜于入画，尤其是油画。列维坦②曾经画过一幅《白桦丛》的油画，画得很美，但不是北大荒的白桦林，是阿勒泰和哈纳斯的白桦林。因为画得枝干瘦小，枝叶低垂，没有北大荒那种由高大、粗壮、枝叶钻天带给我们的野性，和那种树皮雪白的独特带给我们的清纯与回忆。

不知八五二农场那片白桦林现在怎么样了。几年前我们农场七星河畔那片白桦林已经没有了，彻底地没有了。说是为了种地多挣钱，便都砍伐干净。那么大一片漂亮的白桦林，说没有就没有了。

---

① 普列什文：现译为普里什文。俄国二十世纪极具特色的人物。生于一八七三年，卒于一九五四年。他的创作不仅拓宽了俄罗斯现代散文的主题范围，而且为其奠定了一种原初意义上的风貌。被誉为"伟大的牧神""完整的大艺术家""世界生态文学和大自然文学的先驱""俄罗斯语言百草"。

② 列维坦：生于一八六〇年，卒于一九〇〇年。俄国杰出的写生画家，现实主义风景大师。他的画作极富诗意，深刻而真实地表现了俄罗斯的自然风光与多方面的优美。

年轻时去远方漂泊

寒假的时候，儿子从美国发来一封 E-mail，告诉我他要利用这个假期，开车从他所在的北方出发到南方去，并画出了一共需穿越十一个州的路线图。刚刚出发的第三天，他在得克萨斯州的首府奥斯汀打来电话，兴奋地对我说那里有写过《最后一片叶子》的作家欧·亨利博物馆，而在昨天经过孟菲斯城时，他参谒了摇滚歌星猫王的故居。

我羡慕他，也支持他，年轻时就应该去远方漂泊。漂泊，会让他见识到他没有见到过的东西，让他的人生半径像水一样蔓延得更宽更远。

我想起有一年初春的深夜，我独自一人在西柏林火车站等候换乘的火车，寂静的站台上只有寥落的几个候车的人。其中一个像是中国人，我走过去一问，果然是，他是来接人的。我们闲谈起来，知道了他是从天津大学毕业到这里学电子的留学生。他说了这样的一句话，虽然已经过去了十多年，我依然记忆犹新："我刚到柏林的时候，兜里只剩下了十美元。"就是怀揣着仅仅的十美元，他也敢于出来闯荡，我猜想得到他为此所付出的代价，异国他乡，举目无亲，风餐露宿，漂泊是他的命运，也成了他的性格。

我也想起我自己，比儿子还要小的年纪，驱车北上，跑到了北大荒。自然吃了不少的苦，北大荒的"大烟炮 ①"一刮，就先给了我一个下马威，天寒地冻，路远心迷，仿佛已经到了天外，漂泊的心如同断线的风筝，不知会飘落到哪里。但是，它让我见识到了那么多的痛苦与残酷的同时，也

---

① 大烟炮：形容北大荒冬天呼啸着并且卷着雪的西北风。

让我触摸到了那么多美好的乡情与故人，而这一切不仅谱就了我当初青春的乐谱，也成了我今天难忘的回忆。

没错，年轻时心不安分，不知天高地厚，想入非非，把远方想象得那样好，才敢于外出漂泊。而漂泊不是旅游，肯定是要付出代价的。多品尝一些人生的滋味，它绝不是如同冬天坐在暖烘烘的星巴克里啜饮咖啡的那种味道。但是，也只有年轻时才有可能去漂泊。漂泊，需要勇气，也需要年轻的身体和想象力，借此收获只有在年轻时才能够拥有的收获，和以后你年老时的回忆。人的一生，如果真的有什么事情能让人无愧无悔的话，在我看来，就是你的童年有游戏的欢乐，你的青春有漂泊的经历，你的老年有难忘的回忆。

青春，就应该像春天里的蒲公英，即使力气单薄，个头又小，还没有能力长出飞天的翅膀，也要借着风力飘向远方；哪怕是飘落在你所不知道的地方，也要去闯一闯未开垦的处女地。这样，你才会知道世界不再只是好看的玻璃房，你才会看见眼前不再只是一堵堵心的墙，你也才能够品味出，日子不再只是白日里没完没了的堵车、夜晚时没完没了的电视剧。

我想起泰戈尔在《新月集》里写过的诗句："只要他肯把他的船借给我，我就给它安装一百只桨，扬起五个或六个或七个布帆来。我绝不把它驾驶到愚蠢的市场上去……我将带我的朋友阿细和我做伴。我们要快快乐乐地航行于仙人世界里的七个大海和十三条河道。我将在绝早的晨光里张帆航行。中午，你正在池塘洗澡的时候，我们将在一个陌生的国王的国土上了。"那么，就把自己放逐一次吧，就借来别人的船张帆出发吧，就别到愚蠢的市场去，而先去漂泊远航吧。只有年轻时去远方漂泊，才会像泰戈尔一样拥有童话般的经历和收益，那不仅是他书写在心灵中的诗句，也是你镌刻在生命里的年轮。

阳光的三种用法

童年住在大院里，都是一些引车卖浆者流，生活不大富裕，日子各有各的过法。

冬天，屋子里冷，特别是晚上睡觉的时候，被窝里冰凉如铁，家里那时连个暖水袋都没有。母亲有主意，中午的时候，她把被子抱到院子里，晾到太阳底下。其实，这样的法子很古老，几乎各家都会这样做。有意思的是，母亲把被子从绳子上取下来，抱回屋里，赶紧就把被子叠好，铺成被窝状，留着晚上睡觉时我好钻进去，被子里就是暖烘烘的了，连被套的棉花味道都烤了出来，很香的感觉。母亲对我说："我这是把老阳儿叠起来了。"母亲一直用老家话，把太阳叫"老阳儿"。

从母亲那里，我总能够听到好多新词儿。"把老阳儿叠起来"，让我觉得新鲜。太阳也可以如卷尺或纸或布一样，能够折叠自如吗？在母亲那里，可以。阳光便能够从中午最热烈的时候，一直储存到晚上我钻进被窝里。温暖的气息和味道，让我感觉到阳光的另一种形态，如同母亲大手的抚摸，比暖水袋温馨得多。

街坊毕大妈，靠摆烟摊养活一家老小。她家门口有一口半人多高的大水缸。冬天用它来储存大白菜，夏天到来的时候，每天中午，她都要接满一大缸自来水。骄阳似火，毒辣辣地照到下午，晒得缸里的水都有些烫手了。水能够溶解糖、溶解盐，水还能够溶解阳光，这大概是童年时候我最大的发现了。溶解糖的水变甜，溶解盐的水变咸，溶解了阳光的水变暖，变得犹如母亲温暖的怀抱。

毕大妈的孩子多，黄昏，她家的孩子放学了，毕大妈把孩子们都叫过来，一个个排队洗澡。她用盆子舀的就是缸里的水，正温乎，孩子们连玩带洗，大呼小叫，噼里啪啦的，溅起一盆的水花，个个演出一场哪吒闹海。那时候，各家都没有现在普及的热水器，洗澡一般都是用火烧热水，像毕大妈这样的法子洗澡，在我们大院是独一份。母亲对我说："看人家毕大妈，把老阳儿煮在水里面了！"

我得佩服母亲用词的准确和生动，一个"煮"字，让太阳成了我们居家过日子必备的一种物件，柴米油盐酱醋茶，这开门七件事之后，还得加上一件，即母亲说的"老阳儿"。

真的，谁家都离不开柴米油盐酱醋茶，但是，谁家又离得开"老阳儿"呢？虽说如同清风朗月不用一文钱一样，"老阳儿"也不用花一分钱，对所有人都大方而且一视同仁，而柴米油盐酱醋茶却样样都得花钱买才行；但是，如母亲和毕大妈这样将阳光派上如此用场的人，也不多。这需要一点智慧和温暖的心，更需要在艰苦日子里磨炼出的一点儿本事，这叫作少花钱能办事，不花钱也能办事。唯有如此，阳光才能够成为居家过日子的一把好手，陪伴着母亲和毕大妈一起，让那些庸常而艰辛的琐碎日子变得有滋有味。

对于阳光，大人有大人的用法，我们小孩子也有小孩子的用法。我家的邻居唐伯伯是个工程师，他家有个孩子，比我大两岁，很聪明，就算喜欢招猫逗狗，也总爱别出心裁地玩花活儿。有一次，他拿出他爸爸用的一个放大镜，招呼我过去看。放大镜，我在学校里看见过，不知他拿它玩什么新花样。我走了过去，他在放大镜底下放一张白纸，用放大镜对着太阳，不一会儿，纸一点点变热，变焦，最后居然燃烧了起来，腾地蹿起了火苗，旋风一般把整张白纸烧成灰烬。

又有一次，他拿着放大镜，撅着屁股，蹲在地上，对准一只蚂蚁，追着蚂蚁跑，一直等到太阳透过放大镜把那只蚂蚁照晕，爬不动，最后烧死为止。母亲看见了这一幕，回家对我说："这叫什么玩法？老唐家这孩子心这么狠，小蚂蚁招他惹他了，这不是拿老阳儿当成火了吗？你以后少和他玩！"

　　长大以后，我看过一部电影叫作《女人比男人更凶残》。有时候，小孩比大人更心狠，小孩子并不都是天真可爱的，小孩子的玩，也会透露出人性中一点点的残忍呢。

第二章　胡同的声音

胡同的声音

一

胡同的声音，就是胡同里的叫卖声，北京人管它叫吆喝声。稍微上了点儿年纪的北京人，谁没有在胡同里听见过吆喝声呢！有了走街串巷的小贩那些花样迭出的吆喝声，才让一直安静甚至有点儿死气沉沉的胡同，一下子有了生气。就像安徒生童话里说的，一只手轻轻地一摸，一朵冻僵的玫瑰花就活了过来，伸展开了它的花瓣。没有了吆喝声，胡同真的就像没有了魂儿。全是宽敞的大马路，路这边房子里的人，要到路那边房子里去，得过长长的过街天桥，当然，就听不见吆喝声了，只剩下汽车往来奔跑的喧嚣声。

关于老北京胡同的吆喝声，张恨水曾经这样充满感情地写过："我也走过不少的南北码头，所听到的小贩吆喝声，没有任何一地能赛过北平的。北平小贩的吆喝声，复杂而谐和，无论其是昼是夜，是寒是暑，都能给予听者一种深刻的印象。虽然这里面有部分是极简单的，如'羊头肉''卤肥鸡'之类，可是他们能在声调上，助字句之不足。至于字句多的那一份优美，就举不胜举，有的简直就是一首歌谣。"

张恨水不是北京人，但他说得真好。没错，有的吆喝声，真的就是一首好听又上口的歌谣。

比如，过年的时候，卖年画春联小贩的吆喝："街门对，屋门对，买横批，饶喜字。揭门神，请灶王，挂钱儿，闹几张。买的买，捎的捎，都是好纸好面料。东一张，西一张，贴在屋里亮堂堂。臭虫它一见心欢喜，今年盖下过年的房……"合辙押韵，朗朗上口。这里吆喝的"闹"就是买的意思，他不说买，而是说"闹"；这里说的"过年"，不是说眼前过春节的过年，说的是来年，是下一年。他不这么说，而是说"过年"，都是只有老北京人听着才能够体会得到的亲切劲儿。

再比如，那年月火柴还没有行市，有卖火镰的小贩沿街这样吆喝他卖的火镰好使："火绒子火石片火镰，一打就抽烟，两打不要钱——"真的像是歌谣一样，生动，形象，又悦耳上口，一听就记住了。

再比如，老北京有一种卖儿童小食品糖咂麦的小贩，吆喝起来别有一番味道："姑娘吃了我的糖咂麦，又会扎花又会纺线；小秃儿吃了我的糖咂麦，明天长短发后天扎小辫……"夸张，却让人感到亲切，不管是大人还是孩子听了，都能会心一笑。

再比如，冬天卖白薯的小贩也能吆喝出花儿来："栗子味儿的白糖来——是栗子味儿的白薯来，烫手来，蒸化了，锅底儿，赛过糖来，喝了蜜了，蒸透了，白薯来，真热乎呀，白薯来……"一个烀白薯，让他一唱三叠，愣是吆喝成了珍馐美味。

再比如，秋天卖秋果的小贩这样吆喝："秋来的，海棠来，没有虫儿的来；黑的来，糖枣来，没有核儿的来……"用最简单却又最形象的语言，把要卖的海棠和黑枣的优点突显了出来。

再比如，夏天卖酸梅汤的小贩是这样吆喝的："又解渴，又带凉，又加玫瑰，又加糖，不信您就闹一碗尝一尝！"小贩手里打着小铜板做的冰盏，就跟说快板书一样，颇有些自得其乐的意思。

还有卖油条的小贩的吆喝，更是绝了："炸了一个脆咧，烹得一个焦咧，像个小粮船儿的咧，好大的个儿咧，锅里炸的果咧，油又香咧，面又白咧，扔在锅里就漂起来咧，白又胖咧胖又白咧，赛过了烧鹅的咧——一个大个儿的油炸果咧！"极尽夸张，用了各种比喻，在语文课上，可以作为教孩子修辞方法的教材了。

这些吆喝声，真的太遗憾了，由于年龄的限制，我没听到过。这几个例子，都是从光绪年间蔡省吾的《一岁货声》中看到的。

在这本老书中，还有这样一种吆喝，让我格外感兴趣，是卖盆的。"卖小罐噢，喂猫的浅噢，舀水的罐噢，澄浆的盆啊啊噢……"引我兴趣的，在于这样的吆喝声后，还要有一段注解，卖盆的小贩"一边学老鸹打架，先叫早，后争窝，末请群鸦对谈，嬉笑怒骂中，有和解意。无不笑者"。这样吆喝声就更为丰富了，夹带着民间艺术，简直就是口技，没有一点儿能耐的，还真的卖不了这些看似简单的盆。所以，俗话说："卖盆的，满嘴是词（瓷）儿！"

这些歌谣一样美丽动听的吆喝声，随着胡同一天少于一天的逐步消失，也快消失殆尽了。

我听到的吆喝声，从小时候，一直延续到二十世纪七十年代末。那时候，听到最多的，是剃头师傅手里摇着一串长长的铁片，或者是吹着一把小铜号，叫喊着"磨剪子来——抢菜刀"的吆喝声。所谓抢菜刀，是给刀开刃。每每听到这样的叫喊声，我们一帮孩子就会站在院子里，模仿着磨剪子师傅的样子，一手捂着耳朵，齐声吆喝起来："磨剪子来——抢菜刀"，故意和磨剪子的师傅比赛谁的嗓门儿高。那是我们在找乐子，也是我们的童谣。

那时候，卖冰棍儿推着小推车，有的老太太卖冰棍儿，索性把她家的婴儿推车推了出来，是那种藤条编的小推车。没有冰柜，都是装在大号敞口的暖水瓶里，再在外面裹上层棉被，"冰棍儿——败火，红果冰棍儿，三分一根！"短促，沙哑，有力，成了我最熟悉也最亲切的吆喝声。我们胡同里卖冰棍儿的基本上是老太太，即使她们掉了牙豁了缝儿的嘴巴吆喝出来的声音再含混不清，我们也能一耳朵就听得出来是卖冰棍儿的来了，伸手冲着家长要完钱，一阵风似的跑出院子。

二十世纪七十年代后期，还有木匠扛着工具在胡同里吆喝："打桌椅板凳，打大衣柜来——"在《一岁货声》中，也收录了木匠的吆喝声，他是放在"工艺"一栏里，把他们放在工艺人行列里，和一般的小商小贩有区别。《一岁货声》这样写他们的吆喝声，和我听到的不尽相同："收拾桌椅板凳！"这里所说的"收拾"，更多指的是"修理"的意思。在后面特别注明："在行者，背荆筐，带小家具者，会雕刻其器，统括二十八宿。其外行者，背板匣。"这里说的"带小家具"，我以为应该是"带小工具"之误。这里说的在行者与外行者，很像齐白石说他年轻当木匠时有小器作和大器作之分。一个"背荆筐"，一个"背板匣"，将这种区分说得很是形象。

那时候，我插队回北京不久，从北大荒带回来不少黄檗罗木，是当地老乡送我的，对我说："回去结婚时好打大衣柜用。"他们替我想得很周到，那时候，买什么都需要票证，大衣柜更是紧俏商品。听见木匠的吆喝声，我跑了出去，是个外地来京的木匠，背着个简单的背包，里面装着锯斧凿刨之类简单的工具。我把他请进院子，让他给我打了一个大衣柜，一个写字台，一连干了几天的活儿。

记得很清楚，那木匠一边打这个大衣柜，一边对我说："你这木料可够好的了，这可都是部队用来做枪托的料呢，打大衣柜可有点儿糟践材料了！"我告诉他，着急准备结婚用，要不也舍不得。那时候，流行一个顺口溜："抽烟不顶事儿，冒沫儿（指喝啤酒）顶一阵儿，要想办点事儿，还得大衣柜儿。"这个大衣柜打好了，一直到结完婚了，都有孩子了，柜门还没安上玻璃。买玻璃得要票，我弄不到票。

二

我对胡同里的吆喝声没有研究，但对这样一些吆喝声特别感兴趣——

卖花生——芝麻酱味儿的。

卖烤白薯——栗子味儿的。

卖萝卜——赛梨味儿。

卖甜瓜——冰激凌味儿。

卖西瓜——块儿大，瓤儿高，月饼馅儿的来！要不就是：管打破的西瓜，冰核儿的来哎！要不就是：斗大的西瓜，船大的块儿，青皮红瓤，杀口的蜜呀！还有这样吆喝的：块儿大呀，瓤就多，错认的蜜蜂儿去搭窝，赛过通州的小凉船的来哎！

这样的吆喝声，真的体现了吆喝的艺术，它们绝不做梗着脖子青筋直蹦直白的喊叫，而总能恰如其分地找到和他们所要卖的东西相衬托、相和谐的另一种比喻，透着几分幽默，又透着一丝的狡黠，让自己所卖的东西一下子活灵活现，吸引众人。

尤其是卖西瓜的。那时候，哪个街头巷尾，不摆着个卖西瓜的小摊？摊主要想吸引人们到自家的摊子前买瓜，吆喝声就得与众不同：你说是月饼馅儿的一个甜，我就说是带冰核儿的一个凉；你说是蜜一般的甜，我就说是蜜蜂跑到我的西瓜棚错搭了窝——更甜；我还得特别再加上一句，我的西瓜块儿大得赛过了小凉船，而且，是从通州来的小凉船。这是大运河从通州过来，一直能流到大通桥下（如今的东便门角楼下）的情景，是带有指定性的具体场景，是那时候的人们都看得见的熟悉情景，因此才会让人感到亲切，如在目前。

那时候，站在胡同里，不买西瓜，光看他们耍着芭蕉扇，亮开了大嗓门儿吆喝，也非常有趣，是那时候我听到的胡同里的演唱会，个个嘴皮子赛得过如今的郭德纲。

我对这样的吆喝声，除了《一岁货声》，在其他书中，只要是看见了，就赶忙记下来，曾经做过大量的笔记。我觉得这应该属于民间艺术的一种，是吆喝声中的高级形式，是研究老北京文化不可或缺的一种带有声音的注脚。

比如卖菜的小贩，卖韭菜的喊："野鸡脖儿的盖韭来——"卖菠菜的喊："火芽儿的菠菜来——"卖大白萝卜的喊："象牙白的萝卜来，辣来换来——"小贩们不会只是单摆浮搁地喊出所要卖蔬菜的菜名，总要给所要卖的蔬菜前面加一个修饰语，就像往头上加一顶漂亮的帽子。如果只是吆喝所要卖蔬菜的菜名，也得像是侯宝林相声里说的："茄子扁豆架冬瓜，胡萝卜卞萝卜①白萝卜水萝卜带嫩秧的小萝卜……"一串连在一起的贯口②，一口气吆喝出来，宛如水银泻地。

比如卖桃的小贩，同样不会只是吆喝："卖桃来，谁买桃来——"而是要吆喝："玛瑙红的蜜桃耶来——""大叶白的蜜桃呀——""鹦鹉嘴的鲜桃哎——""王母娘娘的大蟠桃来——""一汪水儿的大蜜桃，酸来肉来还又换来"……

即便只是一个简单的五月鲜的嫩玉米，小贩也得这样吆喝才行："活了秧儿的嫩来，十里香粥的热的咧——"

即便只是一个小小的甜瓜，小贩也得这样吆喝才行："甘蔗味儿的，旱秧的，白沙蜜的，好吃来——"

即便只是很普通的马牙枣呢，小贩也得特别吆喝说："树熟的大红枣来——"，强调他的枣绝对不是捂红的。

哪怕只是一碗豆腐脑呢，小贩也要加上一句："宽卤的豆腐脑，热的呀——"一个"宽"字，一个"热"字，把他家豆腐脑好的地方，言简意赅地说得既突出又恰当，吆喝得抑扬顿挫，那么诱人。

哪怕是冬天里到处都在卖的糖葫芦呢，小贩们都会这样叫喊："冰糖葫芦，刚蘸得的——"让你听得出"冰糖"和"刚蘸得"，是他突出要的效果。

哪怕只是清一色的关东糖呢，小贩也得把自家的糖夸上一夸："赛白玉的关东糖哟——"这夸得有点儿过分，关东糖带有浅浅的奶黄色，哪里会赛过白玉一样的白呢？但是，他的夸张，会让你会心一笑，即使不走过

---

① 卞萝卜：指普通红萝卜。皮为红色，内芯为白色，微辣，可生吃、炒菜、腌制。
② 贯口：曲艺表演中的一种技巧，以很快的速度歌唱、背诵唱词或连续叙述许多事物。一般在不换气或不明显换气的情况下进行。

去买，也会佩服他真的是能够想得出来这样的比喻，把一根稻草说成金条一样，把一块关东糖说成了汉白玉，夸得那样的溜光水滑。

再看卖的哪怕是再简单的樱桃呢，再笨拙的小贩，也会加上一个修饰词："带把儿的樱桃来——"想到齐白石画的那些鲜艳欲滴的樱桃，哪一个不是带把儿的呢？你就得佩服这些小贩们的审美心理，是和齐白石一样的。一个"带把儿"的樱桃，就像是带露折花一样，那么的可爱起来。

我真的对这样的吆喝声充满兴趣，对这些小贩很是佩服。他们不仅将卖货声吆喝得那样悠扬悦耳，还让吆喝的词语那样耐人琢磨地有嚼劲儿。要让胡同里有了魂儿，所要求的元素有多种，不可否认的是，吆喝声是其中重要的一种。可以设想，在以往的岁月里，如果缺少了这样丰富多彩的吆喝声，胡同里只是风声雨声，倒泔水的哗哗声，老娘儿们吵架的詈骂[①]声，该会是一种什么样的成色？该会少了多少的精神气儿？如今的老人们又会少了多少怀旧色彩的回忆？

<h1 style="text-align:center">三</h1>

这样的吆喝声，让胡同一下子色彩明亮起来，生动起来，让我想起我的童年和少年。记得那时候有打糖锣的小贩，打着小铜锣，老远就能够听见，一声声，清脆悦耳，让人心动。紧接着听见的便是他的叫唤声，更像是伸出了小手，招呼着我们一帮小孩子跑出院子，簇拥到他的担子前，听他接着唱歌一样的吆喝。我记不住他都吆喝什么了，后来看到民国时有北平俗曲《打糖锣》，里面这样唱道：

> 打糖锣的满街地叫唤，卖的东西听我念念：买我的酸枣儿咧、炒豆儿咧，玉米花儿咧，小麻子儿咧，冰糖子儿咧，糖瓜儿咧……纸扇子儿，沙燕儿，风琴的纸风筝儿，压腰的葫芦儿花棒儿……

---

① 詈骂：用恶语侮辱人。詈（lì），骂。

　　我见到的打糖锣的，嘴里唱得没有那么复杂，卖的东西也没有那么多样，不过是一些我们小孩子爱玩的洋画呀玻璃弹球呀之类简单的东西。曲子里唱的那些吃的有的倒是有，至今留给我印象最深的是酸枣面，一种像黄土的东西，用手一捏就能捏成粉末，吃进嘴里，酸酸的感觉，我特别喜欢吃；也可以用来冲水，是那时我的饮料。

　　后来，看到清末民间艺人绘制的《北京民间风俗百图》，其中有一幅就是"打糖锣"。图中有几行小字说明："其人小本营生，所卖者糖、枣、豆食、零星碎小玩物，以为哄幼孩之悦者也。"和我小时候见到打糖锣的所卖的东西相差无几，看来这样的传统由来已久。画面画着打糖锣的人，身前摆着一个很大的筐，元宝形，里面是一个个的小方格子，每个格子里放着不同的零星碎小玩物。我没有见过这种元宝形的筐子，觉得挺新奇。再后来，读《清稗类钞》，说清末民初时兴这种元宝形的筐子，连卖煤球的装煤球都用这种元宝形的筐子。

　　我见到的打糖锣的小贩，是背着一个担子，一头一个小木箱。一个木箱里装的是这些吃的玩的，一个木箱上放着一个薄木头板做的圆圆的转盘，你花几分钱，可以转一次。转盘停下来，转盘的指针指向一个格子，这个格子里有什么东西，你就可以拿走，但是如果格子是空的，你就等于白转了。这个游戏，让我们小孩子每一次转时都瞪大了眼睛，不错眼珠儿地看着，充满期待，却总是转到空格子的时候多。是啊，小家雀儿怎么会斗得过老家贼呢。

　　长大以后，读泰戈尔的小说《喀布尔人》，看里面的那个来自喀布尔的小贩，每天摇晃着拨浪鼓，同样吆喝着走街串巷，是那样的辛苦，甚至为了生活而不得不背井离乡的那种心酸，和对自己小女儿思念的那种心碎，心里很是感动。想起自己小时候见过的那些打糖锣的小贩，其实和这位喀布尔人一样，都是生活在最底层的贫苦人，自有人生的苦涩与艰辛。想起曾经认为是小家雀儿怎么会斗得过老家贼，便心怀歉意。吆喝声中，含有人世间的辛酸，不是小孩子能够懂得的。那些吆喝声中凄凉的声调和无尽的韵味，更是小孩子难以体会得到的。

还有卖花的吆喝声，格外悠扬好听，不过，我们不会特意跑出院子去凑热闹，一般都是大院里的大姑娘小媳妇，爱去买点儿纸花或绒花，插在发髻上；要不就是一些爱莳弄①花草的老人，买盆鲜花，放在自家的门前或窗台上养。后来读清诗，有这样一首绝句："颇忆前年上巳后，小椿树巷经旬栖。殿春花好压担卖，花光浮动银琉璃。"诗里写的是在小椿树胡同栖居买花的情景。民国时，有人作诗"一担生意万家春"，说的也是挑担卖花，可见这一传统一直绵延下来。

读柴桑《京师偶记》，里面有这样一条记载："千叶榴花，其大如茶杯，园户人家摘入拊筐中，与玉簪并卖。但听于街头卖花声便耳心醉。"如此大朵的石榴花，我是没有见过的，也没见过有这样的花卖，即便有，我们院子的大姑娘小媳妇也不会买的，因为院子里有石榴树，五月花开的时候，随便摘几朵插在头发上就行，何必再花那冤枉钱呢。不过，他说的听见街头卖花声就耳朵和心一并醉了的情景，还是让人那么的向往。卖花声，大概是所有吆喝声尤其是那些带有凄凉或哀婉调子的吆喝声中一抹难得的亮色。《燕京岁时记》里说："四月花时，沿街叫卖，其韵悠扬，晨起听之，最为有味。"说的真是，确实有味。

四

吆喝声，尽管里面有不少美好的韵味在，但在时过境迁之后怀旧情绪的泛滥中，很容易被美化。毕竟吆喝声不是音乐，不是诗，是底层人为生活奔波而发出的声音，内含人生况味，和诗人笔下"小楼一夜听春雨，深巷明朝卖杏花"，和《天咫偶闻》里记载皇上八月隔墙听到吆喝声而写下的诗句"黄叶满街秋巷静，隔墙声唤卖酸梨"，并不一样。

---

① 莳（shì）弄：栽种，养护。

读到很多关于吆喝声的诗句，其中有这样两首，让我心里为之一动。

一首是夏仁虎《旧京秋词》中的一句"可怜三十六饽饽，霜重风凄唤奈何"，让我感动。下面还有一句注解："夜闻卖硬面饽饽声，最凄婉。"起码这里面触摸到了吆喝声中蕴含的人生无奈与辛酸的痛点。

一首是一位不如夏仁虎出名，叫金煌的人写的《京师新乐府》中的一首《卖饽饽》："卖饽饽，携柳筐，老翁履敝衣无裳，风霜雪虐冻难耐，穷巷跼立如蚕僵。卖饽饽，深夜唤，二更人家灯火灿，三更四更睡味浓，梦中黄粱熟又半……"写那寒夜里吆喝着卖饽饽的老人凄凉的情景，让我感动。

想想那时候的胡同，无论什么时候，哪怕是数九寒天，哪怕是深更半夜，也是少不了一两声吆喝声的。就像京戏里突然响起的一两声"冷锣"，即使你是住在深宅大院里，也能隐隐约约传到你的耳朵里，轻轻的，却也沉沉的一震在你的心里头。在那些物质贫乏天气又寒冷的夜晚，那吆喝声，诗意是让位于夏仁虎所说的"凄婉"和金煌所言的"难耐"。人生中沉重的那一部分，世事苍凉的那一部分，往往弥散在夜半风寒霜重甚至雨雪飘落时这样的吆喝声中。

记得张爱玲曾经写过每天天黑时分一位卖豆腐干的老人的吆喝声。她是这样说的："他们在沉默中听着那苍老的呼声渐渐远去。这一天的光阴也跟着那呼声一同消逝了。这卖豆腐干的简直就是时间老人。"张爱玲说的是上海弄堂里的吆喝声，北京胡同里的吆喝声也是一样的，半夜里那一声声的吆喝声渐渐消失的时候，一天的光阴也就过去了。那些不管是凄清的还是昂扬的、是低沉的还是婉转的吆喝声，都是胡同里的时间老人。它们的苍老乃至消失，是见证胡同历史沧桑的时间老人。

还看到过一篇民国时期的文章，作者是一位在战争年代里被迫离开北京流落异乡的北京人，深夜里听见了同样如同时间老人一样的吆喝声，只是和张爱玲说的不同，不是卖豆腐干的吆喝声，而是卖花生的吆喝声："至于北风怒吼，冻雪打窗的冬夜，你安静地倒在厚轻的被窝里，享受温柔的幸福，似醒似睡中，听到北风里夹来一声颤颤抖抖的声音：'抓半空儿多给，落花生……'那时你的心头要有一个怎样的感觉呢？"

面对夜里的吆喝声，他的感受，和张爱玲是那样的不同。张的感受更多是客观的，冷静的，而他则是感性的，充满着感情。特别是在远离北京听不到熟悉的吆喝声的时候，这种吆喝声，更加让人怀念，更加撩人乡愁。

无论是夏仁虎笔下的卖硬面饽饽的吆喝声，还是张爱玲笔下的卖豆腐干的吆喝声，或是最后那位无名者笔下的卖半空儿的落花生的吆喝声，作为从农耕时代步入城市化初始阶段诞生的吆喝之声，听者和吆喝者的意味是不尽相同的。特别是在寒冷的深夜，在荒寂的胡同，在漂泊的乱世，那些吆喝之声，更多凄清，甚至凄凉，含有对人生无尽的感喟，也还有对世事无奈的慨叹。那是逝去的那个时代里飘荡在北京胡同上空的画外音，或是一丝无家可归的游魂。

如今，这样的吆喝声几近于无，让人们对它连同对胡同不断消失的怀念情感之中，夹带着更多的乡愁。那种画外音，只可以模拟，却不可以再生；只徒有其声，却难得其魂。

关于北京胡同的吆喝声，把它们作为一门独有的学问，真正做过一些认真系统研究的，我所知道的，只有两个人。一位是近代的蔡省吾，他的《一岁货声》，是对此梳理研究的开山之作。周作人曾称赞道："夜读抄《一岁货声》，深深感到北京生活的风趣……自有其一种丰富的温润的空气。"

一位是现代的翁偶虹。翁先生在蔡省吾的基础上，进行深入的研究和收集，所录胡同里的吆喝声多达三百六十八种，比蔡所录有的一百余种吆喝声，多出了两百种。这是非常不容易的，是对北京的胡同和与之连根生长在一起的吆喝声饱含感情，并舍得花费气力，才可以做得到的。因为这样的学问，不是高居在上，仅仅从典籍之中得来，而是要远至江湖，深入民间。一般学问家，或不屑于做，或根本做不来。

关于北京胡同的吆喝声，把它们上升为艺术的，我所知道的，也只有两个人。一位是侯宝林，一位是焦菊隐。侯宝林将以前从不登大雅之堂的胡同里的吆喝声，第一次编成了相声段子，让世人所知，并让人们惊叹吆喝声之美。焦菊隐在排演话剧《龙须沟》时，带领演员到胡同里收集那时已经日渐稀少的吆喝声，并将这些吆喝声动人心弦地运用在《龙须沟》里，和日后的《茶馆》里，让这些含有人生辛酸之味的吆喝声，不仅成为剧情幕后人物心情的衬托，同时也成为这两部京味话剧中不可缺少的京味艺术的一种演绎，成为话剧重要的画外音，成为艺术的一种可以缅怀前世、抚慰人生的动人的音乐。

蔡省吾在《一岁货声》的自序中说："虫鸣于秋，鸟鸣于春，发其天籁。"他是将这些街头里巷的吆喝声视作天籁之声的。可以说，侯宝林和焦菊隐两位先生，深谙蔡先生其中三昧①，将这种天籁之声，不止于纸面而搬到舞台，使之成为艺术的一种。可以说，这是北京独有艺术之一种。

在这篇序中，蔡省吾还说："一岁之货声中，可以辨乡味、知勤苦、纪风土、存节令，自食于其力而益人于常行日用间者，固非浅鲜②也。"

这一番话，对于一百多年后的我们，依然有着现实的意义。他道出了胡同里的吆喝声的文化内涵与情感价值，起码包括怀旧的乡愁、前辈的辛劳、风土人情和节气时令民俗的钩沉四部分。尽管随着时代大踏步的前进和胡同大量的消失，这种农耕时代诞生的吆喝之声，已经基本消失殆尽。但是，如果我们认同蔡省吾一百多年以前对吆喝之声的论述，那么，起码他所说的这四点，依然可以让我们对吆喝之声存有一份认知和情感，愿意对它们进行深入一些的研究。其意义与价值，既然"固非浅鲜也"，便会让我们像珍惜历史文化遗产一样，珍视并珍存它们。它们曾经是胡同的声音，也是历史的一种特别的回音。

---

① 三昧：来源于梵语，意思是止息杂念，使心神平静，是佛教重要的修行方法，借指事物的要领、真谛。
② 浅鲜：微薄。

老北京的门联

　　我一直以为，门联最见老北京的特色。这种特色，成为北京的一种别致的文化。国外的城市里，即便有古老宏伟的建筑，建筑有沧桑浑厚的门庭，但它们没有门联。就像它们的门庭内外有可以彰显它们荣耀的族徽一样，北京的门联，就是这样的族徽一般醒目而别具风格。有据可考，北京最早的门联出现在元代之初，元世祖忽必烈请大书法家赵孟頫写了这样一副门联："日月光天德,山河壮帝居。"可见门联在北京的历史之久了。当然，这样的帝王门联，是悬挂在元大都的城门之上的。我这里所说的门联，是指一般人们居住的院子大门上的那种。但我相信彼此只有地位的不同，其形态与意义,是相似的,也可以说,是一脉相承的。北京院落大门之上的门联，是忽必烈门联的变种、衍化而已，就像皇家园林变成了四合院里的盆景。

　　说起北京的门联能够兴起，和老北京城的建筑格局有关。老北京的建筑格局是有自己的一套整体规划的。从紫禁城到左祖右社、四城九门，一直辐射到密如蛛网的街道胡同，再到胡同里的大宅门四合院，再到四合院的门楼影壁屏门庭院走廊，一直到栽种的花草树木，都是非常讲究的，是配套一体的。而作为老北京最具有代表性特征的四合院，大门是给人的第一印象，就像给人看的一张脸，所以叫作门脸儿，自然格外重视。老北京四合院的大门，皇帝在时，是不允许涂红色，都是漆成黑色的，只有到了民国之后，大门才有了红色的。所以，现在如果看到那种古旧破损的黑漆大门，年头是足够老的了；而那种鲜亮的红漆大门，大多是后起的暴发户。

　　老北京四合院的大门，一般都是双开门，这不仅是为了大门的宽敞，而且是为了讲究中国传统美学中的对称美，这就为门联的出现和普及提供了方便，门联便也就成了大门的一种独特的组成部分。这种最讲究音律和词义对仗的门联，和左右开关的对称的大门，正好剑鞘相配，一拍即合。在老北京，这样的四合院大门上，是不能没有门联的。门联内容与书写水平的高低，体现着主人的文化素养和品位，哪怕是为了附庸风雅呢，也得请高手来为自己装点一下门面——你看，提到了门面这个词儿，北京人，一贯是把门和脸放在一起同等看待的。

　　现在，外地人外国人看北京，看什么呢？胡同越来越少了，四合院越来越少了，大门上镂刻的门联，一般都得有百年左右的历史，随着岁月风霜的剥蚀，本来就已经所剩不多，加之胡同和四合院被大批量地拆迁，自然也就越发难以见到了。我还发现，前几年曾经亲眼看见的门联，现在，有的已经看不清楚了，有的索性连门带院都夷为平地了。许多你认为美好的有价值的事物，被当成废土垃圾一起清除，好像一切以新建大楼的建筑面积来计算价钱了，而且还能够翻着跟头一样连年翻番。

　　我只能把我这几年跑街串巷所看到的一些门联，赶紧介绍给大家，有兴趣者，可以前往一观。兴许过不了多久，它们便再也看不见了——

　　　　诗书修德业，麟凤振家声。

　　　　好善最乐，读书便佳。

　　　　多文为富，和神当春。

　　　　绵世泽不如为善，振家业还是读书。

　　　　芳草瑶林新几席，玉杯珠柱旧琴书。

忠厚培元气，诗书发异香。

这几副门联，都是讲究读书的，我们的祖先是崇尚"万般皆下品，唯有读书高"的。所以，老北京的门联里，这类居多，最多的是"忠厚传家久，诗书继世长"。这几副门联，写的意思是一样的，但特色不一样。要我来看，"多文为富，和神当春"写得最好。如今，讲究一个"和"字，但谁能够把"和"字当作神和春一样虔诚地看待呢？又有谁能够把文化的多少当作你未来富有的基础来对待呢？再看"忠厚培元气，诗书发异香"，以前院子的主人是一个卖姜的，你想想，一个卖姜的，都讲究诗书传家，多少让现在的大小商人脸红。

经营昭世界，事业震寰球。

及时雷雨舒龙甲，得意春风快马蹄。

恒占大有经纶展，庆洽同人事业昌。

这三个院落的主人都是商家，但三副门联写得直白而坦率。老北京，这类门联也颇多，最有代表性的莫过于"生意兴隆通四海，财源茂盛达三江"了。

同为商家，"吉占有五福，庆集恒三多"，写得略好。"吉庆"正是商家的字号，嵌在联里面，十分巧妙；五福即寿、富、康、德和善终；三多即多福多寿多子孙；都是吉利话，但具体了一些。

"源头得活水，顺风凌羽翰""源深叶茂无疆业，兴远流长有道财""道因时立，理自天开"，这三副，前两副都说到了经商之"源"，后两副都说到了经商之"道"，第一副比第二副说得要好，好在含蓄而形象；第三副比第一、第二副说得好，这是一家当铺，后来当过派出所，不管干什么，都得讲究个道和理，好就好在把道和理说得与时世和天理相关，让人心服口服，有敬畏之感，不敢造次。

再看，"考货殖传，定平准书"，"平准"和"货殖"均用典，货殖即指经商；平准，则是在汉朝时就讲究的经商价格的公平合理，那时专门设立了平准官；虽然显得有些深奥，但讲的是经商的道德。

"生财从大道，经营守中和"，说得朴素，一看就懂，讲究的同样是经商的一个道德，前后对比，却是一雅一俗，古朴兼备，见得不同的风格。

能够将门联既作得有学问，又能够一语双关，道出自身职业特点的，是这类门联中的上乘之作，也是更为常见的。"义气相投[①]裘臻狐腋，声名可创衣赞羔羊"，一看就是经营皮货买卖的，是户叫义盛号的皮货商。"恒足有道木似水，立市泽长松如海"，一看就是经营木材生意的，而且将自己的商号名称嵌在门联中，即上下句的第一个字连起来，叫恒立。能够让人驻足多看两眼，门联就是他们漂亮而别致的名片。

将门联作为自己的名片，让人一眼看到就知道院子的主人是干什么的，也是北京门联的一个特点，一种功能。比如卖酒的："杜康造酒，太白遗风。"看病的："杏林春暖，橘井泉香。"洗澡的："金鸡未唱汤先热，玉板轻敲客远来。"剃头的："虽为微末生意，却是顶上功夫。"可惜的是，这里好多在小时候还曾经看到过的门联，如今已经难得再见。我见到的，只有北大吉巷四十三号的："杏林春暖人登寿，橘井宗和道有神。"那是老中医樊寿延先生的老宅。还有钱市胡同里的几副："增得山川千倍利，茂如松柏四时春""全球互市翰琛书，聚宝为堂裕货泉""万寿无疆逢泰运，聚财有道庆丰盈""聚宝多流川不息，泰阶平如日之升"。都是当年铸造银锭的小作坊。

当然，在门联中，一般住户，不在意那些一语双关，而是着意于家庭的更多方面。

---

① 义气相投：现在写作"意气相投"，表示志同道合。意气，指志趣和性格。

或祝福家声远播，家业发达——

河内家声远，山阴世泽长。

世远家声旧，春深奇气新。

子孙贤族将大，兄弟睦家之肥。

或祝福合家吉祥，太平和睦——

家吉征祥瑞，居安享太平。

家祥人寿，国富年丰。

瑞霞笼仁里，祥云护德门。

或期冀水光山色，朋友众多，陶冶性情——

山光呈瑞泉，秀气毓祥晖。

圣代即今多雨露，人文从此会风云。

林花经雨香犹在，芳草留人意自闲。

　　但更多的还是讲究传统的道德情操。"惟善为宝，则笃其人"，讲的是一个善字。"恩泽北阙，庆洽南陔"，《诗经》里有"南陔"篇，讲的是一个孝字。"文章移造化，忠孝作良图"，讲了一个孝字，又讲了一个忠字。

"门前清且吉，家道泰而康"，讲的是做人的清白。"芝兰君子性，松柏古人心"，讲的是心地品性。只不过，前者说得直截了当，后者用了比兴的古老笔法。而"古国文明盛，新民进化多"，则可以看出完全是紧跟民国时期的新潮步伐了。

最有意思的是，草厂五条二十七号，它原来是湖南宝庆会馆，很深的左右两层大院，高台阶，黑大门，那副门联"惟善为宝，则笃其人"不是刻在大门上，而是刻在门两旁的余塞板①上，很特殊。

遗憾的是，我所看到的，仅仅是老北京门联的一小部分，不知还有多少精彩的，已经和我们失之交臂。仅就我听说的，原广渠门袁崇焕故居就有："自坏长城慨古今，永留毅魄壮山河。"大外廊营谭鑫培英秀堂老宅有："英杰腰间三尺剑，秀士腹内五车书。"烂漫胡同东莞会馆有："奥峤显辰钟故里，蓟门风雨引灵旗。"海柏胡同朱彝尊故居的古藤书屋有："一庭芳草围新绿，十亩藤花落古香。"粉房琉璃街的新会会馆有："新诗日下推新彦，会客花间话早朝。"当然，再往前数，在曾朴的《孽海花》里，还记录着保安寺街曾经有过的一副有名的门联："保安寺街藏书十万卷，户部员外补阙一千年。"此门联民国时还在，曾经让朱自清先生流连颇久。自然，那都是前尘往事，显得离我那样的遥远了。

我最喜欢的是东珠市口大街冰窖厂胡同曾经有过的一副门联："地连珠市口，人在玉壶心。"以玉壶雅喻冰窖厂，地名对仗得如此工整古朴，实在难得。我一连去冰窖厂胡同多次，都没有找到这副门联；也曾向老街坊多方打听，也没有打听到这副门联曾经出现在哪一家院落的大门上。

有一阵子，我迷上了门联，胡同串子似的到处乱窜，像寻宝似的寻觅门联。因为我心里隐隐地感觉，这样的门联，也许快要成为"夏季里最后一朵玫瑰"了。有一次听人告诉我，在宣武门外校场口头条四十七号有一副门联，格外难认，却保存完好。我立刻赶过去，一看，像小篆字，又像

---

① 余塞板：大门门框与抱柱之间的板。多分为三段，上部为上心板，中部为绦环板，下部为下裙板。

钟鼎文，古色古香，其中几个字，我也认不得。一打听，才知道门联是："宏文世无匹，大器善为诗。"再一打听，此院原先住的是我汇文老校友、前辈学者吴晓玲先生，这样的门联只有他这样学富五车的人才匹配。去的时候，正是夏天，院子里有两棵大合欢树，绯红色的绒花探出大门，与门联相映成趣，很是难忘。

还应该补充这样几个门联，都是独眼一般半副。一在南柳巷林海音故居对面五十一号右边半扇门上，为"香光随笔是为画禅"。一在杨梅竹斜街九十号左边半扇门上，为"合力经营晏子风"。后者，大院里新搬来一户，就住在大门的右边，为了把房子往外扩大一些，就把右边的大门给卸了，换上了一扇小门，便只剩下了左边这半副门联，这么多年来，让晏子一人孤胆英雄一般独挡风雨。

另外半副让我印象深刻的门联在长巷五条路东一个小院，只剩下半扇门，摇摇欲坠，破裂得木纹纵横，但暗红色的漆皮隐隐还在，凸刻着"荆楚家风"。过了几天，我路过那里，门联没有了，换上了两扇新门，涂着鲜红的油漆，像张着涂抹了劣质口红的两瓣嘴唇。

真的，在越来越多四合院和胡同的拆迁下，在越来越多高楼的挤压下，我觉得这样的门联快看不见了，或者说要看以后得去博物馆看了。在唯新是举的城市建设思维模式下，大片的老街巷被地产商所蚕食，拔地而起的高楼大厦，似乎要比四合院更有价值，却不知道没有四合院的依托，北京城还是北京城吗？没有了四合院，那些存活了近百年的门联，上哪儿去看呢？那些同欧洲房子前的雕塑和族徽一样，是北京自己身份的证明呀。我们就像狗熊掰棒子，为了伸手摘取自以为是的东西，轻而易举地丢弃了最可宝贵的东西。

前两天，我陪来自美国的宝拉教授去大栅栏，特意去了一趟钱市胡同。窄窄的胡同里，静无一人，那几副老门联还在，只是有的已经字迹模糊了。其实我才两三年没去那里，日月风霜的剥蚀，比想象的要快。

老北京的门联啊！

老点心铺

　　如今北京的点心铺，基本是稻香村一花独放了。十几年前，起码在超市中还可以看见几家老字号点心铺的专柜，现而今很难找到了。北京的点心铺变成这样的格局，令人怅惘。

　　在老北京，起码在二十世纪八九十年代，仅仅在前门地区，还有老字号正明斋和祥聚公两家可以和稻香村平分秋色。从发展历史来看，两家老字号的年头都要比稻香村久。稻香村是民国之后开业的，是入京的南方点心铺，可谓新生事物。在老北京，管点心叫作"饽饽"，这是清人入关之后满族人的称谓。"点心"一词，则是从南方传入北京的。

　　正明斋于清同治三年（1864）在煤市街开业，生意做得不错，于是在北桥湾开了第一家分店，在前门大街鲜鱼口西口南边路东，又开了第二家分号。据说，生意红火的时候，正明斋开过七家分号。清末民初，正明斋几乎成了京城饽饽铺的龙头。清末崇彝[①]在《道咸以来朝野杂记》中记载："瑞芳、正明、聚庆诸斋，此三处北平有名者。"这三处，均在前门外，后来，瑞芳和聚庆两家消失，而正明斋一直延续到北平和平解放之后。

　　正明斋生产的是满汉点心，是清人入主京城后的产物。作为京城的点心，它应该最正宗。也就是说，如果想吃老北京味儿的点心，正明斋是首选。

---

① 崇彝：清末民初蒙古族学者。字泉孙。自幼勤奋好学，博及经史，尤熟谙掌故。光绪朝，累官至吏部文选司郎中。著有史学笔记《道咸以来朝野杂记》《选学斋集外诗》等。

它的蜜供①在清末时最为出名，一九四九年以后，一直也是它的传统产品。和萨其玛一样，这是典型的满族人的点心，也是满族人年节时的供品。正明斋蜜供的超人之处，不仅在于它可以做得小如棋子（便于吃）、大如小山（为了供），更在于它在蜂蜜中掺入上好的冰糖。如此不仅色泽光亮、松软清脆，而且不粘牙，还耐嚼，天再热也不会往下淌蜜。据说，当年老佛爷爱吃这口，正明斋的蜜供因此成为清御膳房采购的点心。现在，稻香村也卖蜜供，却是硬得用手掰都掰不动。

正明斋的杏仁干粮、盐水火烧、槽子糕、大杠炉、红白月饼，也都是颇受富贵人家和寻常百姓欢迎的点心。民国时期，袁世凯、曹锟诸路军阀，都是正明斋的常客，张学良最爱吃这家的杏仁干粮。名人效应，使得那时候正明斋的生意格外红火。

祥聚公比正明斋的年头要晚，光绪三十四年（一九〇八），它先在石头胡同开业，取名叫裕盛斋。石头胡同位于八大胡同，客源毕竟有局限性。后来，它移师繁华的前门大街路西，更名为祥聚公，牌匾由晚清名宿戴恩溥②书写。它几乎和正明斋面对面，没有自家的一点儿绝活，是不敢这样唱对台戏的。

祥聚公做出的点心讲究货真价实，另外，它是家清真铺，在当时的京城，清真点心铺很少。它生产的桂花板糕、姜丝排叉，是典型的清真点心，回民自然常到它那里买。据说，马连良先生最爱吃这两样点心，有一年到上海演出，春节回不来，馋这一口，便给祥聚公写信，店家赶紧把这两样点心给他寄去。这样的逸闻，坊间流传得特别快，马连良先生无疑给祥聚公做了广告，成了桂花板糕和姜丝排叉的代言人。

它的应季点心也很出名，春季的玫瑰鲜花饼和藤萝鲜花饼，曾经风靡

---

① 蜜供：一种北京传统小吃。将特制的面条炸熟后，用砂糖、蜂蜜挂浆。色泽浅黄明亮，入口香甜酥脆。旧时主要用于供神佛，所以叫蜜供。

② 戴恩溥：生于一八二七年，卒于一九一一年。字瞻原。清平度人。同治四年（一八六五）进士。历任兵部主事、监察御史、工科掌印给事中、广西右江兵备道等职。系书法名家，传世作品被收入《明清百名进士书法选》。

一时。它的玫瑰是每年四月到妙峰山采摘的，它的藤萝花是从京郊各大寺庙里采集的。这个时节，京城很多家点心铺都会卖玫瑰鲜花饼和藤萝鲜花饼，但卖得最好的，还数祥聚公和对门的正明斋。人们还是信奉老字号。

老北京在过年的时候讲究大小八件和细八件装盒送礼，每样都是由八种不同的点心组成。虽然都叫八件，但有大、小、细之分。大八件是由印有"福""禄""寿""喜"四字的四种点心，和枣花酥、卷酥、核桃酥、八拉饼这四种点心组成。小八件是枣方、杏仁酥、小桃、小杏、小石榴、小柿子、小苹果、小核桃。细八件是状元饼、太师饼、囊饼、杏仁酥、鸡油饼、硬皮桃、白皮饼、蛋花酥。在老北京，卖大八件、小八件、细八件的有许多家，祥聚公的质量最优，名气最大。

记得小时候，前门大街上没有稻香村，正明斋和祥聚公的老店是我常去的地方。后来，三年困难时期，买点心要点心票，每月每人半斤，我爸爸让我买点心一定要去前门大街的这两家店。

我读中学的时候，天天乘坐二十三路公交车，在桥湾这一站下车，然后通过北桥湾穿过北芦草园和草厂三条回家。那时候，正明斋的生产车间——要不就是仓库，就在北桥湾和南芦草园交叉路口的西边。每一次路过那里，总能闻到点心的香味。

遗憾的是，这样两家曾经在京城声名鼎盛的老字号，如今不仅威风不再，连店家都无处可寻了。记得刚刚粉碎"四人帮"的二十世纪八十年代，两家老字号都梅开二度，恢复店名，重张旧帜。正明斋先在前门大街旧址开业，然后又在北桥湾它的分号旧址开设了占地面积不小的正明斋食品厂。祥聚公则在鲜鱼口开设新店，请回老师傅重出江湖，又请书法家欧阳中石重新书写店名匾额，记得它的店面是中式老样子，门上的垂檐板和门楣上都是鲜艳的彩绘。想那时候，这两家点心铺还是信心满满的，却没有想到在新时代的大潮中落伍得如此迅速，将市场拱手相让。无可奈何花落去，我多少有些替它们惋惜。

想想，大小八件、蜜供、萨其玛、自来红、自来自这些典型的老北京点心，曾经是正明斋和祥聚公卖得最红火的，而如今几乎都囊括在稻香村这个南味店里，南北两味，一勺烩了。马连良爱吃的祥聚公的桂花板糕，我未曾尝过，但张学良爱吃的正明斋的杏仁干粮，我还是有幸吃过的。可如今，桂花板糕、杏仁干粮，包括很多品种的美味点心，我们都已经吃不到了。

藤萝鲜花饼，我们也吃不到了。玫瑰鲜花饼，在稻香村里倒是一年四季都在卖，却无法和记忆中的味道相比。

如稻香村这样连锁店规模生产的模式，属于现代化的生产方式；而老北京的点心铺，则属于农商时代的产物，前店后厂，小作坊。二者相比，一个是机器，一个是手工；一个如大锅炒菜，一个如小炒热炒，其区别明显。这或许也是正明斋和祥聚公落伍而稻香村横刀跃马所向无敌的原因之一。然而，如今京城的点心品质不再如前，口味单一、同质化严重而缺少个性。我们当然要发展集团化规模化的稻香村，但也要鼓励并扶持有自己个性的小作坊模式生产的正明斋和祥聚公。我们不希望京城的点心最后成为肯德基和麦当劳，走遍城市的各个角落，买到的点心千篇一律，都是一个味儿。

白雪红炉烀白薯

数九寒冬又来了，转眼就到了年根儿，一年一年过得可真快。也许，是人岁数大了，过去的事总会不请自到地蹦在眼前。在老北京，即使到了寒风呼啸的时候，街头卖各种吃食的小摊子也不少。不是那时候的人不怕冷，是为了生计，便也成全了那时候我们一帮馋嘴的小孩子。那时候，普遍地经济拮据，物品匮乏，说起吃食来，就像在二十世纪七十年代曾经流行过的假衣领被称之为"穷人美"一样，不过是穷人螺蛳壳里做道场的一种自得其乐的选择罢了。

如今，冬天里白雪红炉吃烤白薯已经不新鲜，几乎大街小巷都能看见立着胖墩墩的汽油桶，里面烧着炭火，四周翻烤着白薯。这几年还引进了台湾版的电炉烤箱的现代化烤白薯，立马儿丑小鸭变白天鹅一样，在超市里买，价钱比外面汽油桶里烤的高出不少，但会用一个精致一点儿的纸袋包着，时髦的小妞儿翘着兰花指拿着，像吃三明治一样优雅地吃。

在老北京，冬天里卖烤白薯永远是一景。它是最平民化的食物了，便宜又热乎，常常为穷学生、打工族、小职员一类的人所青睐。他们手里拿着一块烤白薯，既暖和了胃，也暖热了手，迎着寒风走就有了劲儿。记得老舍先生在《骆驼祥子》里写到这种烤白薯，说是饿得跟瘪臭虫似的祥子一样的穷人，和瘦得出了棱的狗，爱在卖烤白薯的挑子旁边转悠，那是为了吃点儿更便宜的皮和须子。

民国时，徐霞村先生写《北平的巷头小吃》，提到他吃烤白薯的情景。

想那时他当然不会沦落到祥子的地步，不过，也绝不是如今脱贫致富开着小车住着别墅上了财富排行榜的作家，只会偶尔到宾馆里吃吃电炉子里用银色锡纸包着烤出的白薯尝尝鲜。所以，他写他吃烤白薯的味道时，才会那样兴奋甚至有点儿夸张地用了"肥、透、甜"三个字，真的是很传神，特别是前两个字，我是从来没有听说过谁会用"肥"和"透"来形容烤白薯的。

但还有一种白薯的吃法，今天已经见不着了，便是煮白薯。在街头支起一口大铁锅，里面放上水，把洗干净的白薯（这种白薯的挑选便是一种经验）放进去一起煮，一直煮到把开水耗干。因为白薯里吸进了水分，所以非常软，甚至绵绵得成了一摊稀泥。想徐霞村先生写到的"肥、透、甜"中那一个"透"字，恐怕用在烤白薯上不那么准确，因为烤白薯一般是把白薯皮烤成土黄色，带一点儿焦焦的黑，不大会是"透"，用在煮白薯上更合适。白薯皮在滚开的水里浸泡，犹如贵妃出浴一般，已经被煮成一层纸一样薄，呈明艳的朱红色，浑身透亮，像穿着透视装，里面的白薯肉，都能够丝丝缕缕的看得清清爽爽，才是一个"透"字承受得了的。

煮白薯的皮，远比烤白薯的皮要漂亮，诱人。仿佛白薯经过水煮之后脱胎换骨一样，就像眼下经过美容后的漂亮姐儿，须刮目相看。水对于白薯，似乎比火对于白薯更合适，更能相得益彰，让白薯从里到外地可人。煮白薯的皮，有点儿像葡萄皮，包着里面的肉简直就成了一兜蜜，一碰就破。因此，吃这种白薯，一定得用手心托着吃。大冬天站在街头，小心翼翼地托着这样一块白薯，嘬起小嘴嘬里面软稀稀的白薯肉，那劲头只有和吃甜如蜜的冻柿子有一拼。

煮白薯，老北京人又管它叫作"烀白薯"。这个"烀"字是地地道道的北方语词，好像是专门为白薯的这种吃法定制的。烀白薯对白薯的选择，和烤白薯的选择有区别，一定不能要那种干瓤的，一般选择的是麦茬儿白薯，再有就是做种子用的白薯秧子。老北京话讲"处暑收薯"，那时候的白薯是麦茬儿白薯，是早薯，收麦子后不久就可以收。这种白薯个儿小，瘦溜儿，皮薄，瓤儿软，好煮，也甜。白薯秧子，是用来做种子的，在老白薯上长出一截儿来，就掐下来埋在地里。这种白薯，也是个儿细，肉嫩，开锅就熟。

当然，这两种白薯，也相对便宜。烀白薯这玩意儿，是穷人吃的，从某种程度上讲，比烤白薯还要便宜才是。我小时候，正赶上三年困难时期，每月粮食定量，家里有我和弟弟两个正长身体饭量大的半大小子，月月粮食不够吃。家里只靠父亲一人上班，日子过得拮据，不可能像院子里有钱的人家去买议价粮或高价点心吃。就去买白薯，回家烀着吃。那时候，入秋到冬天，粮店里常常会进很多白薯，要用粮票买，每斤粮票可以买五斤白薯。但是，每一次粮店里进白薯了，都会排队排好多人，都是像我家一样，提着筐，拿着麻袋，都希望买到白薯，回家烀着吃，可以饱一时的肚子。烀白薯，便成为那时候很多人家的家常便饭，常常是一个院子里，家家飘出烀白薯的味儿。

过去，老北京城南一带因为格外穷，卖烀白薯的就多。南横街有周家两兄弟，卖的烀白薯非常出名。他们兄弟俩，把着南横街的东西两头，各支起一口大锅，所有走南横街的人，甭管走哪头儿，都能够见到他们兄弟俩的大锅。过去，卖烀白薯的，一般都是兼着五月里卖五月鲜，端午节卖粽子，这些东西也都需要在锅里煮，所有烀白薯的大锅就能一专多能，充分利用。周家这兄弟俩也是这样，只不过他们更讲究一些，会用盘子托着烀白薯、五月鲜和粽子，再给人一支铜钎子扎着吃，免得烫手。他们的烀白薯一直在南横街东西两头卖到了新中国成立以后。一九五四年至一九五六年，全国实行公私合营，统统把这些小商小贩归拢到了饮食行业里来。

五月鲜，就是五月刚上市的早玉米，老北京的街头巷尾，常会听到这样的吆喝："五月鲜来，带秧儿嫩来吔！"市井里叫卖的吆喝声，如今也成了一种艺术，韵味十足的叫卖大王应运而生。以前，卖烤白薯的一般吆喝："栗子味儿的，热乎的！"以和烤白薯一起当令的栗子相比附，无疑是高抬自己，再好的烤白薯，也吃不出来栗子味儿。烀白薯，没有这样地攀龙附凤，只好吆喝："带蜜嘎巴儿的，软乎的！"不过，一般卖烀白薯的，都没有卖烤白薯的吆喝得起劲儿，大概是有些自惭形秽吧。他们吆喝的这个"蜜嘎巴儿"，指的是被水耗干挂在白薯皮上的那一层结了痂的糖稀，对那些平常日子里连糖块都难得吃到的孩子们来说，是一种挡不住的诱惑。

说起南横街东西两头的周家兄弟，我想起了小时候我家住的西打磨厂街中央的南深沟的路口，也有一位卖烀白薯的。只是，他兼卖小枣豆儿年糕，一个摊子花开两枝，一口大锅的余火，让他的年糕总是冒着腾腾的热气。无论买他的烀白薯还是年糕，他都给你一个薄薄的苇叶子托着，那苇叶子让你想起久违的田间，让你感到再不起眼的北京小吃，也有着浓郁的乡土气。

长大以后，我在书中读到这样一句民谣："年糕十里地，白薯一溜屁。"说的是年糕耐饥，顶时候，白薯不顶时候，容易饿。便会忍不住想起南深沟口上那个既卖年糕又卖白薯的摊子。他倒是有先见之明，将这两样东西中和在了一起。

懂行的老北京人，最爱吃锅底的烀白薯，是烀白薯中的上品。那样的白薯因锅底的水烧干让白薯皮也被烧煳，便像熬糖一样，把白薯肉里面的糖分也熬了出来，其肉便不仅烂如泥，也甜如蜜，常常会在白薯皮上挂一层黏糊糊的糖稀，结着嘎巴儿，吃起来，是一锅白薯里都没有的味道，可以说是一锅白薯里浓缩的精华。一般一锅白薯里就那么几块，便常有好这一口的人站在寒风中程门立雪般专门等候着，一直等到一锅白薯卖到了尾声，那几块锅底的白薯终于水落石出般出现为止。民国有《竹枝词》专门咏叹："应知味美惟锅底，饱啖残余未算冤。"

只可惜，如今你即使跑遍北京的四九城，也找不到一个地方卖这种烀白薯的了。暗想，如果有聪明的商家重操旧业，把这个烀白薯整治出来，让人们重新尝尝这一口，必定是个不错的生意。只是得在店门口支起一口大锅，让它呼呼地冒热气儿，让烀出的白薯那种带糖稀的甜味儿满街飘。

酸梅汤

酸梅汤在北京很有名气，看清末民初书中记载，当时起码有前门大街的九龙斋、西单牌楼的邱家小铺、琉璃厂的信远斋，以及街巷里路遇斋、路缘斋之类的小店多家。店家门口悬挂"冰镇梅汤"布檐横额，黄底黑字，甚为工巧，迎风招展，白天黑夜都在热卖。大白布伞下，一列青铜冰盏，卖者要打出各种清脆的点儿来，吆喝着招徕顾客，曾是北京夏天的一景。当时有诗曰，"铜碗声声街里唤，一瓯冰水和梅汤""炎伏更无虞暑热，夜敲铜盏卖梅汤"，说的就是那种情景。京剧名角梅兰芳、马连良爱喝信远斋的酸梅汤，无形中又抬高了它的身价。

如今，卖酸梅汤的在北京只剩下信远斋一家。曾在报纸上看到，以前有人去信远斋当领导，他看一个做酸梅汤的老师傅拿的工资比经理甚至比自己还高，心里不服气，这酸梅汤还有什么难做的吗？便降了人家的工资。老师傅一气之下回了老家。赶巧柬埔寨的宾努老先生访华，在人民大会堂喝酸梅汤，竟然极其老到地觉出和以前的味道不一样，于是把老师傅又请了回来。

这则轶闻，一说信远斋的酸梅汤名气之大；二说信远斋的酸梅汤做法独特，并非等闲。曾查《燕京岁时记》和《春明采风志》二书，记载大同小异，都是："以酸梅合冰糖煮之，调以玫瑰、木樨、冰水，其凉振齿。"看来，关键在于"煮"和"调"的火候和手艺，于细微之处见功夫。

如今的信远斋，地方还在琉璃厂。酸梅汤还是这种制法，却再不是敲着铜盏儿的老式卖法了，而是制成易拉罐和汽水瓶盛之，一瓶或一筒的价钱比可口可乐还要贵些。我猜想如此之贵，一是成本高，二是为抬高自己非同寻常的身价吧。

曾想过这样一个问题：足迹遍布世界的可口可乐是一八八六年发明而制成继而销售的；信远斋是道光年间创办，其酸梅汤也是在那期间走俏京城。道光自一八二一年起至一八五一年止，即便是从道光末年算起，酸梅汤的历史也比可口可乐多三十余年。如果说，以往酸梅汤远远斗不过人家，是因为自己工艺落后；如今引进易拉罐等先进工艺，为什么依然在可口可乐后面？漫说打进不了国际市场，就是在享有历史声誉的北京，为什么问津者也不那么多呢？是不是因为在广告宣传方面远逊于可口可乐？反正，很替信远斋的酸梅汤鸣不平。

便求教一位专门研究饮食的专家，他说这只是我的一厢情愿。外宾喝酸梅汤，也只是传说。信远斋的酸梅汤斗不过可口可乐，并不在于人家可口可乐汹涌澎湃的广告宣传。一百年来，这么有名的信远斋酸梅汤之所以裹足不前，自有其自身的原因。北京烤鸭也是国粹，论历史不及它长，为什么渐渐推广至全国并且在世界许多地方有了知名度？

便又问：究竟原因何在？

答曰：有五点。天！他一口气竟说出五点。

一是工艺的区别。酸梅汤叫汤，就说明这一问题。在我国古代，汤指的是中药。这在"神农尝百草"中即有记载，《尚书》中亦有"若作和羹，尔为盐梅"之说，宋代《太平御览》中记载梅做的汤方为清凉饮料。因此，汤必是熬、煮、煎之类，我们的酸梅汤属于经验加手艺。国外的饮料采取的是科学的加工工艺，可口可乐即有特定的配方，现代饮料更是高科技产品，用不着笨拙地熬制。二是工具的区别。我们的酸梅汤基本还是用铜锅之类原始的器皿熬制，人家国外已经是现代化的密闭式流水作业。三是水源。信远斋原来用的是甜水井里的水，如今用的是自来水，北京今天的水无法与百年前相比。四是性格的差别。与可口可乐相比，酸梅汤性格属柔性，甜中带酸，可乐型饮料讲究舌感要见棱见角。第五点也是最重要的一点，从国际饮料流行新趋势来看，会越来越崇尚古罗马原生态的饮料，讲究轻、薄、软。轻，指的是含有微量元素；薄，指的是无色无味；软，指的是越来越少直至无刺激性。从这一趋势来看酸梅汤，它诞生在农业社会，那时科学技术尚不发达。它的历史作用已经完成。

　　我不知道他讲得是否正确，只觉得不无道理。不知怎么，总还是为信远斋的酸梅汤不服。历史那么悠久的玩意儿，真的就这般无可奈何花落去了吗？也许，花开花落实属必然，并非无奈，只因我偏爱酸梅汤，心里头，便总是酸酸的。

大白菜赋

又到了大白菜上市的时候了。最近，北京大白菜丰收，最便宜的只要一角八分钱一斤。

民谚说："霜降砍白菜。"从霜降之后，一直到立冬，北京大街小巷，都在卖白菜。过去叫作冬储大白菜，几乎全家出动，人们拉着平板车，推着小车、自行车，甚至借来三轮平板车，一车车地买回家，成为北京旧日冬天的一幅壮丽的画面。如果赶上下雪天，白雪映衬下绿绿的大白菜，更是颜色鲜艳的画面。

那时候，国家有补贴，大白菜的价格，一斤不过几分钱。谁家不会几十斤上百斤地买呢？买回家的大白菜，堆在自家屋檐下，用棉被盖着，要吃一冬，一直到青黄不接的开春。可以说，这是老北京人的看家菜。过去人们常说："萝卜白菜保平安。"

大白菜，不是小白菜，不是奶油白菜，而是个头硕大抱心紧实的白菜，一棵有十来斤重。在以往蔬菜稀缺的冬天，大白菜贫富皆宜，谁家也少不了。齐白石不止一次画过大白菜，却从来没画过小白菜，更别说奶油白菜了。

清时有《竹枝词》说："几日清霜降，寒畦摘晚菘。一绳檐下挂，暖日晒晴冬。"这里说的"晚菘"，指的就是大白菜。菘，是一个很古老的词，将大白菜说成菘，是文人对它的美化和拔高。"菘"字从"松"字，谓之区区大白菜却有着松的高洁品格，严寒的隆冬季节里，照样绿意常在。

冬天吃白菜，在我们国家有着悠久的历史。新近读到我的中学同窗王仁兴在生活·读书·新知三联书店新出版的《国菜精华》一书，他所收集研究的从商代到清代的菜谱中，白菜最早出现在南北朝的南朝。在贾思勰的《齐民要术》中收录有白菜的吃法，叫作"菘根菹法"。这说明吃白菜，可以上溯至公元六世纪，也就是说，中国人吃白菜至少有着一千五百多年的历史。《齐民要术》记载的白菜的吃法，是一种腌制法：菘根，就是白菜帮，将白菜帮"净洗通体，细切长缕，束为把，大如十张纸卷。暂经沸汤即出，多与盐……与橘皮和，料理满奠"。

清代以来，文人对大白菜青睐有加，为它书写诗文的人很多。从清初诗人施愚山开始，极尽赞美乃至不舍之情："滑翻老米持作羹，雪汁云浆舌底生。江东莼脍 ① 浑闲事，张翰休含归去情。"就连皇上也曾经为它写诗，清宣宗（道光帝）有《晚菘诗》："采摘逢秋末，充盘本窖藏。根曾润雨露，叶久任冰霜。举箸甘盈齿，加餐液润肠。谁与知此味，清趣惬周郎。"一直到近人邓云乡先生也有咏叹大白菜的诗留下："京华嚼得菜根香，秋去晚菘韵味长。玉米蒸糇堪果腹，麻油调尔作羹汤。"

细比较他们的诗，会很有意思。施诗人写得文气十足，非要把一个不施粉黛的村姑描眉打鬓一番成俏佳人；而皇上写得却那样的朴素无华接地气；邓先生则把大白菜和窝窝头（蒸糇即窝头）连在一起，写出它的菜根味和家常味。

过去人们讲究吃霜菘雪韭，当然，霜菘雪韭，是把这种家常菜美化成诗的文人惯常的书写。不过，在霜雪漫天的冬季，大白菜和韭菜确实让人留恋。夜雨剪春韭，当然好，但冬韭更为难得，尤其在过去的年代里，这样的冬韭属于棚子菜，价钱贵得很。春节包饺子，能够买上一小把，掺和在白菜馅里，点缀上那么一点儿绿，就已经很是难得了。大白菜不一样，在整个冬天都是绝对的主角，家家年夜饭里的饺子馅，哪家不得用大白菜呢？即使在遥远的美国，一整个冬天里，中国超市里都有大白菜卖，尽管

---

① 莼脍：莼羹鲈脍的略写。这一典故出自唐代房玄龄编撰的《晋书·张翰传》。莼，蔬菜名。鲈，鲈鱼。脍，切得很细的鱼或肉。借家乡的美味菜肴比喻故乡之思。

一棵大白菜要卖二十来块人民币的价钱，中国人也是要买来吃的。今年春节前，我正在美国看孩子，到那家常去的中国超市买大白菜，老板是个山东人，笑着问我："回家包饺子吃吧？"大白菜，永远是北京人的乡思，迅速联结起中国人彼此之间的感情，是一点儿也没错的。

大白菜有多种吃法，包饺子只是其中之一。瑶柱白菜、栗子白菜，是上品；芥末墩，是老北京的小吃；乾隆白菜，是老北京人花样迭出的一种较为花哨的菜肴，但借助大白菜确实做足了文章。

一般人家做得更多的是醋熘白菜和邓先生说的"麻油调尔作羹汤"的白菜汤。

白菜汤做好不容易，一般人家会在做白菜汤的时候配上一点儿豆腐和粉丝，条件许可的话，再加上一点儿金钩海米，没有的话，用虾皮代替，味道会好很多。要想让汤的味道更好一些，如果没有高汤，则要用猪油炝锅。如今猪板油难觅，普通的白菜汤即使做得好吃，也差了一点意思。

醋熘白菜，我在家里常做，素炒肉炒均可。我做时一定要用花椒炝锅，一定要加蒜，一定要淋两遍醋。如果有肉，在肉即将炒熟时加醋；如果没有肉，将葱、姜、蒜爆香下白菜前加醋；最后，淋一些锅边醋，点几滴香油，拢芡出锅。这道菜，关键在这两遍醋上，不要怕醋多，就怕醋少。这成了我的一道拿手菜，特别是刚从北大荒回北京的那一阵子，朋友来家做客，兜里兵力不足，就炒这道最便宜的醋熘白菜，吃起来，谈不上"雪汁云浆舌底生"，却也吃得不亦乐乎。

《燕京琐记》里特别推崇腌白菜，说"以盐撒白菜之上压之，谓之腌白菜，逾数日可食，色如象牙，爽若哀梨[①]"。这是我看到的对腌白菜最美的赞美了。腌白菜，对于老北京人而言，是一种太普通的吃法，只是各家做法不尽相同。邓云乡先生在文章中介绍过他的做法："把大白菜切成棋子块，用粗盐曝腌一两个钟头，去掉卤水，将滚烫的花椒油或辣椒油往里一倒，'嚓喇'一响，其香无比。"

---

① 哀梨：即哀家梨。相传汉代秣陵人哀仲所种之梨果大而味美，当时人称为"哀梨"。

我的做法是，将白菜连帮带叶切成长条状，先用盐水渍一下，挤出汤水，将其放进水滚开的锅里，焯一下立即捞出，置入凉水中，再用手把菜里面的水挤净，加盐加糖，淋上滚沸的花椒辣椒油和醋。吃起来，特别的脆，那才叫"爽若哀梨"。这样的吃法，可以说延续了贾思勰在《齐民要术》中说的"菘根菹法"。只是，不知道为什么都少了贾氏说的放橘皮这样一项。

《北平风物类征》一书引《都城琐记》，说到大白菜的另一种吃法："白菜嫩心，椒盐蒸熟，晒干，可久藏至远，所谓京冬菜也。"这里说的是储存大白菜过冬的一种方法，即晾干菜。不过，用白菜心晾干菜，我从来没有见过，大概属于有钱人家的做法吧。我们大院里，人们晾干菜，可不敢这样的奢侈，都是把一整棵大白菜切成两半或几半，连帮带叶一起晾晒。白菜心，我父亲在世的时候，都是用来做糖醋凉拌，在上面再加一点儿金糕条，用来做下酒的凉菜。

除了晾干菜，渍酸菜也是一种方法。这是两种不同的方法，都属于大白菜的变奏。前者变形不变味儿，后者变形变色又变味儿。前者挤压成如书签一样，夹在我们记忆的册页里；后者宛如换容术一般，变成里外一新的新样子。两种方法，都使大白菜尽显其婀娜姿态，只不过，一个干瘪如同皮影戏，一个如同休眠于水中的鱼。

当然，这是物质不发达的时代里，为了储存大白菜，老北京人不得已而为之的方法，或者说是一种生活的智慧。如今，大棚蔬菜和南方蔬菜多种多样，四季皆有，早突破了时序与节气的限制。有意思的是，如此风云变幻下，晾干菜已经很少见了，但是酸菜常见，而且是人们爱吃的一道菜品，由此诞生的酸菜白肉、酸菜粉丝、酸菜饺子，为人所称道。在大白菜演进的过程中，酸菜算是一种新创造吧。

将普通的大白菜变换着花样吃，真亏得北京人想得出来。

大白菜，也不仅是寻常百姓家的最爱。看溥仪的弟弟溥杰的夫人爱新觉罗·浩（嵯峨浩）写的《食在宫廷》一书，皇宫里对大白菜一样青睐有加。在这本书中，记录了清末几十种宫廷菜，大白菜就有五种：肥鸡火熏白菜、栗子白菜、糖醋辣白菜、白菜汤、曝腌白菜。后四种，已经成为家常菜。前一种肥鸡火熏白菜，如今很少见。据说，乾隆下江南时尝过此菜之后甚是喜爱，便将苏州名厨张东官带回北京，专门做这道菜。看溥杰夫人所记录的这道菜的做法，并不新奇，只是要将肥鸡先熏好，然后和大白菜同时放进高汤里，用中火煨至汤尽。其中的奥妙，在读这本书其他大白菜的做法时发现，宫廷里都特别强调一定要将大白菜煮透。一个"透"字，尽显厨艺的功夫。透，不仅是断生，也不能是煮烂，要既能入味，又有嚼劲儿。

不过，有一种大白菜的吃法，无论宫廷还是民间，我都没有听说老北京曾经有过。还是王仁兴的这本《国菜精华》介绍了一种"山家梅花酸白菜"，他引用南宋林洪的《山家清供》，说这种吃法是将大白菜切开，用很清的面汤先泡渍，再加入姜、花椒、茴香和莳萝等调料，以及一碗老酸菜汤腌制。关键是最后一步："又，入梅英一掬。"所以，林洪称此菜为"梅花虀"。或许，这只是南方的一种古老吃法，北京有的是大白菜，却鲜有梅花。其实，在我看来，也不是鲜有梅花的原因，就跟我们做腌白菜不放橘皮一样，便想不到在做酸白菜的时候可以"入梅英一掬"。我们北京人做菜还是显得粗糙了些，少了一点儿细节的关注和投入。

教我中学语文的田增科老师，如今已经年过八十。他曾经教过的一个学生的家长，是川菜大师罗国荣。罗国荣在二十世纪六十年代担任过人民大会堂总厨。国宴菜品，都要由他排菜单，签菜单。他的拿手菜"开水白菜"，每次国宴必上，不止一次受到周总理和外宾的夸赞。一次家访，罗国荣非要留田老师吃饭。他说，田老师，今天中午我留您吃饭，我用水给您炒盘白菜肉丝，一准让您回味无穷。那年月粮食定量，买肉要用肉票，田老师对我说，虽然很想尝尝这道出名的开水白菜，但怎能随便吃人家的口粮，赶紧骑车溜走了。

能够用简单的白菜，做成这样一道味道奇美的国宴上出名的清水白菜，大概是将大白菜推向了极致，是大白菜的华彩乐章。颇有些丑小鸭变成白天鹅，一下子步入奥斯卡颁奖盛典红地毯的感觉。

不过，在我的心目中，将吃剩下不用的白菜头，泡在浅浅的清水盘里，冒出那黄色的白菜花来，才是将大白菜提升到了最高的境界。特别是朔风呼啸、大雪纷飞的冬天，明黄色的白菜花，明丽地开在窄小的房间里，让人格外喜欢，让人的心里感到温暖。白菜的叶子、帮子和菜心，都可以吃，白菜头不能吃，却可以开出这么漂亮的花来，普普通通的大白菜，一点儿都没有糟践，真的就升华为艺术了。

如今，全城声势浩大的冬储大白菜，已经属于北京人的记忆。不过，即便全民冬储大白菜的盛景消失，大白菜依然是新老北京人冬天里少不了的一种菜品。一些与时令节气相关的吃食，可以随着时代的变迁而更改，却不会完全颠覆或丧失。这不仅关乎人们的味觉记忆，更关乎民俗传统的传承。

大白菜！北京人的大白菜！

京城花事

老北京，没有街行树，街道上是没有什么花可看的。到了春天，花一般开在皇家园林、寺庙和四合院里。老北京人赏花，得到这三处去。皇家园林进不去，到寺庙里连烧香拜佛带赏花，便是最佳选择。春节过后，过了春分，二月二十五，有个花朝日，是百花的生日。那一天，人们会到寺庙里去，花事和佛事便紧密地连在一起。因此，在皇家园林还没有开放为公园的年代，到寺庙里赏花，是很多人共同的选择。

过去，老北京有个顺口溜：崇效寺的牡丹，花之寺的海棠，天宁寺的芍药，法源寺的丁香。这四句话，合辙押韵。意思是说，开春赏花，不能不去这四座古老的寺庙，那里有京城春花的代表作。那时候，到那里赏花，就跟现在年轻人买东西要到专卖店里一样，是老北京人的讲究。可以看出，老北京人赏花，讲究的是要拔出萝卜带出泥一样，要连带出北京悠久又独特的历史和文化的味儿来。就跟讲究牡丹是贵客、芍药是富客、丁香是情客一样，每一种花要有一座古寺依托，方才剑鞘相合，鞍马相配，葡萄美酒夜光杯相得益彰。

崇效寺的牡丹，以种植的面积铺展连成片而令人赏心悦目。当然，那里的绿牡丹更是名噪京城，因为那时候开绿色花瓣的牡丹，满北京只此一家，别无分店。花之寺的海棠，在我国现代著名女作家凌叔华的笔下有过描述，她特意将自己的第一部短篇小说集命名为《花之寺》（一九二八年，新月书店出版）。天宁寺的芍药，和寺本身一样历史悠久。不过，法源寺的丁香，应该更有名一些，清诗中有这样的诗句形容那里壮观的丁香花海："杰阁丁香四照中，绿荫千丈拥琳宫。"说丁香千丈之长是夸张，但簇拥在法源寺的一片丁香花海，为京城难见的景观，是吸引人们来的主要原因。

有意思的是，这四座古寺都在宣南，大概和那时候宣南居住着众多文化人有关，花以人名，人传花名，文人的笔，让这里的花代代相传，这四座古寺的花事，连同明清两代文人留下的诗章，便成了宣南文化的一部分。

这四座古寺的繁盛花事，一直延续到民国。从文字记载来看，二十世纪二十年代，泰戈尔访问北京时的重要活动，一个是和梅兰芳在开明剧院赏京戏，一个便是和徐志摩到法源寺里看丁香。读张中行先生的文章，知道二十世纪四十年代，还能看得到崇效寺施"大肥"（即煮得特别烂的猪头和下水）而盛开茂盛的牡丹。

如今，这四座古寺，仅存天宁和法源两寺。近些年，法源寺的丁香，名声大过天宁寺的芍药，原因在于重修法源寺之后，悯忠台旁、钟鼓楼下、念佛台前，补种有百余株丁香，盛开起来，芬芳烂漫，重现当年的胜景；并年年趁丁香花开之机，举办丁香诗会，尽管诗的水平参差不齐，远不如古人，却聊补古寺花事的遗憾，再现当年有花有诗的盛况。丁香盛开的时候，法源寺花香四溢，人流如鲫。可以说，法源寺是四大名寺花事中如今硕果仅存的一座寺庙。

崇效寺的牡丹，早在新中国成立初期就都移植到了中山公园。那个时代，新中国更重视公园的建设，崇效寺的牡丹也算是找了个好人家。我小时候，开春时节，哪儿都不去，家长得花五分钱买一张门票，带我到中山公园看牡丹。如今，哪个公园里都有牡丹，但我敢说，没有哪一处的牡丹是出自名门。无疑，中山公园的牡丹年头最为久远，真正是魏紫姚黄，国色天香。这几年，中山公园引进郁金香，在我看来，再花姿别样的郁金香，也盖不过风采绰约的牡丹，因为它的牡丹都曾经摇曳在历史的风中。

当然，老北京寺庙里的花，可赏的并不局限于上述四家。早春赏玉兰，就有大觉寺和潭柘寺。大觉寺的玉兰是明朝的，历史之久，为京城之首；

潭柘寺的玉兰一株双色,号称"二乔",花和美人一体化,引人遐想。但那里毕竟在很远的郊外,上述四家古寺却都是在今天的城中心附近。就近赏花,就跟那时候看戏一样,戏园子就在家附近,抬脚几步就到,看戏就方便,便于一般平民。再美若天仙和富贵骄奢的花,在这时候都要表现得亲民一些,如同旧时王谢堂前燕,飞入寻常百姓家一样,成为京城花事的一大特色。所以,如今慕名前往大觉、潭柘二寺看玉兰的人不少,但更多的人还是到颐和园看玉澜堂的玉兰,毕竟去那里更方便些。

前两天去劳动人民文化宫,看到太庙大门外两株高大的玉兰,不像别处的玉兰,只是在瘦削的枝干上开几朵料峭的花朵,而是花开满树,一朵压一朵,密不透风,盖住了几乎所有的枝条和树干,像是涌来千军万马,陡然擎起一树洁白的纱幔迎风招展。心想,这两株玉兰也有年头了。看玉兰,到这里更近,人也少,格外清静,花和人便各得其所,相看两不厌,应该是个不错的选择。

老北京的花,除了栖于寺庙,还开在自家的院落里。不过,既然社会存在阶级或阶层的分野,现实便抹不去贫富差别。赏花,便不可能一律平民化。在老北京,老舍先生写的《柳家大院》里的那种大杂院里,连吃窝窝头都犯愁,院子里一般是没有什么花可种、可赏的。我小时候住在前门楼子西侧的西打磨厂街一个叫作粤东会馆的大院里。这个大院要比柳家大院强许多,是清朝留下的一座老宅院,占地两亩,是老北京典型的三进三出有二道门和影壁的大院。尽管年久失修,人多杂乱,不少花木被破坏,但在院子里还有三株老枣树和两株老丁香。那两株丁香,一株开紫花,一株开白花,春天开花的时候,一树紫色如云,一树洁白如雪。

当然,真正讲究有花可种、可赏的,是有权有钱居住在那种典型的四合院里的人家,这样的人家,即使不是官宦之家,起码也得家境殷实。一般的四合院,春天种海棠和紫藤的居多。老北京,海柏胡同朱彝尊的古藤书屋,杨梅竹斜街梁诗正(他当时任吏部尚书)的清勤堂,虎坊桥纪晓岚的阅微草堂,这三家的紫藤最为出名,据说这三家的紫藤都为主人当时亲手种植。"藤花红满檐","满架藤荫史局中","庭前十丈藤萝花",这三句诗，分别是写给这三家的紫藤花的，也是后人遥想当年藤花如锦的凭证。

前些年，我分别造访过这三个地方，古藤书屋正被拆得七零八落，清勤堂的院落虽然破败却还健在，阅微草堂被装点一新，成了晋阳饭店。如今，因修两广大街扩道，阅微草堂的大门被拆，本来藏在院子里的紫藤亮相在大街上，一架紫色花瓣翩翩欲飞，成为一街的盛景。杨梅竹斜街正在改造，清勤堂肯定会被整修，只是不知道会不会补种一株紫藤，再现"满架藤荫史局中"的繁盛。

春末时分，蔷薇谢去，荼蘼开罢，紫藤是春天最后的使者了。它的花期比较长，花开之余，用花做的藤萝饼，是老北京人的时令食品。如今，老四合院里的藤萝少见了，但藤萝饼在遍布京城的稻香村各分店里都可以买到。那是京城春天花事舞台的变幻，是花的精魂另一种形式的再现。当然，也可以说人们从观花到吃花，是浪漫主义到实用主义的转移。春天里热热闹闹的京城花事，到此落幕，最后竟吃进肚子里，一点儿都没糟践。

北京的树

老北京以前胡同和大街上没有树，清诗里说："前门辇路黄沙软，绿杨垂柳马缨花。"那样的情况是极个别的。北京有了街树，应该是民国初期朱启铃当政时引进了德国槐之后的事情。那之前，四合院里是讲究种树的，大的院子里，可以种枣树、槐树、榆树、紫白丁香或西府海棠，再小的院子里，一般也要有一棵石榴树，老北京有民谚："天棚鱼缸石榴树，先生肥狗胖丫头。"这是老北京四合院里必不可少的硬件。但是，老北京的院子里，是不会种松树柏树的，认为那是坟地里的树；也不会种柳树或杨树，认为杨柳不成材。所以，如果现在你到了四合院里看见这几类树，都是后栽上的，年头不会太长。

如今，到北京来，在南半截胡同的绍兴会馆里，还能够看到当年鲁迅先生住的补树书屋前那棵老槐树。那时，鲁迅写东西写累了，常摇着蒲扇到那棵槐树下乘凉，"从密叶缝里看那一点一点的青天，晚出的槐蚕又每每冰冷的（地）落在头颈上"（《呐喊》自序）。那棵槐树现在还是虬干苍劲，枝叶参天，起码有一百岁了，比鲁迅先生活的时间长。

在上斜街金井胡同的吴兴会馆里，还能够看到当年沈家本先生住在这里就有的那棵老皂荚树，两人合抱才抱得过来，真粗。树皮皴裂如沟壑纵横，枝干遒劲似龙蛇腾空而舞的样子，让人想起沈家本本人，这位清末维新变法中的修吏大臣，我们法学的奠基者的形象，和这棵皂荚树的形象是那样的吻合。据说，在整个北京城，这是屈指可数最粗最老的皂荚树之一。

在陕西巷的榆树大院，还能够看到一棵老榆树。当年，赛金花盖的怡香院，就在这棵老榆树前面，就是陈宗蕃在《燕都丛考》里说"自石头胡同而西曰陕西巷，光绪庚子时，名妓赛金花张艳帜于是"的地方。之所以叫榆树大院，就因为有这棵老榆树。现在，站在当年赛金花住的房子的后窗前，还可以清晰地看到那榆树满树的绿叶葱茏，比赛金花青春常在，仪态万千。

但是，说老实话，给我印象最深的，还都不是上述的那些树，而是一棵杜梨树。

两年多前，我是在紧靠着前门的长巷上头条的湖北会馆里，看到的这棵杜梨树。枝叶参天，高出院墙好多，密密的叶子摇晃着天空浮起一片浓郁的绿云。虽然在它的四周盖起了好多小厨房，本来轩豁的院子显得很狭窄，但人们还是给它留下了足够宽敞的空间。我知道，随着人口的膨胀，住房的困难，好多院子里的那些好树和老树，都被无奈地砍掉，盖起了房子。刘恒的小说《贫嘴张大民的幸福生活》被改编成电影，英文的名字叫作《屋子里的树》，是讲没有舍得把院子里的树砍掉，但盖房子时把树盖进房子里面了。因此，可以看出湖北会馆里的人们没有把这棵杜梨树砍掉盖房子，是很不容易的事情，也是值得尊敬的事情。

那天，很巧，从杜梨树前的一间小屋里，走出来一位老太太，正是这棵杜梨树的主人。她告诉我，她已经八十七岁，十几岁搬进这院子来的时候，她种下了这棵杜梨树。也就是说，这棵杜梨树有将近八十年的历史了。

一年前的冬天，我旧地重游，那里要修一条宽阔的马路，湖北会馆成了一片瓦砾，但那棵杜梨树还在，清癯①的枯枝，孤零零地摇曳在寒风中。虽多少有些凄凉，但毕竟还在。我想起了俄罗斯的作家写过的一篇小说，说一座城市修路，中间遇到一棵老树，于是这座城市的领导和专家一起讨论，要不要为了路把树砍掉？最后，为了树，路绕了一个弯。心里为这棵杜梨树庆幸，也许为了它，新修的马路也会绕一个弯。

前不久，我又去了一趟那里，马路已经快修平展了，但那棵杜梨树却没有了。

---

① 清癯（qú）：清瘦。

鱼鳞瓦

老北京的房顶铺的都是鱼鳞瓦，灰色，和故宫里的碧瓦琉璃，做色彩鲜明的对比。虽不如碧瓦琉璃那般炫目，那般高高在上，但满城沉沉的灰色，低矮着，沉默着，无语沧桑，力量沉稳，秤砣一般压住了北京城，气魄如云雾天里翻涌的海浪一样。难怪贝聿铭先生那时来北京，特别愿意到景山顶上看北京城这些灰色的鱼鳞瓦顶。

在我的童年，即二十世纪五十年代，北京的天际线很低，基本上被这些起伏的鱼鳞瓦顶所勾勒。因为那时候成片成片的四合院还在，而且占据了北京城的空间。想贝聿铭先生看见这样的情景，一定会觉得这才是老北京，是世界上任何一座城市都没有的色彩和力量吧。

想想，真的很有意思，那时候，四合院的平房没有如今楼房的阳台或露台，鱼鳞状的灰瓦顶，就是各家的阳台和露台，晒的萝卜干、茄子干或白薯干，都会扔在那上面；五月端午节，艾蒿和蒲剑要插在门上，也要扔到房顶，图个吉利；谁家刚生小孩子，老人讲究要用葱打小孩子的屁股，取葱的谐音，说是打打聪明，打完之后，还要把葱扔到房顶，这到底是什么讲究，我就弄不明白了。

对于我们许多孩子而言，鱼鳞瓦的房顶，就是我们的乐园。有句俗话，叫作"三天不打，上房揭瓦"，说的就是那时我们这样的小孩子，淘得要命，动不动就跑到房顶上揭瓦玩，这是那时司空见惯的儿童游戏。我相信，老北京的小孩子，没有一个没干过上房揭瓦这样调皮的事情。

那时，我刚上小学，开始跟着大哥哥大姐姐们一起玩这种上房揭瓦的游戏。我们住的四合院的东跨院，有一个公共厕所，厕所的后山墙不高，我们就从那里爬上房顶，弓着腰，猫似的在房顶上四处乱窜，故意踩得瓦噼啪直响。常常会有邻居大妈大婶从屋里跑出来，指着房顶大骂：哪个小兔崽子，把房踩漏了，留神我拿鞋底子抽你！她们骂我们的时候，我们早都踩着鱼鳞瓦跑远，跳到另一座房顶上了。

鱼鳞瓦，真的很结实，任我们成天踩在上面那么疯跑，就是一点儿也不坏。单个儿看，每片瓦都不厚，一踩会裂，甚至碎，但一片片的瓦铺在一起，铺成了一面坡房顶，就那么结实。它们是一片瓦压在一片瓦的上面，中间并没有泥粘连，像一只小手和另一只小手握在了一起，可以有那么大的力量，也真是怪事，常让那时的我好奇而百思不解。漫长的日子过去之后，大院里有的老房漏雨，房顶的鱼鳞瓦换成波浪状的石棉瓦或油毡和沥青抹的一整块坡顶。说实在的，都赶不上鱼鳞瓦，不仅质量不如，一下大雨接着漏，也不如鱼鳞瓦好看。少了鱼鳞瓦的房顶，就如同人的头顶斑秃一般，即使戴上颜色鲜艳的新式帽子，也不是那么回事了。

前些天，路过童年住过的那条老街，正赶上那里拆迁，从房顶上卸下来的鱼鳞瓦装满了一汽车的挎斗，一层层，整整齐齐地码在车上，也呈鱼鳞状。那可都是前清时候就有的鱼鳞瓦呀，经历了一百多年的雨雪风霜，还是那样的结实，那样的好看。又有谁知道，在那些鱼鳞瓦上，曾经上演过童年那么多的游戏和游戏带给我们的欢乐呢！

其实，那时房顶上疯跑的游戏，平日里并没有任何内容，但形式带给我们的快乐大于内容，能惹得邻居大骂却又逮不着我们，便成了我们的一乐。当然，要说我们最大的乐，一是秋天摘枣，一是国庆节看礼花。

那时，我们院子里有三棵清朝就有的枣树。我们可以轻松地从房顶攀上枣树的树梢，摘到顶端最红的枣吃；也可以站在树梢上，拼命地摇树枝，让那枣纷纷如红雨落下，比我们小的小不点儿，爬不上树，就在地上头碰头地捡枣，大呼小叫，可真的成了我们这些孩子的节日。

打枣一般都在中秋节前，这时候，国庆节就要到了。打完了枣，下一个节日就是迎国庆了。

国庆节的傍晚，扒拉完两口饭，我们会溜出家门，早早地爬上房顶，占领有利地形，等待礼花腾空。那时候，即使平常骂我们最凶的大妈大婶，也网开一面，一年一度的国庆礼花，成为那一天我们上房的通行证。由于那时没有那么多的高楼，晚霞中的西山一览无余。我们的院子就在前门西侧一点，天安门广场更是看得真真的，仿佛就在眼前，连放礼花的大炮都看得很清楚。看着晚霞一点点地消失，等候着夜幕一点点地降临，就像等待着一场大戏上演一样。我们坐在鱼鳞瓦上，心里充满期待，也有些焦急，不住地问身边的大哥哥大姐姐：礼花什么时候放呀？

其实，我们心里都清楚，让我们期待和焦急的，不仅仅是礼花点燃的那一瞬间，更是礼花放完的那一刻。由于年年国庆都要爬到房顶上看礼花，我们都有了经验，随着礼花腾空会有好多白色的小降落伞，一般国庆那一天都会有东风，那些小降落伞便会随风飘过来。燃放礼花的那一瞬间，我们会稳稳地坐在那里，看夜空中色彩绚丽的礼花，绽放在我们的头顶。但降落伞飘来的那一刻，我们会立刻大叫着，一下子都跳了起来，伸出早已经准备好的妈妈晾衣服的竹竿，争先恐后地去够那些小小的降落伞。

当然，够得着够不着，全凭风的大小和我们的运气了。因为那一刻，附近四合院的鱼鳞瓦顶上站满和我们一样的孩子，在和我们一样伸着竹竿够降落伞。风如果小，就被前面院子的孩子够走了；风要是大，降落伞就会像诚心逗我们玩似的从我们的头顶飞走。记得国庆十周年，那时我上小学五年级，属于大孩子了，那一天晚上，不知是天助我也，还是那一年国庆放的礼花多，降落伞飘飘而来，一个接着一个，让我轻而易举就够着一个，还挺大的个儿，成为我拿到学校显摆的战利品。

也就是从那一年以后，我没再上房玩了。也许，是认为自己长大了吧。

天坛的门

一

　　天坛的建筑很有讲究。它是以祈年殿、皇穹宇和圜丘三点连接一体的轴线为中心，向四面辐射开来的一个基本圆形的皇家园林。说基本圆形，是我们逛天坛时的感觉，尤其是绕着内垣和外垣走一圈，这种感觉会更明显。其实，天坛北面是圆形的弧线，南面则是方形，即古人所说的天圆地方。

　　由于天坛始建时在外垣内又设置了内垣一道围墙，在皇穹宇、祈年殿之间，还有一道东西走向的隔墙，为通行便利，内垣设立了西天门、北天门、东天门，外加广利门和泰元门共五座，隔墙还有另外三座门。再加上各种殿阁之门，天坛一共有各种门八十五座。每座门都有自己专属的名字。

　　如今，天坛最古老的门是祈年门和祈谷门。它们是当年建天坛时就存在的明朝老门，到今年整整有六百年的历史。

　　祈谷门，是今天的天坛西门，当年皇上来天坛祭天的时候，走的就是这道门，也是天坛唯一的入门。今天的天坛东门、北门、南门，都是近几十年为方便游客而后开的。祈谷门是地道的皇家坛庙的老门，三间开阔，红墙红门，拱券式，歇山顶，特别是黑琉璃瓦铺设，在天坛独此一份。由于门前的永定门大街拓宽，如今的祈谷门临街（原来的永定门大街很窄，祈谷门藏在街东侧，有长长的甬道，甬道两旁有茂密的树木遮掩），突兀得像今天站街迎客的门童。

祈年门，比祈谷门要堂皇而轩豁。因为进入这座大门便是祈年殿，是天坛的重头戏。在天坛所有的门里，祈年门在玉栏雕砌簇拥下，最是高大威武。在台阶下面仰望祈年门，很有些巍峨的样子，平展的红漆大门一下子像仰头抖着脖颈上一色金色鬃毛的高头烈马或雄狮。门两侧有长长的红墙逶迤拱卫，如一条绶带飘逸，延长了祈年门的身段。这里游人众多，拍照的、歇息的、观赏的，摩肩接踵。可以说，和天坛所有的门相比，这里不仅最堂皇，还最热闹。

通往祈年殿，如今，东西南北四面都可以上。朝西有一扇门，叫花甲门，这个门是乾隆三十七年（1772）开的，那一年，乾隆皇帝年整六十，正值花甲之年，来天坛祭天，再从丹陛桥走个来回，有些力不从心，便开了这个门，从祈年殿下来直接从此门外出，少走好多道，便将这个门称之为花甲门。

和花甲门这样别致名字有一拼的，在皇乾殿里还有一座门，叫古稀门，比花甲门矮小，是乾隆皇帝七十岁那年，有拍马屁的官员建议修这样一座门，可以免去皇上来天坛祭天之前，进皇乾殿先行礼数时多走的路。看来不管什么章程，哪怕是老祖宗传下来的祭天章程，也是能因人而异，可以改变的。在这里，天并没有比人或者说权大。可以说，花甲门和古稀门，在天坛诸门中，是一对意味别致的对仗。

二

天坛的门多，花甲门是我的独爱，因为那里安静。门前有一片古柏，夏季密荫匝地，尤其凉爽。我常坐在门前的椅子上，对着那些有着几百年历史的古柏画画。那些树干纵横枝叶沧桑的古柏，让我想起美国诗人罗伯特·弗罗斯特一首题为《劈柴垛》的诗，其中有这样一句：

身前身后能见到的，

都是一排排整齐的又细又高的树。

弗罗斯特站在劈好的柴垛前，见到的不是柴垛，而是"一排排整齐的又细又高的树"。这些曾经"整齐的又细又高的树"，变成了眼前的柴垛。

一百多年前，八国联军入侵北京的时候，他们把兵营安扎在天坛，砍伐了眼前的柏树林当柴烧。那可不是"一排排整齐的又细又高的树"，而是拥有几百年树龄的粗壮的柏树呀。

弗罗斯特在这首诗的最后一句写道：

树躺着，

烘暖着沼泽，

狭窄的山谷无烟地燃烧。

天坛里，那些柏树也曾经燃烧，不是无烟，而是翻滚着浓烟。

在天坛，有两座柴禾^①栏门。不知道为什么叫这样的名字，像乡下的小孩子没有正式的名字，随便叫狗蛋、丫蛋之类一样的意思，和祈年门、祈谷门不可同日而语，和高大上的天坛不大匹配。

可能这里离神厨和宰牲亭近，祭天时宰杀牲畜和烹饪食物需要柴禾，这里是堆放柴禾的地方吧。这只是我望文生义的猜想。漫长的农业时代，即使在皇家园林，也顽强存在着田园的乡土气味和痕迹。

柴禾栏门，在祈年殿围墙根儿东西两侧，各有一座，比天坛所有的门都低矮许多，尤其眼前就是祈年殿，如同《伊索寓言》里的长颈鹿和小山羊，相比之下，显得更不起眼。不过，那里异常清静，别看和祈年殿近在咫尺，

---

① 柴禾：现在写作"柴火"，指做燃料用的树枝、秫秸、稻秆、杂草等。

游人往往一眼看到的是祈年殿，会立刻爬上高高的台阶，奔向祈年殿，便很少会注意墙根儿底下而且是挤在角落里的柴禾栏门。

我常到西柴禾栏门前画画。如今，门里面不放柴禾，成了办公的场所。它的门朝北，夏天的时候，东边的围墙将阳光遮挡住，这里一片阴凉。门前不远处，有个宽敞的石台，是以前插旗杆的旗台，正好可以坐在上面画画。我喜欢这里，门前草坪如茵，沿门往西，有三棵粗大的古柏，树龄都很老了，一棵五百六十年，两棵六百二十年以上。它们枝叶茂密，浓绿得如深沉的湖水，在红墙的映衬下，色彩似铁锚一样沉稳，是只有中国才有的典型色调。

那天下午，我的画本上忽然剪纸一样闪现出一个小小脑袋瓜的影子，我抬头一看，是个小姑娘，有八九岁，她在专心致志地看我画画。她身边站着一个男人，显然是她的爸爸。小姑娘很可爱，梳着羊角辫，穿着花裙子，抿着薄薄的嘴唇，目光一直落在我画中的柴禾栏门和那三棵古柏上面。

我问她从哪儿来的。

她回答我了，但由于讲的是方言，我听不懂。

她父亲在一边用普通话告诉我一个地名，那个地方，我没有听说过。

我们是从江西老区来的。女孩的父亲进一步向我解释道。

那么远，得坐几天车，才能到北京？

现在有动车，好多了。不过，从我们那个县城坐大巴到火车站，要一天的时间。

哦，来一趟北京真不容易。

孩子磨着我，一直想到北京来，这不放暑假了，带她来了，实现了她的愿望。

在北京都到哪儿玩了？

去了北海、故宫、圆明园和颐和园，还去天安门看了升旗，这不又来了天坛。明天，我们就回去了。

压轴戏，放在了天坛？

父亲笑了，点点头。

一直都是我和她父亲在讲话，小姑娘默默听着，最后，有些不耐烦了，对我说了句话，我还是没有听懂。她爸爸翻译给我听：她是说你怎么不画了呢。我笑道：好，我赶紧接着画！

一边画，一边听她父亲讲：这孩子从小也爱画画！

那是好事呀。说罢，我把画本和笔递给她：你来，也画一画，好不好？她羞涩地一转头，扑到爸爸的怀里。

画完了这张柴禾栏门和门前的那三棵古柏，我把画撕下来，送给了这个可爱的小姑娘。

四

成贞门和祈年门相对，隔着长长的丹陛桥。成贞门西侧，有一个座椅，正对着成贞门一角，今年元月二十日的下午，我坐在那里画成贞门。那天，除了工人在挂红灯笼，搭建春节的广告牌，天坛里人不多。一位清洁工提着扫帚，走到我身边，好奇地看我画画，还特别称赞了几句，我便投桃报李地和他闲聊，问他是哪里人，过年休息几天。他告诉我是山西人，说过年是最忙乎的时候，等过完年，再请假回家。

这天回家，晚上在电视里看到钟南山，说武汉的疫情出现了人传人，真是没有想到，这个春节过得紧张。如今，疫情渐渐平息，生活恢复正常，前两天又去天坛，过成贞门，我想起了这位清洁工，不知道他现在情况怎么样，回没回老家。

天坛墙根儿小记

天坛是明朝永乐年间所建，在北京城，是一座老园林，论辈分，颐和园都无法和它相比。如今，天坛在二环以里，交通方便，游人如织。我小时候，也就是二十世纪五十年代，天坛尚处城外，比较荒僻。四周大多一片农田、菜地或破旧的贫民住所。那时候，没有辟开东门，在东门这个地方，天坛的外墙有一个豁口，我们一帮孩子常踩着碎砖烂瓦，从这个豁口翻进天坛，省去了门票钱。记得那时的门票只要一分钱。

体育馆以及南边的跳伞塔和东边的幸福大街的居民区先后建成，有一路有轨电车叮叮当当开到这里，体育馆是终点站，到天坛才方便了些。天坛后来开了一扇东门，周围渐渐热闹起来，荒郊野外的感觉，在城市化的进程中被打破而成了历史的记忆。

记得小时候，我和小伙伴们有时会到天坛墙根儿玩。也怪，记不大清进天坛里面玩的事情了，只记得在天坛墙根儿黄昏捉蛐蛐，雨前逮蜻蜓的疯玩情景。那时候，家住打磨厂，穿过北桥湾和南桥湾，就到了金鱼池；过了金鱼池，就到了天坛墙根儿底下了，很近便。

后读陈宗蕃先生的《燕都丛考》，他说："天坛明永乐十八年建，缭以垣墙，周九里十三步，今仍之。"他计算得真精确，连多出的那十三步都丈量出来了。他说的"今仍之"的"今"，指的是民国二十年（一九三一）至民国三十年（一九四一）这段时间。后来，天坛这一道九里十三步的外墙，被后建起来的单位和民居蚕食了不少。不过，西从天桥南口，东至金鱼池，也就是到如今的天坛东门这一带的外墙还完整。我小时候所到的天坛墙根儿，指的就是这一段。这一段墙根儿，一直到二十世纪九十年代初，是各种个体小摊贩的天下，紧贴墙根儿，一溜儿逶迤，色彩纷呈。靠近天坛东门，还有一处专卖花卉的小市场，好不热闹，颇似旧书中记载的清末民初时金鱼池一带平民百姓为生计结棚列肆的旧景再现，历史真是惊人地相似。

天坛墙根儿内外，据说曾经生长有益母草，颇为引人眼目。《宸垣识略》①中说："天坛井泉甘洌，居人取汲焉。又生龙须菜，又益母草，羽士炼膏以售，妇科甚效。"《析津日记》里也说："天坛生龙须菜，清明后都人以鬻于市，其茎食之甚脆。"

这都是前朝旧景，天坛井泉和益母草早就没有了。不过，我小时候，天坛有马齿苋。马齿苋没有益母草那样高贵，只是老北京普通百姓吃的一种野菜，想来，因其普通，生命力才更为旺盛，春来春去，生生不息，比益母草存活的年头更长一些。

就像益母草是学名，民间叫它龙须菜；马齿苋也是学名，旧日老北京人俗称之为长命菜，同益母草一样，也有药用价值。益母草须清明前后食之，马齿苋得到夏至这一天吃才有效。这固然属于民间传说，但也不无道理，因为夏至过后，是北京人称之为的"恶五月"，天一热，虫害多了起来，疾病也容易多起来。吃马齿苋，可以消病祛灾，保佑长命。这一传统，有什么科学道理，我不懂，但和节气相关，来自民俗与民间，延续了很久。我母亲在世的时候，每年这时候都要到天坛墙根儿挖这种马齿苋。特别是在二十世纪六十年代闹饥荒的年月，粮食不够吃，母亲常带着我和弟弟一起去挖，回家洗洗剁碎了包菜团子吃。

如今，漫说天坛墙根儿找不到一根马齿苋，就是到天坛里面，也找不

---

① 《宸垣识略》：清吴长元所撰地理著作，系根据清康熙年间朱彝尊编辑的《日下旧闻》和清乾隆皇帝敕编的《日下旧闻考》两书提要钩玄、去芜存菁而成。记录了北京近郊的史地人文情况。

到了。如今的天坛里面，原来空出的那些黄土地，早都种上了花草。春天是二月兰；夏天是玉簪；秋天，挖去一些草坪上的草，补种些太阳菊、一串红、凤仙花、孔雀草等人工培植、剪裁整齐的花朵。

很长一段时间，沿着天坛墙根儿，尤其是西南和东南的一些地方，被后建的房屋侵占和蚕食，其中最突出的是天坛医院和口腔医院，还有便是一片民居，如二十世纪六七十年代在天坛东里盖起的一片为数不少的简易楼。如今，为了北京中轴线申遗，这些建筑绝大多数或腾退或迁移，还原了当年天坛轩豁的盛景。中间被外面楼房所阻断的地方被打通，天坛的墙根儿终于可以连接起来，几近陈宗蕃先生在《燕都丛考》中考察的那样，有着九里十三步的长度了。

人们往往只记着祈年殿清末时曾被大火烧毁的经历，其实，在历史的变迁之中，天坛墙根儿的命运一样跌宕周折，而且，缠裹的周期更长。如果说天坛是一本大书，祈年殿是天坛最为醒目的内容，那么墙根儿则是这本书的封面，或是封面上必不可少的腰封。

如今，天坛的墙根儿内修了一条平坦的甬道。西南和东南方向曾被阻断，甬道的有些地方便成了"盲肠"，后来，甬道彻底连接起来，如同循环畅通的水流。如今的墙根儿内，成了北京人晨练的好去处。每天清早，都会有好多人，身上穿着运动服，手腕上戴着计步器，在这里跑步或走步。即使雨雪天，也有不懈者在坚持。由于天坛外墙是一个圆，这条连接着东门、北门、西门和南门的圆形甬道，变成了运动场的一条塔当跑道①。当初，建天坛的时候，古人认为天圆地方，是要让它和天相对应，是为了祭天，表达对天的景仰，哪里会想到如今可以蔓延出运动健身的新功能。

如今的天坛墙根儿外面，被整理维修得整整齐齐，曾经出现的琳琅满目的个体户小摊，统统没有了踪影，一切像被吸水纸吸得干干净净。34路、35路、36路、72路、60路、106路好多路公交车，来往奔驰在天坛墙根儿下。每次经过天坛墙根儿或进天坛里面的时候，都会忍不住想起这一切，特别

---

① 塔当跑道：即塑胶跑道，由聚氨酯材料制成。

是马齿苋。才觉得时间并非如水一样一去不返，因有过它们的存在，便有了物证一般，让流逝的时间不仅是可以追怀的，也是可以触摸的。

关于天坛墙根儿，还得说一件事。我有一个中学同窗好友，叫王仁兴。他刻苦好学，学习成绩一直很好，初中毕业，却因家庭生活困难，无法上高中继续读书，早早参加了工作。这让我很替他惋惜。我到过他家，在天桥附近，近似贫民窟。从他家出来后，走在车水马龙的大街上，我理解了他的选择，更理解了他的心情。

一九六八年，我去北大荒，两年后，回家探亲，有一天去大栅栏，路过珠宝市街，在壹条龙饭庄的后面，看见他坐在那里剥葱。他不甘心命运的安排，靠着刻苦自学，最终从一名店小二成为一位研究中国食品史的学者。其中面对命运艰难曲折的奋争，很是让我佩服。最近，他厚厚的六百多页的大书《国菜精华》，由三联书店出版，他打电话给我，问清我的地址，要把书快递给我，顺便告我，他搬家了。

当我听他说搬到了金鱼池，心里有些吃惊。他原来住广安门，楼房质量高，居住面积宽敞，换到金鱼池，面积缩小了不少不说，金鱼池一带的房子质量远不如他原来的房子。我有些不解，如今，房子很是值钱，这么换房，值得吗？

他告诉我："我有个夙愿，就是有一天能把家搬到天坛墙根儿来。现在，终于搬来了。告诉你，每天想逛天坛过了马路就是，近便不说，一到晚上，夜深人静，把窗子打开，就能听见天坛里风吹来松柏滔滔的声音，你知道那是什么感觉吗？"

他没有说那是什么感觉。他就是为听这松柏涛声，放弃了宽敞的好房子，搬到天坛墙根儿下。

王仁兴有些与众不同。在我的同学中，像他这样与众不同的，不多。就为了贴近天坛墙根儿，每天夜里都感受到从天坛里面吹来的看不见摸不着的松风柏韵？如此对天坛墙根儿富有感情的，我找不出第二人。

南横街

南横街是一条老街。金代在北京建都，南横街的地理位置，正对着当时皇城之东的宣华门。都城建立之后，南横街成了与北面的通往广安门的骡马市大街相平行的东西两条主干道。南横街，就是在之后逐渐发展起来的。它的鼎盛期应该在明清两代，尤其是清代。

南横街，从来不是一条商业街，而是一条文化街。这之后也就是戊戌变法和五四运动时期，这条老街周围住着那么多的有识有志的知识分子。也就不足为怪了，一个地区，一条街道，如果有了文脉的积淀，是可以延续的。

但是，延续是有条件的，那便是这个地区这条街道在时代变迁中的地理位置，与这个时代的政治经济文化是否匹配。随着时代的变迁，与地理相关联的宣南文化，在民国时期逐渐衰退。到了北平沦陷期和北平解放之后，南横街已经完成了从文化街到贫民街的转型。一条老街的文脉就此消失殆尽。

在我童年的记忆中，那时的南横街已经败落，甚至与和它平行的骡马市大街都无法相比了。骡马市大街因有各种店铺鳞次栉比，商业发达，常常是车水马龙。而南横街上那些香火鼎盛的寺庙，和那些曾经往来无白丁的会馆，都已经沦为人口密集的大杂院。

那时在南横街有周家两兄弟，冬天里卖的烤白薯非常出名。

在老北京，烤白薯是最平民化的食物了，便宜，又热乎。民国时，徐霞村先生写《北平的巷头小吃》,提到他吃烤白薯的情景,夸张地用了"肥、透、甜"三个字,真的是很传神,但还有一种煮白薯的吃法,今天已经见不着了。在街头支起一口大铁锅,放上水,把洗干净的白薯放进去,一直煮到把开水耗干。因为白薯里吸进了水分,所以非常的软,甚至绵绵得成了一摊稀泥。老北京人又管它叫作"烀白薯"。烀白薯的皮,有点儿像葡萄皮,包着里面的肉简直就成了一兜蜜,一碰就破。因此,吃这种白薯,一定得用手心托着吃,那劲头和吃喝了蜜的冻柿子有一拼。

那时候,周氏兄弟俩,把着南横街东西两头,各支起一口大锅,所有走南横街的人,甭管走哪头儿,都能够见到他们兄弟俩的大锅。

别看卖的只是这么个简单的吃食,对白薯的选择是有讲究的,和烤白薯有区别。一定不能要那种干瓤的,不然烀出来的白薯,就没有喝了蜜的意思了。周氏兄弟选择的是麦茬儿白薯,或是做种子用的白薯秧子。老北京话讲"处暑收薯",那时候的白薯是麦茬儿白薯,是早薯,收麦子后不久就可以收。这种白薯个儿小,瘦溜儿,皮薄,瓤儿软,好煮,也甜。白薯秧子,是用来做种子用的,在老白薯上长出一截儿来,就掐下来埋在地里。这种白薯,也是个儿细,肉嫩,开锅就熟。而且,还有一条,便宜。

当然,关键的是,只有这样的白薯烀到最后留在锅底的,才能够带蜜嘎巴儿。过去卖烀白薯的都这样吆喝:"带蜜嘎巴儿的!"这个"蜜嘎巴儿",指的是水被耗干挂在白薯皮上的那一层结了痂的糖稀。民国有《竹枝词》专门咏叹这个"蜜嘎巴儿":"应知味美惟锅底,饱啖残余未算冤。"那是包括我在内的小孩子的最爱。

如今的南横街,风光更是不再。不要说与历史上鼎盛期相比,就是和我二十年甚至十几年前去那里相比,都难以看到它的旧貌了。面目皆非的南横街,如今最有名的,一是悯忠寺,一是小肠陈。悯忠寺,原来不在南横街上,而是在街北里面。南横街的拆迁,让悯忠寺显露了出来。小肠陈以卖卤煮出名,不过,它的老店并不在这里。每次路过小肠陈的时候,总会让我想起当年把着南横街东西两个街口卖烀白薯的周氏兄弟。或许,是让小肠陈李代桃僵①，替换他们兄弟俩的位置吧，让人们别把过去关于这条老街残存的那一点儿记忆完全斩断灭绝。

_____

① 李代桃僵：古乐府《鸡鸣》中有"桃生露井上，李树生桃旁。虫来啮桃根，李树代桃僵。树木身相代，兄弟还相忘"的诗句，后来用"李代桃僵"借指以此代彼或代人受过。

消失的年声

如今，年的声音，最大限度保留下来的是鞭炮。随着都市雾霾天气的日益加重，人们呼吁过年减少甚至禁止燃放鞭炮，鞭炮之声，越发岌岌可危，以致最后消失，也不是不可能的事情。

其实，年的声音丰富得多，不止于鞭炮。只是岁月的流逝，时代的变迁，让年的声音无可奈何地消失了很多，以至于我们遗忘了它们而不知不觉，甚至觉得理所当然或势在必然。

有这样两种年声的消失，最让我遗憾。

一是大年夜，老北京有这样一项活动，把早早买好的干秋秸秆或芝麻秆，放到院子里，呼喊街坊四邻的孩子，跑到干秋秸秆或芝麻秆上面，尽情地踩。秆子踩得越碎越好，越碎越吉利；声音踩得越响越好，越响越吉利。这项活动名曰"踩岁"，要把过去一年的不如意和晦气都踩掉，不把它们带进就要到来的新的一年里。满院子吱吱作响欢快的"踩岁"的声音，是马上就要响起来的鞭炮声音的前奏。

这真的是我们祖辈一种既简便又聪明的发明，不用几个钱，不用高科技，和大地亲近，又带有浓郁的民俗风味。可惜，这样别致的"踩岁"的声音，如今已经成为绝响。随着四合院和城周边农田逐渐被高楼大厦所替代，秋秸秆或芝麻秆已经难找，即便找到了，没有了四合院，也缺少了一群小伙伴的呼应。"踩岁"简单，却成为一种奢侈。

另一种声音，消失得也怪可惜的。大年初一，讲究接神拜年，以前，这一天，卖大小金鱼儿的，会挑担推车沿街串巷到处吆喝。在刚刚开春有些乍暖还寒的天气里，这种吆喝的声音显得清冽而清爽，充满唱歌一般的韵律，在老北京的胡同里，是和各家开门揖户拜年的声音此起彼伏的，似乎合成了一支新年交响乐。一般听到这样的声音，大人小孩都会走出院子。有钱的人家，买一些珍贵的龙睛鱼，放进院子的大鱼缸里；没钱的人家，也会买一两条小金鱼儿，养在粗瓷大碗里。统统称之为"吉庆有余"，图的是和"踩岁"一样的吉利。

在话剧《龙须沟》里，即使在龙须沟那样贫穷的地方，也还是有这样卖小金鱼儿的声音回荡。如今，在农贸市场里，小金鱼儿还有得卖，但沿街吆喝卖小金鱼那唱歌一般一吟三叹的声音，只能在舞台上听到了。

年的声音，一花独放，只剩下鞭炮，多少变得有些单调。

过年，怎么可以没有年的味道和声音？仔细琢磨一下，如果说年的味道，无论是团圆饺子，还是年夜饭所散发的味道，更多来自过年的"吃"上面；年的声音，则更多体现在过年的玩的方面。再仔细琢磨一下，会体味到，其实，通过过年这样一个形式，前者体现在农业时代人们对于物质的追求，后者体现人们对于精神的向往。年味儿，如果是现实主义的；年声，就是浪漫主义的。两者的结合，才是年真正的含义。不是吗？

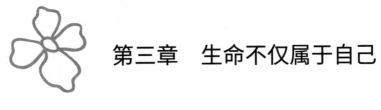

第三章　生命不仅属于自己

生命不仅属于自己

母亲已经去世十几年了，怪得很，还是常在梦中见到，而且是那样清晰，她一如既往地绽开着皱纹纵横的笑容向我说着什么。一个人与一个人的生命就是这样系在一起，并不因为生命的结束而终止。

母亲在晚年曾经得过一场幻听式的精神分裂症的大病，折腾得她和我都不轻。记得那一年母亲终于大病初愈了，那时，我刚刚大学毕业留在学校教书。好几年一直躺在病床上，母亲消瘦了许多，体力明显不支，但总算可以不再吃药了，我和母亲都舒了一口气。记不得是从哪一天的清早开始，我被外屋的动静弄醒，忽然有些害怕。因为母亲以前得的是幻听式的精神分裂症，常常就是这样在半夜和清晨时突然醒来跳下床，我生怕她旧病复发，一颗心禁不住一下子提到嗓子眼儿。我悄悄地爬起来往外看，只见母亲穿好了衣服，站在地上甩胳臂伸腿弯腰，有规律地反复地动作着，那动作有些笨拙和呆滞，却很认真。看得出，显然是她自己编出来的早操，只管自己去练就是，根本不管也没有想到会被别人看见。我的心一下子静了下来，母亲知道锻炼身体了，这是好事，再老的人对生命也有着本能的向往。

大概母亲后来发现了她每早的锻炼搅扰了我的懒觉，便到外面的院子里去练她自己杜撰的那一套早操。她的胳臂腿比以前有劲多了，饭量也加大了，蓬乱的头发也梳理得整齐多了。正是冬天，清晨的天气很冷，我对母亲说："妈，您就在屋子里练吧，不碍事的，我睡觉死。"母亲却说："外面的空气好。"

也许到这时我也没能明白母亲坚持每早的锻炼是为了什么，以为仅仅是为了她自己大病痊愈后生命的延续。后来，有一次我开玩笑地说她："妈，您可真行，这么冷，天天都能坚持！"她说："嘻，练练吧。我身子骨硬朗点儿，省得以后给你们添累赘。"这话说得我心头一沉，我这才知道母亲所做的一切都是为了孩子，她把生命的意义看得是这样的直接和明了。在以后的很多日子里，我常常想起母亲的这句话和她每天清早锻炼身体的情景，一想起，便感动不已。一直到母亲去世的那一天，她都没有给孩子添一点累赘。母亲是无疾而终，临终的那一天，她如同预先感知到了即将发生的一切似的，将自己的衣服包括袜子和手绢都洗得干干净净，整齐地叠放在柜子里。她连一件脏衣服都没有给孩子留下来。

也许，只有母亲才会这样对待生命。她将生命不仅看成自己的，而且关系着每一个孩子，她就是这样将她的爱通过生命的方式传递着。

我们常说一个人和一个人的感情是可以相通的，其实，一个人和一个人的生命更是可以相连的。

母　亲

那一年，我的生母突然去世，我不到八岁，弟弟才三岁多一点儿，我俩朝爸爸哭着闹着要妈妈。爸爸办完丧事，自己回了一趟老家。他回来的时候，给我们带回来了她，后面还跟着一个不大的小姑娘。爸爸指着她，对我和弟弟说："快，叫妈妈！"弟弟吓得躲在我身后，我噘着小嘴，任爸爸怎么说，就是不吭声。"不叫就不叫吧！"她说着，伸出手要摸摸我的头，我拧着脖子闪开，就是不让她摸。

望着这陌生的娘儿俩，我首先想起了那无数人唱过的凄凉小调："小白菜呀，地里黄呀，两三岁上，没了娘呀……"我不知道那时是一种什么心绪，总是用忐忑不安的眼光偷偷看她和她的女儿。

在以后的日子里，我从来不喊她妈妈，学校开家长会，我愣把她堵在门口，对同学说："这不是我妈。"有一天，我把妈妈生前的照片翻出来挂在家里最醒目的地方，以此向后娘示威。怪了，她不但不生气，而且常常踩着凳子上去擦照片上的灰尘。有一次，她正擦着，我突然地向她大声喊着："你别碰我的妈妈。"好几次夜里，我听见爸爸在和她商量："把照片取下来吧？"而她总是说："不碍事儿，挂着吧！"头一次我对她产生了一种说不出的好感，但我还是不愿叫她妈妈。

孩子没有一个是省油的灯，大人的心操不完。我们大院有块平坦、宽敞的水泥空场，那是我们孩子的乐园，我们没事便到那儿踢球、跳皮筋，或者漫无目的地疯跑。一天上午，我被一辆突如其来的自行车撞倒，我重重地摔在了水泥地上,立刻晕了过去。等我醒来的时候,已经躺在医院里了。大夫告诉我:"多亏了你妈呀! 她一直背着你跑来的,生怕你留下后遗症,长大了可得好好孝顺呀……"

她站在一边不说话,看我醒过来俯下身摸摸我的后脑勺,又摸摸我的脸。不知怎么搞的,我第一次在她面前流泪了。

"还疼?"她立刻紧张地问我。

我摇摇头,眼泪却止不住。

"不疼就好,没事就好!"

回家的时候,天早已经全黑了。从医院到家的路很长,还要穿过一条漆黑的小胡同,我一直伏在她的背上。我知道刚才她就是这样背着我,跑了这么远的路往医院赶的。

以后的许多天里,她不管见爸爸还是见邻居,总是一个劲儿埋怨自己:"都赖我,没看好孩子! 千万别落下病根呀……"好像一切过错不在那硬邦邦的水泥地,不在我的调皮,而全在于她。一直到我活蹦乱跳完全没事了,她才舒了一口气。

没过几年,三年困难时期就来了。只是为了省出家里一口人吃饭,她把自己的亲生闺女,那个老实、听话,像她一样善良的小姐姐嫁到了内蒙古,那年小姐姐才十八岁。我记得特别清楚,那一天,天气很冷,爸爸看小姐姐穿得太单薄了,就把家里唯一一件粗线毛大衣给小姐姐穿上。她看见了,一把给扯了下来:"别,还是留给她弟弟吧。"车站上,她一句话也没说,只是在火车开动的时候,她向女儿挥了挥手。寒风中,我看见她那像枯枝一样的手臂在抖动。回来的路上,她一边走一边唠叨:"好啊,好啊,闺女大了,早点寻个人家好啊,好。"我实在是不知道人生的滋味儿,不知道她一路上唠叨的这几句话是在安抚她自己那流血的心。她也是母亲,她送走自己的亲生闺女,为的是两个并非亲生的孩子,世上竟有这样的后母?

望着她那日趋隆起的背影,我的眼泪一个劲儿往上涌:"妈妈!"我第一次这样称呼了她，她站住了，回过头，愣愣地看着我不敢相信这是真的。我又叫了一声"妈妈"。她竟"呜"的一声哭了，哭得像个孩子。多少年的酸甜苦辣，多少年的委屈，全都在这一声"妈妈"中溶解了。

母亲啊，您对孩子的要求就是这么少……

这一年，爸爸生病去世了。妈妈她先是帮人家看孩子，以后又在家里弹棉花、攥线头，妈妈就是用弹棉花、攥线头挣来的钱供我和弟弟上学的。望着妈妈每天满身、满脸、满头的棉花毛毛，我常想：亲娘又怎么样？！从那以后的许多年里，我们家的日子虽然过得很清苦，但是，有妈妈在，我们仍然觉得很甜美。无论多晚回家，那小屋里的灯总是亮的，橘黄色的灯火里是妈妈跳跃的心脏，只要妈妈在，那小屋便充满温暖，充满了爱。

我总觉得妈妈的心脏会永远地跳跃着，却从来没想到，我们刚大学毕业的时候，妈妈却突然倒下了，而且再也没有起来。

妈妈，请您的在天之灵能原谅我们，原谅我们儿时的不懂事，而我却永远也不能原谅自己。我知道在这个世界上，我什么都可以忘记，却永远不能忘记您给予我们的一切……

世上有一部书是永远写不完的，那便是母亲。

窗前的母亲

在家里，母亲最爱待的地方就是窗前。

自从搬进楼房，母亲很少下楼，我们都嘱咐她，她自己也格外注意，知道楼层高楼梯又陡，自己老了，腿脚不利落，怕磕着碰着，给孩子们添麻烦。每天，我们在家的时候，她和我们一起忙乎着做家务，脚不拾闲儿；我们一上班，孩子一上学，家里只剩下她一个人，没什么事情可干，大部分的时间里，她总是待在窗前。

那时，母亲的房间，一张床紧靠着窗子，那扇朝南的窗子很大，几乎占了一面墙。母亲坐在床上，靠着被子，窗前的一切就一览无遗。阳光总是那样的灿烂，透过窗子，照得母亲全身暖洋洋的。母亲就像一株向日葵似的特别爱追着太阳烤着，让身子有一种暖烘烘的感觉。有时候，不知不觉地就倚在被子上睡着了。一个盹儿打过来，睁开眼睛，她会接着望着窗外。

窗外有一条还没有完全修好的马路，马路的对面是一片工地，恐龙似的脚手架，簇拥着正在盖起的楼房，切割着那时湛蓝的蓝天，遮挡住了再远的视线。由于马路没有完全修好，来往的车辆不多，人也很少，窗前大部分时间是安静的，只有太阳在悄悄地移动着，从窗子的这边移到了另一边，然后移到了窗后面，留给母亲一片阴凉。

我们回家，只要走到了楼前，抬头望一下家里的那扇窗子，就能够看见母亲的身影。窗子开着的时候，母亲花白的头发会迎风摆动，窗框就像一个恰到好处的画框。等我们爬上楼梯，不等掏出门钥匙，门已经开了，母亲站在门口。不用说，就在我们在楼下看见母亲的时候，母亲也望见了我们。那时候，我们出门永远不怕忘记带房门的钥匙。有母亲在窗前守候着，门后面总会有一张温暖的脸庞。即使是很晚回家，楼下已经是一片黑乎乎的了，在窗前的母亲也能看见我们。其实，她早就老眼昏花，不过是凭感觉而已。不过，那感觉从来都十拿九稳，她总是那样及时地出现在家门后面，替我们早早地打开了门。

母亲最大的乐趣，是对我们讲她这一天在窗前看见的新闻。她会告诉我们今天马路上开过来的汽车比往常多了几辆，今天对面的路边卸下好多的沙子，今天咱们这边的马路边栽了小树苗，今天她的小孙子放学和同学一前一后追赶着，跟风似的呼呼地跑，今天还有几只麻雀落在咱家的窗台上……都是些平淡无奇的小事，但她有枣一棍子，没枣一棒子地讲得津津有味。

母亲不爱看电视，总说她看不懂那玩意儿，但她看得懂窗前这一切。这一切都像是放电影似的，演着重复的和不重复的琐琐碎碎的故事，沟通着她和外界的联系，也沟通着她和我们的联系。有时候，望着窗前的一切，她会生出一些东一榔头西一棒子的联想，大多是些陈年往事，不是过去住平房时的陈芝麻烂谷子，就是沉淀在农村老家她年轻时的回忆。听母亲讲述这些八竿子都打不到一起的事情的时候，我感到岁月的流逝，人生的沧桑，就是这样在她的眼睛里和窗前闪现着。有时候，我偶尔会想，要是把母亲讲的这些都写下来，才是真正的意识流。

母亲在这个新楼里一共住了五年。母亲去世以后，好长一段时间，我出门总是忘记带钥匙。而每一次回家走到楼下的时候，总是习惯性地望望楼上那扇窗户，空荡荡的窗前，像是没有了画幅的一个画框，像是没有了牙齿的一张瘪嘴。这时，我才明白那五年时光里窗前曾经闪现的母亲的身影，对我们是多么的珍贵而温馨；才明白窗前有母亲的回忆，也有我们的回忆；也才明白窗前该落有并留下了多少母亲企盼的目光。

当然，我就更明白了：只要母亲在，家里的窗前就会有母亲的身影。那是每个家庭里无声却动人的一幅画。

花边饺

妈妈一辈子最爱吃的是饺子。

每逢包饺子的时候，妈妈最为得意。她一人和面、调馅儿，绝不让别人沾手。馅儿调得又香又绵，面和得不仅软硬适度，而且盆手两净。只有到包的时候，妈妈才叫上我们，让爸爸看火，我擀皮儿，弟弟送皮儿，指挥得头头是道。

小时候，靠爸爸每月几十元的工资养活一家人，生活拮据，吃饺子只有挨到逢年过节。即使不逢年节破天荒包上一回饺子，妈妈也总是要包上两种馅儿：一种素的，一种肉的。这时候，圆圆的盖帘上分两头码上不同馅儿的饺子。我和弟弟常常捣乱，把饺子弄混，让妈妈只好混在一块煮。妈妈不生气，用手指捅捅我和弟弟的小脑瓜儿说："来，妈教你们包花边饺子！"我和弟弟好奇地看，妈妈把饺子边儿用手指轻轻一捏一捏，捏出一圈穗状的花边，就像小姑娘头上戴了一圈花环，煞是好看。花边饺子给我们的童年带来乐趣，我们却不知道妈妈是耍了个小小的花招儿：她把肉馅儿的饺子都捏上了花边，让我和弟弟连看带玩儿地吞进肚里，自己和爸爸吃那些素馅儿饺子。

我大学毕业后，家里经济好转，饺子再不是什么稀罕食品。我变着花样做上满桌色香味俱佳的饭菜给妈妈吃，可妈妈总是尝几口便放下筷子。我便笑妈妈："您呀，真是享不了福！"妈妈笑笑没说话。我明白了，妈妈只喜欢吃饺子，那是她几十年来的最佳食品。我知道满足妈妈这个心愿的唯一办法就是常包饺子。每逢见我拎回肉馅儿，妈妈就立刻系上围裙，先去和面，再来调馅儿，决不让其他人沾手。那麻利劲儿，那精神劲儿，像又回到了她年轻的时候。

有一次大年初二，这一天是妈妈的生日，全家又包饺子。我要给妈妈一个意外的惊喜，我包了一个糖馅儿的饺子，放在盖帘上，然后对妈妈说："今儿个您要吃着这个糖馅儿的饺子，一准是有福，大吉大利！"妈妈连连摇头笑着说："这么一堆饺子，哪儿能那么巧就让我吃着这个饺子呢？"说着，她亲自把饺子下进滚开的锅中，饺子如一尾尾小银鱼在翻滚的水花里上下浮动。

热腾腾的饺子盛进盘，端上桌。我往妈妈的碟中先夹了三个饺子。妈妈吃第二个饺子就咬着了糖馅，惊喜地叫起来："哟，我真的吃着啦！"我笑着说："要不怎么说您有福气呢！"妈妈的眼睛笑得眯成了一条缝。

其实，妈妈的眼睛已经昏花了。她不知道我要了一个小小的花招儿：用糖馅儿包了一个花边饺子。

这种花边饺子是妈妈教会我包的。

饺子帖

一

又要过年了。又想起饺子。饺子，是过年的标配，是过年的主角，是过年的定海神针。不吃饺子，不算是过年。

五十三年前，我在北大荒，第一次在异乡过年，很想家。刚到那里不久，怎么能请下假来回北京？那时候，我在北大荒，弟弟在青海，姐姐在内蒙古，家里只剩下父母两个孤苦伶仃的老人。天高地远，心里不得劲儿，又万般无奈。

没有想到，就在这一年年三十的黄昏，我的三个中学同学，一个拿着面粉，一个拿着肉馅，一个拿着韭菜（要知道，那时候粮食定量，买肉要肉票，春节前的韭菜金贵得很呀），来到我家。他们和我的父母一起，包了一顿饺子。

面飞花，馅喷香，盖帘上码好的一圈圈饺子，围成一个漂亮的花环；下进滚沸的锅里，像一条条游动的小银鱼；蒸腾的热气，把我家的小屋托浮起来，幻化成一幅别样的年画一般，定格在那个难忘的岁月里。

这大概是父亲和母亲一辈子过年吃的一顿最滋味别具的饺子了。

二

那一年的年三十，一场纷飞的大雪，把我困在北大荒的建三江。当时，我被抽调到兵团的六师师部宣传队，本想年三十下午赶回我所在的大兴岛二连，不耽误晚上的饺子就行。没有想到，大雪封门，刮起了漫天的"大烟泡"，汽车的水箱都冻成冰坨了。

师部的食堂关了张，大师傅们早早回家过年了，连商店和小卖部都已经关门，别说年夜饭没有了，就是想买个罐头都不行，只好饿肚子了。

"大烟泡"从年三十刮到大年初一早晨，我一宿没有睡好觉，早早就冻醒了，偎在被窝里不肯起来，睁着眼或闭着眼，胡思乱想。

九十点钟，忽然听到咚咚的敲门声，然后是大声呼叫我名字的声音。由于"大烟泡"刮得很凶，那声音被撕成了碎片，断断续续，像是在梦中，不那么真实。我非常奇怪，会是谁呢？这大雪天的！

我满腹狐疑地披上棉大衣，跑到门口，掀开厚厚的棉门帘，打开了门。吓了我一跳，站在门口的人，浑身裹着厚厚的雪，简直就是个雪人。我根本没有认出他来。等他走进屋来，摘下大狗皮帽子，抖落一身的雪，才看清是我们大兴岛二连的木匠赵温。天呀，他是怎么来的？这么冷的天，这么大的雪，莫非他是从天而降不成？

我肯定是瞪大了一双惊奇的眼睛，瞪得他笑了，对我说：赶紧拿个盆来！我这才发现，他带来了一个大饭盒，打开一看，是饺子，个个冻成了邦邦硬的冰坨坨。他笑着说道：过七星河的时候，雪滑，跌了一跤，饭盒掉在了地上，饺子撒了，捡了半天，饺子还是少了好多，都掉进雪坑里了。凑合着吃吧！

我立刻愣在那儿，望着一堆饺子，半天没说出话来。我知道，他是见我年三十没有回队，专门来给我送饺子的。如果是平时，这也许算不上什么，可这是什么天气呀！他得多早就要起身，没有车，三十里的路，他得一步一步地跋涉在没膝深的雪窝里，走过冰滑雪深的七星河呀。

我永远记得，那一天，我和赵温用那个盆底有朵大大的牡丹花的洗脸盆煮的饺子。饺子煮熟了，漂在滚沸的水面上，被盛开的牡丹花托起。

忘不了，是酸菜馅的饺子。

三

齐如山先生当年说，他曾经吃过一百多种馅的饺子。我没吃过那么多种馅的饺子。我也不知道，全国各地的饺子馅，到底有多少种。不过，我觉得馅对于饺子并不重要。包饺子过年，其中的馅，可以丰俭由人，从未有过高低贵贱之分。过去，皇上过年吃饺子，底下人必要在馅中包上一枚金钱，而且金钱上必要镌刻上"天子万年，万寿无疆"之类的吉祥话，讨皇上欢喜。穷人过年，怎么也得吃上一顿饺子，哪怕是野菜馅的呢。

曾听叶派小生毕高修先生告诉我这样一桩往事：他和京剧名宿侯喜瑞先生同在落难之中，结为忘年交。大年初一，客居北京城南，四壁徒空，凄风冷灶，两人只好床上棉被相拥，惨淡谈笑过残年。忽然，看到墙角有几根冻僵了的胡萝卜，两人忙下地，拾起胡萝卜，剁巴剁巴，好歹包了顿冻胡萝卜馅的饺子，也得过年啊。

馅，可以让饺子分出价值的高低，但作为饺子这一整体形象，却是过年时不分贵贱的最为民主化的象征。

四

很多年前，我写过一篇散文《花边饺》，后来被选入小学生的语文课本。写的是小时候过年，母亲总要包荤素两种馅的饺子。她把肉馅的饺子都捏上花边，让我和弟弟觉得好看，连吃带玩地吞进肚里，自己和父亲则吃素馅的饺子。那是艰苦岁月的往事。

长大以后，总会想起母亲包的花边饺。大年初二，是母亲的生日。那一年，我包了一个糖馅的饺子，放进盖帘上一圈圈饺子之中，然后对母亲说："今儿您要吃着这个糖馅的饺子，您一准是大吉大利！"

母亲连连摇头笑着说："这么一大堆饺子，我哪儿那么巧能有福气吃到？"说着，她亲自把饺子下进锅里。饺子像活了的小精灵，在滚动的水花中上下翻腾。望着母亲昏花的老眼,我看出来,她是想吃到那个糖饺子呢!

热腾腾的饺子盛上盘,端上桌,我往母亲的碟中先拨上三个饺子。第二个饺子,母亲就咬着了糖馅,惊喜地叫了起来:"哟!我真的吃到了!"我说:"要不怎么说您有福气呢!"母亲的眼睛笑得眯成了一条缝。

其实,母亲的眼睛,实在是太昏花了。她不知道我耍了一个小小的花招,用糖馅包了一个有记号的花边饺。

第二年的夏天,母亲去世了。

五

在北大荒,有个朋友叫再生,人长得膀大腰圆,干起活来,是二齿钩挠痒痒——一把硬手。回北京待业那阵子,他一身武功无处可施,常到我家来聊天,一聊就聊到半夜,打发寂寞时光。

那时候生活拮据,招待他最好的饭食,就是饺子。一听说包饺子,他就来了情绪,说他包饺子最拿手。在北大荒,没有擀面杖,他用啤酒瓶子,都能把皮擀得又圆又薄。

在我家包饺子,我最省心,和面、拌馅、擀皮,都是他一个人招呼,我只是搭把手,帮助包几个,意思意思。

他一边擀皮,一边唱歌,每一次唱的歌都一样:《嘎达梅林》。不知道为什么,他对这首歌情有独钟。一边唱,他还要不时腾出一只手,伸出手指来,随着歌声,娇柔地作个兰花指状,这与他粗犷的腰身反差极大,和《嘎达梅林》这首尽显英雄气魄的歌反差也极大。

每次来我家包饺子的时候,他都会问我:"今儿包什么馅的呀?"

我都开玩笑地对他说:"包'嘎达梅林'馅的!"

他听了哈哈大笑,冲我说:"拿我打镲①!"

---

① 打镲:方言。意思是"拿人开涮,开玩笑"。

擀皮的时候，他照样不忘唱他的《嘎达梅林》，照样不忘伸出他的兰花指。

四十多年过去了。如今，再生的日子过得很滋润，儿子北大西语系毕业，很有出息，特别孝顺，还能挣钱，每月光给他零花钱，出手就是五千，让他别舍不得，可劲儿地花，对自己得好点儿。他很少来我家了，见面总要请我到饭店吃饭，再也吃不到他包的"嘎达梅林"馅的饺子了。

六

孩子在美国读博，毕业后又在那里工作，前些年我常去美国探亲，一连几个春节，都是在那里过的。过年的饺子，更显得必不可少，增添了更多的乡愁。余光中说：乡愁是一枚邮票。在过年的那一刻，乡愁就是一顿饺子，比邮票更看得见，摸得着，还吃得进暖暖的心里。

那是一个叫作布卢明顿的大学城，很小的一个地方，全城只有六万多人口，一半是大学里的学生和老师。全城只有一个中国超市，也只有在那里可以买到五花肉、大白菜和韭菜，这是包饺子必备的老三样。为备好这老三样，提早好多天，我便和孩子一起来到超市。

超市的老板是山东人，老板娘是台湾人，因为常去那里买东西，彼此已经熟悉。老板见我进门先直奔大白菜和韭菜而去，笑吟吟地对我说："过年包饺子吧？"我说："对呀！您的大白菜和韭菜得多备些啊！"他依旧笑吟吟地说："放心吧，备着呢！"

那一天，小小的超市里挤满了人，大多是中国人，来买五花肉、大白菜和韭菜的。尽管大家素不相识，但望着各自小推车中的老三样，彼此心照不宣，他乡遇故知一般，都像老板一样会心地笑着。

荔　枝

　　我第一次吃荔枝，是二十八岁的时候。那时，我刚从北大荒回到北京，家中只有孤零零的老母。我站在荔枝摊前，脚挪不动步。那时，北京很少见到这种南国水果，时令一过，不消几日，再想买就买不到了。想想活到二十八岁，居然没有尝过荔枝的滋味，再想想母亲快七十岁的人了，也从来没有吃过荔枝呢！虽然一斤要好几元，挺贵的，咬咬牙，还是掏出钱买了一斤。那时，我刚在郊区谋上中学老师一职，衣袋里正有当月四十二元半的工资，硬邦邦的，鼓起几分胆气。我想让母亲尝尝鲜，她一定会高兴的。

　　回到家，还没容我从书包里掏出荔枝。母亲先端出一盘沙果。这是一种比海棠大不了多少的小果子，居然每个都长着疤，有的还烂了皮。只是让母亲一一剜去了疤，洗得干干净净。每个沙果都显得晶光透亮，沾着晶莹的水珠，果皮上红的纹络显得格外清晰。不知老人家洗了几遍才洗成这般模样。我知道这一定是母亲买的处理水果，每斤顶多五分或者一角。居家过日子，老人就这样一辈子过来了。不知怎么搞的，我一时竟不敢掏出荔枝，生怕母亲骂我大手大脚，毕竟这是那一年里我买的最昂贵的东西了。

　　我拿了一个沙果塞进嘴里，连声说真好吃，又明知故问多少钱一斤，然后不住口地说真便宜——其实，母亲知道那是我在安慰她而已，但这样的把戏每次依然让她高兴。趁着她高兴的劲儿，我掏出荔枝："妈！今儿我给您也买了好东西。"母亲一见荔枝,脸立刻沉了下来："你财主了怎么着？这贵的东西。你……"我打断母亲的话："这么贵的东西，不兴咱们尝尝鲜!"母亲扑哧一声笑了，青筋突兀的手不停地抚摸着荔枝，然后用小拇指甲盖划破荔枝皮，小心翼翼地剥开皮又不让皮掉下，手心托着荔枝，像是托着一只刚刚啄破蛋壳的小鸡，那样爱怜地望着，舍不得吞下，嘴里不住地对我说："你说它是怎么长的？怎么红皮里就长着这么白的肉？"毕竟是第一次吃，毕竟是好吃！母亲竟像孩子一样高兴。

那一晚，正巧有位老师带着几个学生突然到我家做客。望着桌上这两盘水果有些奇怪。也是，一盘沙果伤痕累累，一盘荔枝玲珑剔透，对比过于鲜明。说实话，自尊心与虚荣心齐头并进，我觉得自己仿佛是那盘丑小鸭般的沙果，真恨不得变戏法一样把它一下子变走。母亲端上茶来，笑吟吟地顺手把沙果端走，那般不经意，然后回过头对客人说："快尝尝荔枝吧！"说得那般自然、妥帖。

母亲很喜欢吃荔枝，但是她舍不得吃，每次都把大个的荔枝给我吃。以后每年的夏天，不管荔枝多贵，我总要买上一两斤，让母亲尝尝鲜。荔枝成了我家一年一度的保留节目，一直延续到三年前母亲去世。

母亲去世前是夏天，正赶上荔枝刚上市。我买了好多新鲜的荔枝，皮薄核小，鲜红的皮一剥掉，白中泛青的肉蒙着一层细细的水珠，仿佛跑了多远的路，累得张着一张张汗津津的小脸。是啊，它们整整跑了一年的长路，才又和我们阔别重逢。我感到慰藉的是，母亲临终前一天还吃到了水灵灵的荔枝，我一直认为是天命，是母亲善良忠厚一生的报偿。如果荔枝晚几天上市，我迟几天才买，那该是何等的遗憾，会让我产生多少无法弥补的痛楚。

其实，我错了。自从家里添了小孙子，母亲便把原来给儿子的爱分给孙子一部分。我忽略了身旁小馋猫的存在，他再不用熬到二十八岁才能尝到荔枝，他还不懂得什么叫珍贵，什么叫舍不得，只知道想吃便张开嘴巴。母亲去世很久，我才知道母亲临终前一直舍不得吃一颗荔枝，都给了她心爱的太馋嘴的小孙子吃了。

而今，荔枝依旧年年红。

父亲的三件宝贝

我小时候亲眼看到，父亲有三件宝贝。这三件宝贝都挂在我家的墙上。

一件是一块瑞士英格牌的老怀表。父亲从来没有揣在怀里，一直挂在墙上当挂钟用。那时候家里没有钟表，我们就用它来看时间。我和弟弟小时候，常常会爬上椅子，踮着脚尖，把老怀表摘下来，放在耳朵边，听它嘀嘀嗒嗒的响声，觉得特别好玩。

一件是一幅陆润庠的字。写的什么内容，一点儿印象都没有了。只是听父亲讲过，陆润庠是清朝的大学士，当过吏部尚书，是末代皇帝溥仪的老师。

另一件是郎世宁画的狗。郎世宁是意大利人，跑到中国来，专门待在宫廷里画画。他画的狗是工笔画，装裱成立轴，有些旧损，画面已经起皱了，颜色也已经发暗，但狗身上的绒毛根根毕现，像真的一样。背景有树，枝叶茂密，画得很精细。

我不知道这两幅字画，父亲是怎样得来的，是什么时候得来的，从字画陈旧且保存不好的样子看，再从父亲喜爱又熟悉的样子看，应该年头不短了。

我猜想，父亲收藏它们并不是为附庸风雅，或真的喜欢字画。他只是喜欢两幅字画的名气。值钱，使得这两幅字画的名气，在父亲的眼睛里更形象化。父亲就是一个俗人。在一面墙皮暗淡甚至有些脱落的墙上，挂着这样的字画，多少显得有些不伦不类。不过，这种不伦不类，让父亲暗暗自得。在税务局里所有二十级每月拿七十元工资而且始终也没有增长的同一类职员里，父亲是得意的。起码，他拥有陆润庠、郎世宁，还有另一位，就是他的老乡纪晓岚的字画。

墙上的这两件宝贝，常常是父亲向我和弟弟炫耀他学问的教材，同时也是父亲借此教育我和弟弟的机会。父亲教育我们的理论就是人生在世要有本事，所谓艺不压身。不管什么本事都行，就是得有本事。陆润庠不当官了，写一手好字，照样可以活得挺好；郎世宁画一手好画，在意大利行，跑到中国来也行。父亲常会由此拔出萝卜带出泥，由陆润庠和郎世宁说出好多名人。比如，他会说，同样靠一张嘴，练出本事，陆春龄吹笛子，侯宝林说相声，都成为"雄霸一方"的能人。本事有大有小，小本事有小本事的场地，大本事有大本事的场地，就怕什么本事都没有，只能人家吃肉你喝汤了。

在我小的时候，父亲并不像我长大以后那样不怎么爱说话，而是话很多，用我妈的话说是一套一套的，也不怕人家烦。父亲的教育理论中，这种成名成家的思想很严重。我大一点儿的时候，曾经当面反驳过他，他并不以为然，反而问我："不是一定要成名成家，而是说本事大，对国家的贡献就大。你说说，到底是一个科学家对国家贡献大，还是一个农民对国家贡献大？"我回答不上来，觉得他讲的这些也有些道理：一个科学家造原子弹成功，对国家的贡献，当然比一个只种出几百斤几千斤粮食的农民要大。但是，在我长大以后，还是把小时候听到的父亲的这些言论，当成了反面材料，写进我入团的思想汇报里，在那些思想汇报里，我对父亲进行了批判。

现在回想起来，父亲的这些言论，一方面潜移默化地激励了我的学习，一方面又成为我入团进步的绊脚石。父亲的这些话，一方面成为开放在我学习上的花朵，一方面又成为笼罩在我思想上的乌云。在那个年代里，我的内心其实是有些分裂的。在这样的分裂中，对父亲的亲情被蚕食；父亲的教育理论成为批判的靶子，常常冷冰冰地矗立在面前，随时为我所用。

父亲教育我和弟弟的另一个理论，也曾经潜移默化地影响着我，那就是他常说的本事是刻苦练出来的。那时他常说的口头语，一个是要想人前显贵，就得背后受罪；一个是吃得苦中苦，才能享得福中福；一个是小时候吃窝头尖，长大以后做大官。

如果我考试得了九十九分，父亲就会问我，你们班上有考一百分的吗？我说有，父亲就会说："那你就得问问自己，为什么人家考了一百分，你怎么就没有考一百分？一定是哪些地方复习得不够，功夫没下到家！你就得再刻苦！"

父亲教育我和弟弟的方法，就是不厌其烦。父亲的脾气很好，是个慢性子，砸姜磨蒜，一个道理，一句话，反复讲。有时候，我和弟弟都躺下睡觉了，他站在床边，还在一遍又一遍地讲，一直讲到我和弟弟都睡着了，他还在讲，发现了之后，才不得不停下了嘴巴，替我们关上灯，走出屋子。

弟弟不怎么爱学习，就爱踢足球，父亲不像说我一样说他，觉得说也没有用，便由着弟弟的性子，踢他的球。弟弟磨父亲给他买一双回力牌的球鞋，那是那个年代里最好的球鞋，一双鞋的价钱，比一双普通的力士鞋贵好多。父亲咬咬牙，还是给他买了一双。这对父亲来说是不容易的，在我和弟弟的眼里，他从来是以抠门儿著称的，很难让他从衣袋里掏出钱来。我读中学的时候，他每月只给我三元，买公共汽车月票就要两元，我便只剩下可怜巴巴的一元。过春节的时候，弟弟要买鞭炮，他会说："你买鞭炮，自己拿着香去点鞭炮，还害怕，你放炮，别人在一旁听响，所以傻小子才买鞭炮放。"他有他花钱的逻辑和说辞。我和弟弟常在背后说他是要饭的打官司——没的吃，总有的说。

父亲从王府井北口八面槽的力生体育用品商店买回一双白色高帮回力牌的球鞋，弟弟像得了宝，穿在脚上，到处显摆。父亲对他说："给你买了这双鞋，是要你好好练习踢足球，不管学什么，既然学，就一定把它学好！"对于我和弟弟，在我们渐渐大了以后，父亲采取的教育策略也相应进行了调整和改变，他不再说那些大道理和口头语。说得好听一些，他是因材施教；说得通俗一些，就是什么虫就让它爬什么树。他认定了弟弟不是学习的料，既然喜欢踢球，就让他好好踢球吧，兴许也能踢出一片新天地。

初一的时候，弟弟没有辜负父亲给他买的那双回力牌球鞋，终于参加了先农坛业余体校的少年足球队。弟弟从业余体校回来，很兴奋地对父亲说，教练说了，我们练得好的，初中毕业就可以直接升入北京青年二队。父亲听了很高兴，鼓励他："把足球踢好也是本事，你看人家张宏根、史万春、年维泗，就得好好练出人家一样的本事！"我家墙上的陆润庠和郎世宁，就这样成为父亲教育我和弟弟的药引子，可以引出无数的说法，编着花儿来说明他的教育理论。

在父亲的心里，有一个小九九，一碗水没有端平，而是偏向我的。他觉得弟弟学习不成，而我的学习不错，把我培养上大学，是他最大的希望。

二十世纪六十年代，我读初中。父亲突然病了。那正是全国人民都在苦熬的困难时期，连年的灾荒使粮食一下子紧张起来。我家又有弟弟和我两个正长身体的男孩子，粮食就更不够吃了，每个人每月定量，在我家每顿饭都要定量，要不到月底就揭不开锅。因此，每顿都吃不饱肚子。父亲和母亲都尽量省着吃，让我和弟弟吃，仍然解决不了问题。有一天，父亲不知从哪里买来了好多豆腐渣，开始用豆腐渣包团子吃。团子，是用棒子面包着馅的一种吃食，类似包子。开始的时候，掺一些菜在豆腐渣里，还好咽进肚子里。后来，包的只是豆腐渣，那东西又粗又发酸，吃一顿两顿还行，天天吃的话真有些受不了。可是父亲却天天在吃豆腐渣，中午带的饭也是这玩意儿，最后吃得浑身浮肿，连脚面都肿得像水泡过的一样。单位给了一些补助，是一点儿黄豆。但是这点儿黄豆远远弥补不了父亲身体的严重欠缺，他开始半休。等他的身体稍稍恢复了以后，他的工作被调整了。

但是父亲一直没有对我们说，他是怕我们为他担心，也是怕自己的脸面不好看。直到有一天，我发现父亲下班回来没骑他的那辆自行车，才发现了问题。原来父亲把这辆自行车推进委托行卖掉了。父亲的那辆自行车，就像侯宝林相声里说的那辆除了铃不响哪儿都响的破老爷车，一直是父亲的坐骑。父亲上班的税务局在西四牌楼，从我家坐公共汽车，去一趟要五分钱的车票，来回一角钱，父亲的这个坐骑，可以每天为父亲省下这一角钱。现在这个坐骑没有了，他每天要走着上下班了。大约就在这个时候，姐姐寄来了一封很长的信，家里一下子平地起了风波。姐姐想把我接到呼和浩特她那里上学，这样家里少了一个人的开销，特别是我读中学之后，又想要买书，花费就更大一些。姐姐想用这样的方法，帮助父亲解决一些困难。

我不知道我自己的命运会有怎样的变化，我很想念姐姐，能够到呼和浩特去，就可以天天和姐姐在一起了；只是离开北京，离开熟悉的学校和同学，我有些不舍得。而且到一个陌生的新学校去，我又有些担忧，况且我们学校是一所百年老校，是北京市的十大重点中学之一，姐姐帮助我选择的学校是他们铁路系统的子弟中学，教学质量肯定不如我们学校。我拿不定主意，就看父亲最后怎么决定了。

父亲没有同意，他没有像我这样的瞻前顾后，而是以果断的态度给姐姐回了一封信，不容置疑地回绝了姐姐的好意。对于一辈子优柔寡断的父亲而言，这是唯一一次毅然决然的决定。或许，这是父亲性格的另一面，在年轻时军旅生涯中有所体现，只是那时我不知道罢了。父亲在给姐姐的信中说，他可以解决眼下的困难，还是希望把我留在北京，以后在北京考大学，各方面的条件都会更好些。

姐姐没再坚持。其实姐姐和父亲都是性格极其固执的人，如果不是固执，姐姐不会主意那么大，那么不听人劝，十七岁时就独自一人跑到内蒙古，在风沙弥漫的京包铁路线上奔波一生。我猜想，姐姐一定明白，在父亲的心里，我的分量很重，亲眼看到我考上大学，是父亲一直的期待。姐姐也一定明白父亲的想法，因为她只读到小学四年级便参加工作了，父亲一直笃信自己的教育水平，不会相信她，更不会放心把我交到她的手里。

长大以后，我的想法有了改变，我猜想，除了对姐姐的不信任和希望亲眼看到我上大学之外，他的心里一定在想，已经把一个女儿送到塞外了，不能再把一个儿子也送到塞外。在父亲的眼里和懂得的历史中，尽管呼和浩特是一座城市，但毕竟无法和首都北京相比，那里是昭君出塞的地方。

我留在了北京。父亲继续步行从前门到西四上班。日子似乎又恢复了平静。只是粮食依然不够吃，每月月底，是最紧张的时候，面对两个正在长身体的男孩子，父亲和母亲常常面面相觑，一筹莫展。没有过多久，我发现墙上那块英格牌的怀表没有了。又没过多久，墙上的陆润庠的字和郎世宁的狗，也都没有了。我知道，它们都被父亲卖给了委托行。那时，我妈吐血，为给我妈治病，也为治他自己的浮肿，要买一些黑市上的高价食品，父亲不得不卖掉了他仅有的三件宝贝。

我知道，父亲是希望用这样的方法，给我妈补补身体，更为挽救自己江河日下的身体，希望能尽快恢复原来的工作。

可是这三件宝贝没有挽救得了父亲的身体。黄鼠狼单咬病鸭子，他的身体状况下滑得厉害，而且又患上了高血压。税务局让他提前退休了。那一年他五十七岁，离退休年龄还有三年。

退休那一天，我去税务局接父亲，顺便帮助他拿一些东西。我才发现，他被调整后的工作，不再是税务，而是税务局下属的第三产业，生产胶木产品的一个小工厂。在税务局旁边胡同里一个昏暗的车间里，我找到了父亲，他正系着围裙，戴着一副白线手套挑胶木做的什么电源开关。听见同事叫他的名字，他抬起头来看见了我，站了起来，和同事打过招呼之后，和我一起走出车间。我能感到，车间里几乎所有人的目光都落在我和父亲的身上。我不清楚那些目光的含义，是替父亲惋惜、悲伤，还是有些幸灾乐祸？

那一天，我和父亲从西四一直走到前门，一路上，我和父亲什么话也没有说，就这么默默地走在车水马龙的大街上，想象着从新中国成立以后他一直是骑着自行车上班下班来往在这条大街上的。现在，工作没有了，自行车也没有了。我知道，父亲的心里一定很痛苦，他一定没有想到他自己会以这样的一种方式告别工作，提前进入了拿国家养老金的人的行列里。他一定不甘心，又一定很无奈。

我一直在想，按照父亲的教育理论，他这一辈子算是有本事的呢，还是没有本事的呢？如果说没有本事，父亲是凭着初小的文化水平，靠着自己的努力，从国民政府到新中国成立，一直是担当得起这一份工作的。如果说有本事，他最后却沦落到做胶木电源开关的地步，和他原来的工作相去甚远。他是被身体打败的呢，还是由于身体的原因而被单位借此顺坡赶驴一样赶下了山？父亲从来没有和我谈论过这些，而在那个年代，我也没有能力思考这一切，反而觉得让父亲提前退休，是组织对他的格外照顾。

很久以后，也就是父亲去世之后，税务局工会派来一位老人来家里进行慰问。因为这个老人在税务局工作的年头很长，曾经和父亲一起共事，对父亲有所了解。他对我说起父亲，说父亲脾气倔，工作认死理，他去人家单位收税的时候，据理力争，虽然得罪人，但是总能把税给收上来。

父亲退休以后，开始练习气功和太极拳。他做事有定力和恒心。那时候，因为父亲提前退休，每月只能拿百分之六十的工资——四十二元钱，家里的生活一下子变得更加拮据，便把原来的三间住房让出一间，节省一些房租。家里就剩下两间屋子，清晨，是父亲练太极拳的时候；晚上，是父亲练气功的时候，雷打不动。无论什么情况，他都能坚持，特别是晚上，不论我和弟弟在外屋复习功课或说笑打闹有多吵多乱，他都会一个人在里屋练气功，站桩时一动不动。

父亲的举动让我很受触动，不仅是他的耐性和坚持。由于他的提前退休，家里的日子变得艰难。我本想读高中将来考大学的，在初中即将毕业的时候，把这个念头打消了。我想考一所中专或师范学校，不仅可以免去学费，还能解决吃住，帮助家里减轻一点儿负担。父亲知道后，坚决不同意，说："砸锅卖铁也要供你上大学。你弟弟不爱读书也就算了，你学习成绩一直不错，绝不能因为我耽误了你！"我姐姐知道了这事后，每月寄来三十元，说是补齐父亲退休前的工资，一定要我读高中，考大学。

我如愿考上了理想的高中……

清明忆父

很多童年的事情，过去了那么多年，却仍然恍若面前，连一些细枝末节都记得特别清楚。记得爸爸为我买的第一支笛子，是一角二分钱；买的第一本《少年文艺》，是一角七分钱；买的第一把京胡，是二元二角钱……那时候，家里的生活拮据，一家五口依赖爸爸菲薄的薪水维持，给我买这些东西，爸爸是咬着牙掏出这些钱来的。因为那时买一斤棒子面才八分钱，花这么多钱买这些东西，特别是花两块多钱买一把京胡，显得有些奢侈。

那时，我爱上读书，特别是从同学那里借了一本《千家诗》以后，我对古诗更是着迷。我家离大栅栏不远，大栅栏路北有一家挺大的新华书店，放学以后，我常到那里看书。屡次翻看后，从那书架上琳琅满目的唐诗宋词里，我看中当中四本，最为心仪，爱不释手，拿起来，又放下，依依不舍。一本是复旦大学中文系编选的《李白诗选》，一本是冯至编选的《杜甫诗选》，一本是游国恩选注的《陆游诗选》，一本是胡云翼选注的《宋词选》。

每一次，翻完这四本书后，总要不由得看看书后面的定价，《李白诗选》是一元五分，《杜甫诗选》是七角五分，《陆游诗选》是八角，《宋词选》是一元三角。四本书加起来，统共要小五元钱呢。那时候的五元钱，恰好是我上学在学校里一个月午饭的费用。每一次看完书后面的定价，心里都隐隐地叹口气，这么多钱，和爸爸要，爸爸不会答应的。每次翻完书，心里都对自己说，算了，不买了，到学校借吧。可是，每次到新华书店里来，总忍不住还要踮着脚尖，把这四本书从架上拿下来，总不由得翻完书后还要看看后面的定价，好像希望这一次看到的定价，会比上一次看到的要便宜似的。

那时候，姐姐为了帮助爸爸分担家里的负担，每个月给家里寄三十元钱。那一天放学以后，妈妈方才从邮局里取回姐姐寄来的三十元钱，我清清楚楚地瞥见妈妈把那六张五元钱的票子放进了我家放"金银细软"的小牛皮箱子里。妈妈离开家以后，我马上翻开小箱子，从那六张票子里抽出一张，揣进衣兜，飞也似的跑出家门，跑到大栅栏，跑进新华书店，不由分辩地，几乎是比售货员还要业务纯熟地从书架上抽出那四本书，交到柜台上，然后从衣兜里掏出那张五元钱的票子，骄傲地买下了那四本书。终于，李白、杜甫和陆游，另有宋朝那么多著名的词人，都属于我了，能够天天陪同我一起吟风赏月、寄情山水了。回到家，我放下那四本书，非常高兴，就跑出家门，到胡同里和小伙伴们玩了。傍晚的时候，瞥见刚下班的爸爸一脸乌青地向我走来，把我领回家，摁在床板上，用鞋底子狠狠地打了我的屁股一顿。我没有反抗，没有哭，什么话也没有说，因为我一眼看到床头上放着那四本书，知道爸爸一定晓得了小箱子里少了一张五元钱的票子是干什么去了。我知道，是我错了，我不应该心血来潮私自拿钱去买书，五元钱，对于一个清贫的家庭来讲，是笔不小的数目。

挨完打后，我没有吃饭，拿着那四本书，跑回大栅栏的新华书店，好说歹说，央求人家退了书。我把拿回来的钱放在爸爸的面前，爸爸抬头看了我一眼，什么话也没有说。

第二天晚上，爸爸下班回来晚了，天完全黑了下来。妈妈已经把饭菜盛好，放在桌子上，我们一家正等他吃饭。爸爸坐在饭桌前，没有先端饭碗，而是从他的破提包里拿出了几本书。我一眼看见，就是那四本书：《李白诗选》《杜甫诗选》《陆游诗选》和《宋词选》。

爸爸对我说："爱看书是好事，我不是不让你买书，是不让你私自拿家里的钱。"

六十多年的光阴过去了，我还记得爸爸讲过的这句话和讲这句话时的模样。那四本书，跟随我从北京到北大荒，又从北大荒到北京，几经颠簸，几经迁居，一直都还在我的身旁。大栅栏里的那家新华书店，奇迹般的也还在那里。统统都好像还和童年时一样，只是爸爸已经去世四十八年了。

姐　姐

这个世界上最先让我感觉到至为圣洁而宽厚的爱，而值得好好活下去的，一个是母亲，一个是姐姐。

一

年轻时，姐姐很漂亮，只是脾气不好，这一点随娘。在我和弟弟落生的时候，娘都把姐姐赶出家门远远地到城外去，说她命硬，会冲了我们降生的喜气。我和弟弟都是姐姐抱大的，只要我们一哭，娘常常不问青红皂白先把姐姐骂上一顿，或者打上几下。可以说，为了我和弟弟，姐姐没少受气，脾气渐渐变得暴躁而格外拧巴。

可是，姐姐从来没对我和弟弟发过一次脾气。即使现在我们已经长大成人，在她眼里依然还像依偎在她怀中的小孩。

姐姐的脾气使得她主意格外大，什么事都敢自己做主。娘去世的那一年，她偷偷报名去了内蒙古。那时，正修京包铁路线，需要人。那时，家里生活愈发拮据，娘去世后一大笔亏空，父亲瘦削的肩已力不可支。临行前，姐姐特地在大栅栏为我和弟弟买了双白力士鞋，算是再为娘戴一次孝，带我们到劝业场照了张照片。带着这张照片，姐姐走了，独自一人走向风沙弥漫的内蒙古，虽未有昭君出塞那样重大的责任，但一样心事重重地为了我们而离开了北京。我和弟弟过早地尝到了离别的滋味，它使我们因过早地品尝到了人生的苍凉而早熟。从此，火车站灯光凄迷的月台，便和我们命运相交无法分割。

那一年，姐姐十七岁。第二年，姐姐结婚了。她再一次的自作主张让父亲很是惊奇得无奈。春节前夕，她和姐夫从内蒙古回到北京，然后回姐夫的家乡任丘。姐夫就是从那里怀揣着一本孙犁的《白洋淀纪事》参加革命的，人脾气很好，正好和姐姐形成了鲜明的对比。

之后，我和弟弟便盼姐姐回来。因为每次姐姐回来，都会给我们带回许多好吃的、好玩的。我们还是不懂事的小馋猫呀！记得三年困难时期，姐姐到武汉出差，想买些香蕉带给我们，跑遍武汉三镇，只买回两挂芭蕉。那是我第一次吃芭蕉，短短的，粗粗的，口感虽没有香蕉细腻，却让我难忘。望着我和弟弟贪婪地吃着芭蕉的样子，姐姐悄悄落泪。那时，我不明白姐姐为什么要落泪。

那一次，姐姐和姐夫一起来北京，看见我和弟弟如狼似虎地贪吃的样子，没说什么。正是我们长身体的时候，肚子却空空的像无底洞，家里粮食总是不够吃……父亲念叨着。姐姐掏出一些全国粮票给父亲，第二天一清早便和姐夫早早去前门大街全聚德烤鸭店排队。我不知道姐姐、姐夫排了多长时间的队，当我和弟弟放学回家时，见到桌上已经摆放着烤鸭和薄饼。那是我们第一次吃烤鸭，以为它是世界上最好吃的东西了。望着我们一嘴油一手油可笑的样子，姐姐苦涩地笑了。

盼望姐姐回家，成了我和弟弟重要的生活内容。于是，我们尝到了思念的滋味。思念有时是很苦的，却让我们的情感丰富而成熟起来。

姐姐生了孩子以后，回家探亲的日子越来越少。她便常寄些钱来，父亲拿这些钱照样可以买各种各样的东西给我们，我却越发思念姐姐了。我们盼望姐姐归来已经不仅仅为了馋嘴，一股浓浓的依恋情感已经长成枝繁叶茂的大树，即使无风依然婆娑摇曳。

终于，又盼到姐姐回来了，领着她的女儿。好日子太不禁过，像块糖越化越小，即使再精心地含着。既然已经是渴望中的重逢，命中必有一别。

姐姐说什么也不要我和弟弟送，因为姐姐来的第二天，正是少先队宣传活动，我逃了活动挨了大队辅导员的批评。那一天中午，姐姐带我们到家附近的鲜鱼口联友照相馆。照相前，她没带眉笔，划着几根火柴，用火柴棍燃烧后的可怜的一点点如笔尖上点金一样的炭，分别在我和弟弟的眉毛上描了描，想把我们打扮得漂亮些。照完相回到家，整理好行装，我和弟弟送姐姐她们娘儿俩到大院门口，姐姐不让送了，执意自己上火车站。走了几步，回头看我们还站在那里，便招招手说："快回去上学吧！"我和弟弟谁也没动，谁也没说话，就那样呆呆站着望着姐姐的身影消失在胡同尽头。当我们看到姐姐真的走了，一去不返了，才感到那样悲恸，依依难舍又无可奈何。我和弟弟悄悄回到大院，一时不敢回家，一人伏在一株丁香树旁默默地擦眼泪。

我们不知在那里站了多久，一直到一种梦一样的声音突然在耳边响起，抬头一看，竟不敢相信：姐姐领着女儿再次出现在我们面前，仿佛她早已料到会有这样的场面一样。她摸摸我们的头说："我今儿不走了！你们快上学吧！"我们破涕为笑。那一天过得格外长！我真希望它能够永远"定格"！

二

在一次次分离与重逢中，我和弟弟长大了。一九六七年底，弟弟不满十七岁，像姐姐当年赴内蒙古一样，自作主张报名去青海支援三线建设，一腔"天涯何处无芳草"的慷慨豪壮。姐姐以为他去西宁一定要走京包线的，就在呼和浩特铁路站一连等了他三天。姐姐等不及了，一脚踏上火车直奔北京，弟弟却已走郑州直插陇海线，远走高飞了。姐姐不胜悲恸，把原本带给弟弟的棉衣给了我，又带我跑到前门买了顶皮帽，仿佛她已经有了我也要走的先见之明一样。我只是把她本来送弟弟的那一份挚爱与牵挂通通收下了。执手相对，无语凝噎，我才知道弟弟这次没有告别，对姐姐的刺激是多么大。天涯羁旅，茫茫戈壁，会时时跳跃着姐姐一颗不安的心。

就在姐姐临走那天夜里，我隐隐听到一阵微微的哭泣声，禁不住惊醒一看，姐姐正伏在床上，为我赶缝一件棉坎肩。那是用她的一件外衣做面、衬衣做里的坎肩。泪花迷住她的眼，她不时要用手背擦擦，不时拆开缝歪的针脚，重新抖起沾满棉絮的针线……

我不敢惊动她，藏在棉被里不敢动窝，眯着眼悄悄看她缝针、掉泪。一直到她缝完，轻轻地将棉坎肩放在我的枕边，转身要去的时候，我怎么也忍不住了，一把伸出手，紧紧抓住她的胳膊。我本以为我一定控制不住，会大哭起来，可我竟一声没哭，只是一句话也说不出来，喉咙和胸腔里像有一股火在冲、在拱、在涌动……

我就是穿着姐姐亲手缝制的棉坎肩，带着她的棉衣、皮帽以及绵绵无尽的情意和牵挂，踏上北去的列车到北大荒的。那是弟弟走后不到一年的事。从此，我们姐仨一个东北、一个西北、一个内蒙古，离得那么远，那么远，仿佛都到了天尽头。我知道已往月台凄迷灯光下含泪的别离，即使是痛苦的，也难再有了，而只会存在于我们各自迷蒙的梦中。

我和弟弟两个男子汉把业已年老的父亲孤零零地甩在北京。就在这一年元旦前夕，姐姐、姐夫来到北京开会。他们本可以住到招待所，但是，他们住在窄小的家里，陪伴、安慰着父亲孤寂的心。这就是我和弟弟甩给姐姐的家。

姐姐、姐夫临走的那一天清早，买了许多元宵，煮熟吃时，姐姐、姐夫和父亲却谁也吃不下。元宵本该团圆之际吃，而我和弟弟却远在天涯。她回内蒙古后不时给父亲寄些钱来，其实那本该是我和弟弟的责任。姐姐也常给我和弟弟分别寄些衣物食品，她把她的以及远逝的那一份母爱一并密密缝进包裹之中。她只要我常常给她写信、寄照片。

当我有一次颇为自得地写信告诉她我能扛起九十公斤重的大豆踩着颤悠悠的三级跳板入囤时，姐姐吓坏了，写信告诉我她一夜未睡，叮嘱我"一定小心，千万别跌下来，让姐一辈子难得安宁"。

又一次她看见我寄去的照片，穿着临走时她给我的那件已经破得不成样子的棉衣，补着我那针脚粗粗拉拉实在难看的补丁，又腰扎一根草绳时，她哭了，哭得那样伤心，以致姐夫不知该怎么劝才好……

三

当我像只飞得疲倦的鸟又飞回北京，北京没有如当年扯旗放炮欢送我一样欢迎我。可怜巴巴的我像条乞讨的狗一样，连一份工作都没有，只好待业在家，才知道无论什么时候只有家才是栖息地。

从我回北京那一月起，姐姐每月寄来三十元钱，一直寄到我考入大学。似乎我理所应当从她那里领取这份"工资"。她已经有三个孩子，一大家子人。而那年我已经二十七岁！每月邮递员呼喊我的名字，递给我这份寄款单时，我的手心都会发热发颤。仿佛长得这么大了，我还是个嗷嗷待哺的孩子，三十元可以派些大的用场。脆薄的自尊与虚荣，常在这几张票子面前无地自容，又无法弥补。幸亏待业时间不长，一年多后，我找到了工作，在郊区一所中学教书。我把消息写信告诉姐姐，叫她不要再寄钱，我已经有了每月四十二元半的工资。谁知，姐姐不仅依然按月寄来三十元钱，而且寄来一辆自行车，告诉我："车是你姐夫的。你到郊区上班远，骑车方便些，也可以省点汽车钱……"

我从火车货运站取出自行车，心一阵阵发紧。这辆银色的自行车跟随姐夫十几年。我感到车上有姐姐和姐夫的殷殷心意，只觉得太对不起他们，不知要长到多大才不要他们再操心！

我盼望着姐姐能再来北京，机会却如北方的春雨难得了。只是有一次姐姐突然来到北京，让我喜出望外。那是单位组织她到北戴河疗养。她在铁路局房建段当管理员，平凡的工作，却坚持天天不迟到、不请假、坚守岗位，因此年年评什么"先进工作者"都要评上她。这次到北戴河便是对她的奖励，第一次，也是最后一次。十几年没见面了，姐姐明显老了许多。更让我惊奇的是大热的天，她还穿着棉毛裤。我问她，怎么啦？她说早就得了风湿性关节炎。其实，我们小时候，她的腿就已经坏了，那时候我没注意罢了。我们长大了，姐姐却老了，花白的头发飘飞在两鬓。她把她的青春献给了内蒙古，也融入了我和弟弟的血肉之躯！

我和弟弟都十分想念姐姐。想想，以往都是她千里奔波来看我们，这次，我大学毕业，弟弟考取大学研究生，利用暑假，我们各自带着孩子专程去看望一下姐姐！这突然的举动，好让姐姐高兴一下！是的，姐姐、姐夫异常高兴，看见了我们，又看见了和我们当年一般大的两个孩子，生命的延续让人感到生命的力量。临离开北京前，我特意买了两挂厄瓜多尔进口大香蕉，那曾是小时候姐姐和我们最爱吃的。我想让姐姐吃个够！谁知，姐姐看着这橙黄、硕大的香蕉，不舍得吃，非让我们吃。我和弟弟不吃，她又让两个孩子吃。两个孩子真懂事，也不吃。直至香蕉一个个变软、变黑，最后快要烂了，还是没人吃。没人吃，也让人高兴！姐姐只好先掰开一只香蕉送进嘴里："好！我先吃！都快吃吧，要不浪费了多可惜！"我从来没有吃过这样美味的香蕉！悄悄地，我想起小时候姐姐从武汉买回的那挂芭蕉。人生的滋味真正品味到了，是我们以全部青春作为代价。

昭君墓就在呼和浩特近郊，姐姐在这里生活了这么长时间，却从来没有去过一次。我们撺掇姐姐去玩一次。她说："我老了，腿也不行，你们去吧！"一想到她的老关节炎腿，也就不再劝，我们去的兴头也不大，便带着孩子到城里附近的人民公园去玩。不想那天玩到快出公园大门时，天空突然浓云密布，雷雨大作。塞外的豪雨莽撞如牛，铺天盖地而来，那阵势惊人，不知何时才能停下来。我们只好躲在走廊里避雨，待雨略微小下来，望望天空依然阴沉沉的，索性不再等雨过天晴，领着孩子向公园门口跑去。刚跑到门口，就听前面传来呼唤我和弟弟的声音。真没有想到，是姐姐穿着雨衣，推着车，站在路旁招呼着我们，后车座上夹满雨具，不知她在这里等了多久！雨珠一串一串从打湿的头发梢上滚下来，雨衣挡不住雨水的冲击，姐姐的衣服已经湿漉漉一片，裤子已经完全湿透，紧紧包裹在腿上……

姐姐！无论风中、雨中，无论今天、明天，无论离你多近、多远，我会永远这样呼唤你，姐姐！

喝得很慢的土豆汤

那天下午两点多，我和妻子路过北大，因为还没有吃午饭，忽然想起儿子曾经特意带我们去过的一家朝鲜小馆就在附近，离北大的西门不远，一拐弯儿就到，便进了这家朝鲜小馆。

大概由于早过了饭点儿，小馆里没有一个客人，空荡荡的，只有风扇寂寞地呼呼地吹着。一个服务员，是个胖乎乎的小姑娘走了过来，把我们领到靠窗的风扇前让坐下，说这里凉快，然后递过菜谱问我们吃点儿什么。我想起上次儿子带我们来，点了一个土豆汤，非常好吃。很浓的汤，却很润滑细腻，微辣中有一种特殊的清香味儿，湿润的艾草似的撩人胃口。不过已经过去了两个多月的时间，我忘记是用鸡块炖的，还是用牛肉炖的了，便对妻子嘀咕："你还记得吗？"妻子也忘记了。儿子在北大读书的时候，常常和同学到这家小馆里吃饭。由于是二十四小时营业，价格公道，朝鲜风味又特别对他们的口味，非常受他们的欢迎，他们对这里的菜当然比我们要熟悉。大学毕业，儿子去美国读研，放假回来，和同学聚会，总还要跑到这里，点他们最爱吃的菜。可惜，儿子假期已满，又回美国接着读书去了，天高地远，没法子问他了。

没有想到，小姑娘这时对我们说道："上次你们是不是和你们的儿子一起来的，就坐在里面那个位子？"她说着一口比赵本山还浓郁的东北话，用胖乎乎的小手指了指里面靠墙的位子。

我和妻子都惊住了。她居然记得这样清楚，那时，我们和儿子确实就坐在那里。

　　我更没有想到的是，她接着用一种很肯定的口吻对我们说："那次你们要的是鸡块炖土豆汤。"

　　这样地肯定，让我心里相信了她，不过，我开玩笑地对她说："你就这么肯定？"

　　她笑了："没错，你们要的就是鸡块炖土豆汤。"

　　我也笑了："那就要鸡块炖土豆汤。"

　　她望望我和妻子，像考试成绩不错得到了表扬似的，高声向后厨报着菜名："鸡块炖土豆汤！"高兴得风摆柳枝走去。

　　刚才和小姑娘的对话，让我和妻子在那一瞬间都想起了儿子。思念，一下子变得那么近，近得可触可摸，就在只隔几排座位的那个位子上，走过去，一伸手，就能够抓到。两个多月前，儿子要离开我们回美国读书的时候，特意带我们到这家小馆。让我们尝尝他和他的同学的青春滋味。那一次，他特别向我们推荐了这个鸡块炖土豆汤，他说他和他的同学都特别爱喝，每次来都点这个土豆汤，让我们一定要尝尝。因为儿子临行前的时间安排得很满，我和妻子知道，那一次，也是他和我们的告别宴。所以，那一次的土豆汤，我们喝得格外慢，边聊边喝，临行密密缝一般，彼此嘱咐着，诉说着没完没了的话，一直从中午喝到了黄昏，一锅汤让服务员续了几次汤，又热了几次。许多的味道，浓浓的，都搅拌在那土豆汤里了。

　　不过，事情已经过去了两个多月，我都忘记了到底喝的什么土豆汤了，这个胖乎乎的小姑娘居然还能够如此清楚地记得我们喝的是鸡块炖土豆汤，而且记得我们坐的具体位置，真让我有些奇怪。小馆二十四小时营业，一直热闹非常，来来往往那么多的客人，点的那么多不同品种的菜和汤，她怎么就能够一下子记住了我们，而且准确无误地判断出那就是我们的儿子，同时记住了我们要的是什么样的土豆汤？这确实让我好奇，百思不解。

　　汤上来了，鸡块炖土豆汤，浓浓的，热气缭绕，清香扑鼻。抿了一小口，两个多月前的味道和情景立刻又回到了眼前，熟悉而亲切，仿佛儿子就坐在面前。

"是吧，是这个土豆汤吧？"小姑娘望着我，笑着问我。

"是，就是这个汤。"

然后，我问小姑娘："你怎么记得我们当初要的是这个汤？"

她笑笑，望望我和妻子，没有说话，转身走去。

那一天下午的土豆汤，我们喝得很慢。

结完账，临走的时候，小姑娘早早地等候在门口，为我们撩起珠子串起的门帘，向我们道了声再见。我心里的谜团没有解开，刚才一边喝着汤一边还在琢磨，小姑娘怎么就能够那么清楚地记得我们和儿子那次到这里来吃饭坐的位置和要的土豆汤？总觉得一定是有原因的。那么，是什么原因呢？是因为那一次我们的土豆汤喝得太慢，麻烦她来回热了好几次的缘故，让她记住了，还是因为来这家小馆的大多是附近年轻的大学生，一下子出现我们这样大年纪的客人，显得格外扎眼？我不大甘心，出门前再一次问她："小姑娘，你是怎么记住我们要的就是鸡块炖土豆汤的呢？"

她还是那样抿着嘴微微地笑着，没有回答。

我只好夸奖她："你真是好记性！"

一路上，我和妻子都一直嘀咕着这个小姑娘和对于我们有些奇怪的土豆汤。星期天，和儿子通电话时，我对他讲起了这件事，他也非常好奇，一个劲儿直问我："这太有意思了，你没问问她到底是怎么回事吗？"我告诉他："我问了，小姑娘光是笑，不回答我为什么呀。"

被人记住，总是一件让人高兴的事，不过，对于我们一家三口，这确实是一个谜。也许，人生本来就有许多解不开的谜，让生活充满着迷离的想象，让人和人之间有着神奇的交流，让庸常的日子有了温馨的念想和悬念。

又过去了好几个月，树叶都渐渐地黄了，天都渐渐地冷了。那天下午，还是两点多钟，我去中关村办事，那家小馆，那个小姑娘，和那锅鸡块炖土豆汤，立刻又从沉睡中苏醒过来似的，闯进我的心头。离着不远，干吗不去那里再喝一喝鸡块炖土豆汤？这样想着，便一拐弯儿，又进了那家小馆。

因为不是饭点儿，小馆里依然很清静，不过，里面已经有了客人，一男一女正面对面坐着吃饭，蒸腾的热气弥漫在他们的头顶。见我进门，一个小伙子迎上前来，让我坐下，递给我菜谱。我正奇怪，服务员怎么换成了男的，那个小姑娘哪里去了？扭头看见了那一对面对面坐在那里吃饭的人中的那个女的，就是那个胖乎乎的小姑娘，对面坐着的是一个年龄四五十岁的男人，看那模样长得和小姑娘很像，不用说，一定是她的父亲。小姑娘也看见了我，向我笑笑，算是打了招呼。

我要的还是鸡块炖土豆汤。因为炖汤需要一些时间，我走过去和小姑娘聊天，看见他们父女俩要的也是鸡块炖土豆汤。我笑了，她也笑了，那笑中含有的意思，只有我们两人明白，她的父亲看着有些蹊跷。

我问："这位是你父亲？"

她点点头，有些兴奋地说："刚刚从老家来。我和我爸爸都好几年没有见了。"

"想你爸爸了！"

她笑了，她的父亲也很憨厚地笑着，望望我，又望望女儿。

难得的父女相见，我能想象得出，一定是女儿跑到北京打工好几年了，终于有了父女见面的机会，的确是难得的。我不想打搅他们，走回自己的座位，要了一瓶啤酒，静静地等我的土豆汤。我的心里充满着感动，我忽然明白了，这个小姑娘当初为什么一下子就记住了我们和儿子，记住了我们要的土豆汤。人同此情，情同此理，没有比亲人之间分别的思念和相逢的欢欣，更能够让人感动和难忘的了。亲情，在那一刻流淌着，洇湿了所有时间和空间的距离。

土豆汤上来了，抬头一看，我没有想到，是小姑娘为我端上来的。我还没有责怪她怎么不陪父亲，她已经看出了我的意思，先对我说："我们店里人手少，老板让我和我爸爸一起吃饭，已经很不错了。"和上次她像个扎嘴的葫芦大不一样，她的话明显多了起来。说罢，她转身走去，走到她父亲的旁边，从袅娜的背影，也能看出她的快乐。

那一个下午，我的土豆汤喝得很慢。我看见，小姑娘和她爸爸的那一锅土豆汤喝得也很慢。

窗前的年灯

去年的大年夜，我家后面老爷子家的那盏年灯，在他家封闭阳台的落地窗前，照往年一样，又亮了起来。

老爷子是位老北京，讲究老礼儿。老爷子家这盏年灯，好几年过年的时候，都在点亮。从我家的后窗一眼就能望见，正对面老爷子家阳台窗前的这盏年灯，就这样一直亮到正月十五满街花灯绽放的时候。如今，满北京城，如老爷子这样坚持守护过年老礼儿的人，不多见了。

每年过年期间，望着老爷子家这盏年灯，我都会想起自己年轻的时候。那时候母亲还在世，不管晚上我回家多晚，她老人家都会让家里的灯亮着。每次骑着自行车回家，四周房屋里的灯光都没有了，一片漆黑。老远，老远，一望见家里那盏橘黄色的灯，灯光闪亮着，跳跃着，像跳跃着一颗小小的心脏，我的心里便会充满温暖，知道母亲还没有睡，还在等着我。母亲去世之后，我晚上回家，再也看不见那橘黄色的灯光了，好长一段时间都不适应，心里都会有些伤感。对于我，灯，就是家；灯下，就是母亲。无论你回来有多晚，无论你离家有多远，灯只要在家里亮着，母亲就在家里等着。

因为老爷子和我的儿子都在美国，我们有很多共同的话题。我知道，前些年，老爷子和老伴还常常去美国，看他的儿子，帮助带带孙子。如今，孙子都上中学了，老爷子真的老了。他不止一次对我说：快八十了，十几个小时的飞机坐不了喽。便盼望儿子能够带着媳妇和孙子回来过一回春节。

盼了好几年，不是儿子和儿媳妇工作忙，就是孙子春节期间正上学请不了假，都没有能够回来。每年春节，老爷子家阳台的窗前，都亮着年灯。

去年老爷子家的这盏年灯，变了花样。以往，都只是一盏普通的吊灯，半圆形乳白色的灯罩，垂挂着一支暖色的节能灯。有时候，为了增添一些过年的气氛，老爷子会在灯罩上蒙上一层红纸或红纱。去年，换成了一盏长方形的八角宫灯，下面垂着金黄色的穗子，木制，纱面，上面绘着彩画。因为距离有点儿远，看不清画的是什么，但五颜六色的，显得很漂亮，过年的色彩，一下子浓了。不知道老爷子是从哪儿淘换了这么一个玩意儿。

老爷子家的这盏年灯，就这样又像往年一样，在大年夜里亮了一宿。烟花腾空，缤纷的色彩辉映在他家窗前的时候，暂时遮挡了年灯，但当烟花落下之后，年灯又亮了起来。让我觉得特别像是大海里的浪涛，一浪一浪翻滚过后，只有礁石立在那里不动。那岿然不动的样子，那执着旺盛的心气，颇有点儿像老爷子。

大年初一过去了，大年初二也过去了……老爷子的年灯，就这么一直亮着。在整个小区里，不知道还有没有什么人，会注意到有这样一盏年灯；在偌大的北京城，不知道还有没有什么人，能守着这么一份过年的老礼儿，点亮这样一盏守候着亲人回家过年的年灯。

一天半夜里，我起夜，在厕所的后窗前瞥见那盏年灯。无月无星只有重重雾霾的夜色里，它比一颗星星还亮，亮得如同一个旷世久远的童话。心里不禁有些感慨，既为老爷子，也为老爷子的儿子，同时，也为自己。

大年初五的早晨，我起床后，从后窗望去，忽然发现，老爷子家阳台落地窗前的那盏年灯，没有了。这一天的天气格外晴朗，太阳斜照在他家阳台的落地窗上，明晃晃地反着光，直刺我的眼睛。我以为眼花了，没有看清。定睛再细看，年灯真的没有了。

正有些奇怪，看见一个男人领着一个十几岁的男孩子，走上阳台，他们都穿着一身运动衣，两人做起体操来。不用说，老爷子的儿子和孙子回家了。虽然没有赶上年夜饭，但毕竟赶上了当天晚上破五的饺子。离正月十五还有十天，年还没有过完呢。

又要过年了，想起老爷子的那盏年灯。

童年的小花狗

　　小时候，我们家外边的街上，摆着一个小摊，卖些画片、风车、泥丸具之类的东西，这些东西既便宜又深受我们小孩子欢迎。

　　小摊的主人就是王大爷，就住在我家大院里。他人很随和，逢人就笑，那时候，小街上人们都不富裕，王大爷赚的钱自然就不多，只够勉强生活。

　　王大爷的手艺好，能做各种各样的泥丸具，涂上不同的颜色，非常好看。

　　那年春节前，我看中了他小摊上新做成的一只小花狗。黑白相间的小狗，脖子上系一条绸子，绸子上挂着个小铃铛，风一吹，铃铛不住地响，小花狗就像活了一样。

　　我太喜欢那只小花狗了。每次路过小摊都反复地看，好像它也在看我。那一阵子，我满脑子都是这个小花狗，只可惜没有钱买。

　　春节一天天近了，小花狗不知会和哪个幸运的孩子一起过节。我很难过，好像小花狗是我的，会被别人抢去一样，在这样的心理下我干了一件蠢事。

　　那一天，天快黑了，小摊前有不少人，我趁着天暗，把小花狗偷走了。我的心在不停地跳。

　　这个事很快被爸爸发现了。他让我抱着小花狗给王大爷送回去。跟在爸爸的后面，我很怕，头都不敢抬起来。

　　王大爷爱怜地看着我，坚持要把小花狗送给我。爸爸坚决不答应，说这样会惯坏了孩子。最后，王大爷只好收回小花狗，还嘱咐爸爸：千万别打孩子，过年打孩子，孩子一年都会不高兴的！

过了一年，王大爷要到其他的地方去。最后一天收摊的时候，我站在一边，默默地看着他。他看看我，什么话也没说，收摊回家了。那一天小街上显得冷冷清清的。

第二天，王大爷走时，我没能看到他。我放学回家的时候看到桌上有只小花狗，我的眼泪一下子涌了出来。

三十多年过去了，我再也没有看到王大爷，但是那只小花狗一直待在我身边。

青木瓜之味

大约是四年前初春的一个星期天下午，我去邮局发信。邮局离我家不远，过了马路，走两三分钟就到。就在要到邮局的时候，一个年轻的女子和我擦肩而过。忽然，她停住脚步，回头看了我一眼。那一眼的眼神很亲切，也有些惊奇，仿佛认出了一个熟人而与之邂逅相逢。那眼神闹得我以为真的碰见了什么认识的人，便也禁不住停住脚步。看了她一眼：年龄不大，也就二十出头，模样清爽，中等身材，瘦削削的。看她的装扮，初春时节还穿着一件臃肿的棉衣，就猜得出是一个外地人，大概是打工妹。我仔细地想了想，从来没有见过这么个人，她肯定是认错人了。于是，我笑笑自己的自作多情，向邮局走去。

我走了没几步，她从后面跑了过来，跑到我的面前，这让我很吃惊，不知碰见了什么人。只听见她用南方那种绵软的声音仔细而小心翼翼地问我："你是不是肖复兴老师？"我越发地惊讶，她居然叫出了我的名字，我木讷在那里，近乎机械地点了点头。

她一下子显得很兴奋，接着说："刚才你迎面向我走来，我看着你就像。我读中学的时候就看过你写的书，你和书上的照片很像。真没有想到这么巧，今天在这里遇见了你！"

原来是一位读者，大概她这番热情的话，很能够满足我的虚荣心，听她说她喜欢我写的一些东西，特别是说她读中学的时候读我写的东西对她有帮助，她一直忘不了……我就像小学生爱听表扬似的，立刻有些发晕，找不着北，站在街头和她聊了起来，一任身边车水马龙一派喧嚣。

从她那话语中，我渐渐地听明白了，从小在南方农村长大，中学毕业，她没有考上大学，家里生活困难，就跟着乡亲来到了北京打工，住的地方离我家不算太远，要走半个小时左右，今天星期天休息，她是刚刚到邮局给家里寄钱，并发了一封平安家信。虽是萍水相逢，只是些家常话，却让我感到她像是在掏心窝子，我一下子竟有些感动，没有想到只是写了一些平常的东西，却能够让心拉近，距离缩短，也算是如今没什么用处的文学的一点特殊功能吧。于是，我进一步犯晕，沿着斜坡继续顺溜地下滑，不知对她的热情如何回报似的，竟然指着马路对面我家住的楼对她说："我家就住在那里，你有空，欢迎你到我家做客。"说着把地址写给了她。她高兴地说："太好了，我一定去！"

回到家后，我就把这件意外相逢的事情当作喜帖子，向家里的人讲了，不想立刻遭到全家一盆冷水浇头，纷纷说我："你以为你遇到了知音呢？别是个骗子吧？""可不是，现在骗子多着呢，你可别忘了，狐狸说几句赞扬的话，是为了骗乌鸦嘴里的肉。""什么？你还把咱家的地址告诉了人家？你傻不傻呀？你就等着人家上门找到你头上来骗你吧！""要真是找上门来，骗几个钱倒没什么，可别出别的事！"……

一下子，说得我发蒙。我一再回忆街头和那个年轻女子的相遇和交谈，不像是个狐狸似的骗子呀。再说，她肯定是读过我写的书，要不也说不出书名，并且能够对照着书上的照片认出我来呀。但家里的人说得也没有错，谁也不会把"骗子"两字写在脑门上，高明的骗子现在越来越多，防不胜防。这么一想，我后悔不迭。而且不禁有些发虚，嘲笑自己如此可笑，禁不住两碗迷魂汤一灌，就如此容易轻信上当，真是百无一用是书生。一连多天，我都有些提心吊胆，怕房门真的被敲响，开门一看，是这个年轻的女子登门拜访，后果不堪设想。

好在一连好多天过去了，都平安无事。

时间一长，这件事情渐渐被淡忘了。偶尔提起，被家人当作笑话嘲笑我一番。我心里想，即使不是骗子，也只是街头的一次巧遇或萍水相逢，别再犯傻了，被人家两句过年话一说就信以为真。即使人家不骗你，没准还怕你骗人家呢。

将近一年过去了，春节过后，我们全家从天津孩子的姥姥家过完年回家，刚上电梯，开电梯的老太太对我说："你先等我一会儿，前两天有人来找你，你没在家，那人就把带来的东西放在我这里了。"开电梯的老太太是个热心人，住在楼里的人要是不在家，来人送的信件、报纸或其他的东西，都放在她这里。她家就住在楼下，不一会儿，就拿来一包用废报纸包着的东西。回家打开包裹一看，是两个青青的木瓜。木瓜的旁边有一张小字条，上面写着两行小字，大概意思是：你还记得吗？我就是那天在邮局前和你相遇的人。我一直想来看你，工作太忙了，一直没有时间。我过年回家带给你两个木瓜，是我自己家种的，只是一点心意。祝你写出更多更好的作品！下面没有写下她的名字，只是写着：一个你的读者。

全家都愣在那里，谁都说不出一句话来。

我永远也不会忘记这个年轻而真诚的女子，不会忘记这件事情，不会忘记这两个木瓜。总记得切开木瓜时候的样子，别看皮那样青，里面却是红红的，格外鲜艳，特别是那独有的清香味道，在房间里弥漫着，好多天没有散去。

我的第一个笔记本

一

看到老友丽宏怀念前辈徐开垒的文章，立刻想起中学的笔记本，里面全文抄录有徐开垒的散文《竞赛》。立刻翻箱倒柜，找出这个笔记本，翻到这篇文章，拍了照片，微信发给丽宏一看。

那是我读高一时候的一个笔记本，里面满满当当抄录了很多散文和小说。笔记本，是当年姐姐荣获劳动模范的奖品，墨绿色的漆布封皮已经破损脱落，里面鸵鸟牌纯蓝墨水笔迹（每篇文章的标题是用红墨水写的），依然清晰如昨。

徐开垒的这篇《竞赛》，开头第一句为："记忆有时真像一位不速之客，往往在我们不经意的时候，它就会来敲我们的心灵之门。"这句话，和孙犁在《铁木前传》写过的"童年啊，你的整个经历，毫无疑问，像航行在春水涨满的河流里的一只小船。回忆起来，人们的心情永远是畅快活泼的"一起抄录在这个笔记本里，成为我描写童年回忆的两个范本，在我的作文中不止一次模仿出现过。

《竞赛》写学生时代作者和同桌的一位女同学，在学习中竞赛，默默较劲儿的往事。每一次发下考试卷子，她总是问"我"考了多少分，"我"总是比她少了一分，心里带着一份天真的嫉妒，为下一次考试而努力。十五年过后，这位同桌被评为优秀人民教师，让"我"惭愧，觉得在这一次的竞赛中又落伍了，面对她的微笑，还是带有一份嫉妒的心情。文章最后写道："我希望能像过去一样，收拾起这一份嫉妒的心情，成为下一次加倍用功的动力。"

那种少男少女学习与情感之间的微妙描写，那种青春勃发向上的劲头，让我感同身受，觉得写得特别好，模仿着写下我和同学在学习上的默默较量，和感情中的朦胧碰撞。

我从未见过徐开垒，但有了笔记本上抄录的这篇文章，便一直以为和他很熟，仿佛是学生时代的老朋友。

二

我有好多这样的笔记本。我信奉好记性不如烂笔头。还是这样墨绿色的漆布封皮，还是姐姐的奖品，第二年，她又被评为劳动模范。

这一年，我读高二。那时，有一个女同学，和我很要好。暑假里，她借走我的一本书，好久没有还给我。暑假快过完了，她才来到我家，是个下雨天，把书还给我，很不好意思。原来，她坐在走廊里看这本书，不小心，书掉在地上的雨水里。书湿得挺狼狈，书页湿了又干，都打了卷。

"我本想买一本新书的，可是，我去了好几家新华书店，都没有买到这本书。"她说得有些羞涩。

由于雨天屋暗，我正坐在门前的马扎上，抄冯至编的《杜甫诗选》里面的诗，对她说："这你得受罚！"

她望着我问："怎么个罚法？"

我把手中的笔记本和那本《杜甫诗选》一起递给她，罚她帮我抄一首诗。

她笑了，坐在马扎上，问我抄什么诗。我指着《杜甫诗选》，对她说就抄这里的，随便你选。她说了句"我可没有你的字写得好看"，就开始在笔记本上抄诗。她抄的是《登高》。抄完了之后，忙着站起身来，笔记本掉在门外的地上，幸亏雨不大，只打湿了"无边落木萧萧下，不尽长江滚滚来"那句。她不好意思地对我说："你看我，在同一个地方摔倒两次。"

其实，我罚她抄诗，并不是一时兴起。整个暑假，我都惦记着这个事，我很希望她在我的笔记本上抄一首诗。我想在我的笔记本上，留下她的字迹，留下一份纪念。那时候，小孩子的心思，就是这样的诡计多端。

三

我家住的老街西口，有一家"复兴成"纸店，专卖处理的日记本，很便宜，一两角钱一本。去北大荒前，我买了好几本，硬壳精装，插页印的都是样板戏的剧照。那时候，可笑的我，离不开笔记本，还惦记着抄书呢，不知道北大荒天远地荒的，上哪儿找书去？

也真是天无绝人之路，农场兽医站一个外号叫"曹大肚子"的，知道我爱看书，托人找到我，说他那里有书，可以借我。"曹大肚子"是当年十万转业官兵中的一个上尉，以前我们农场的办公室主任，落魄之后，发配到兽医站钉马掌。我根本不认识他，他却好心相助。更让我没有想到的是，他家藏书还真不少，都藏在小偏厦里一个个木板箱里。只是，每一次去他家借书，他都只让我在纸上写好书名，他去小偏厦找，从不让我跟他一起去。一直到有一天去他家时，他家的大黄狗咬破我的裤腿，觉得有些不好意思，我偷偷跟着他走进小偏厦，他才没有怪罪我。

从此，他家成了我的图书馆。我从北京带去的那几个笔记本，终于派上了用场。抄得最多的是林青的一本散文集《大豆摇铃的时节》。是"曹大肚子"推荐给我的，说林青是北大荒的作家，这本书写的也是北大荒。

四

从北大荒回到北京，我在一所中学里教书。当时，我爱人自天津大学毕业，分配在天津工作。每年寒暑假，我都往天津跑。

到这所中学第二年的寒假,我从天津火车站下车出站,爱人接我,到公交车站排队候车。一个身影走过去了,回过头,站住,叫了我一声,是姚老师。他是北京大学西语系毕业的,在我们中学里教法语。他比我大两岁,那时青春焕发,风华正茂。

我刚到学校不久,和姚老师不熟。他看到我爱人,才知道我们两地分居。我也才知道,他是天津人,回天津和父母一起过年。寒假过后开学,姚老师到语文教研室里找我,递给我一张纸,上面有他写的一首诗《赠肖君》:

> 好事多磨自古然,天亦阴晴月亦弦。
> 心在玉壶消永夜,喜报灯花待来年。
> 休道星河飞难度,且踏鹊桥去复还。
> 而今惟愿人长久,鱼雁传语报平安。

我把这首诗贴在一个黑皮笔记本里。四十七年过去了,诗在,笔记本在,姚老师定格在青春的时光里。

五

在戏剧学院读书的时候,我有一个绿色封皮的笔记本,是《北京文学》杂志社赠送。里面记的是生活中的点点滴滴,类似表演系学生做小品之前生活素材的积累,或者像舞美系同学随身携带的速写本。这是老师的要求。

我们是粉碎“四人帮”之后戏剧学院招收的第一批学生。班上的同学,年龄大小不一,爷爷孙子都有。说实在的,有些课程,还好学,唯独外语,让年龄大的同学嗑牙花子。我在中学正经学了六年的英语,有一定的基础,在班上,属于外语学得好的人,老师对我青睐有加。

大学最后一学年,教我们英语的老师姓王,是从北京大学请来的一位副教授。毕业考试,王老师没有为难大家,考试题目很简单。考试结束之后,王老师给班上考试成绩不错的几个同学发了奖品，奖励我的是一厚本《英汉词典》。上完最后一节课，王老师就要回北大了。他留下我，坐在教室里，和我交谈。他对我说："你的英语有基础，现在处于这样一个阶段，如果你能继续坚持下去，再多花点儿功夫，就可以把英语拿下来。我知道你喜欢写作，毕业之后，一时也用不上英语。如果你放下来了，再想捡起来可就难了，等于半途而废！"

最后，他说："如果以后有什么学习上的问题，你可以找我。"说罢，他在我的笔记本上写下他的电话号码。

电话号码清晰。他的话记忆犹新。只是，我没有听他的话，毕业之后，忙于写作，丢下了英语。

六

我不知道，父亲也有一个笔记本。是一个小本子，牛皮纸封皮。一九七三年秋天，父亲去世之后，整理遗物，我才看到这个笔记本，压在床铺的褥子下面。打开一看，前面几页，记录着日常开销和欠下的账目；后面几页，贴着我在北大荒发表的散文和诗歌的几张剪报。那时候，我只想到把这几篇单薄的诗文寄给他，没有想到应该寄一点儿钱贴补家用。在北大荒农场，我每月工资三十二元，父亲的退休金只有四十二元，要维持和母亲的生活，还有我时常要家里买这买那寄给我的开销。

去老家安葬父亲的时候，我把这个笔记本一起放进坟中。下葬前，我将父亲唯一留下的一枚阴文印章，印在笔记本的扉页上，把印章留了下来。父亲带走对我的思念，我留下对父亲的愧疚。

七

粉碎"四人帮"之后，我见到的第一位作家是黄宗英。那天，我在华侨饭店会朋友，忽然看见她挽着赵丹走了过来。从荧幕上走下来，恍然如梦，有种不真实的感觉。

就这样认识了。八十年代，我和黄宗英都写报告文学，便有更多的机会见面。有一次开会，我坐在她的身边，便把笔记本递给她，请她为我题词留念。她接过笔和本，看了我一眼，没有丝毫犹豫，提笔写了一句：未来属于复兴者！

八

从少年到如今岁晚暮深，笔记本一直如影相随。想起前人的诗句："幽鸟青留前代树，残荷低送过时香。"我的这些笔记本，自觉也相配。笔记本，纸上栖鸦，字间识心，是岁月凝固而结晶的琥珀，上面映彻那么多的前尘旧影，散发那么多的昔日芳馨，更存有那么多曾经帮助过我温暖过我的风雨故人。

笔记本，就是我的风雨故人。

木刻鲁迅像

我和老傅是高中同班同学。那时，我们住得很近，我住在胡同的中间，他住在胡同的东口，天天抬头不见低头见。高中毕业那年，正赶上"文化大革命"，闹腾了一阵子之后，我们两人都成了逍遥派。天天不上课，我们更是整天撺在一起。他和他姐姐住一起，白天，他姐姐一上班，我便成了他小屋里的常客，厮混一天，大闹天宫。

除了天马行空地聊天，我们无事可干，一整个白天显得格外长。要说我们也都是汇文中学好读书的好学生，可是，那时已经无书可读，学校的图书馆早被封上大门。我从语文老师那里借来了一套十本的《鲁迅全集》。那时，除"马恩列斯"和"毛选"外，只有鲁迅的书可以读。我便在前门的一家文具店里，很便宜地买了一个处理的日记本，天天跑到他家去抄鲁迅的书，还让老傅在日记本的扉页上帮我写上"鲁迅语录"四个美术字。

老傅的美术课成绩一直优秀，他有这个天赋，善于画画、写美术字。那时，我是班上的宣传委员，每周在教室后面的黑板上出一期板报，在上面画报头或尾花、用美术字写文章题目，都是老傅的活儿。他可以一展才华，在黑板报上龙飞凤舞。

老傅看我整天抄录鲁迅，他也没闲着，找来一块木板，又找来锯和凿子，在那块木板上又锯又凿，一块歪七扭八的木板，被他截成了一个课本大小的长方形小木块，平平整整，光滑得像小孩的屁股蛋子。然后，他用一把我们平常削铅笔的小刀——那种黑色的、长长的、下窄上宽而扁，三分钱就能买一把——开始在木板上面招呼。我凑过去，看见他已经用铅笔在木板上勾勒出了一个人的头像，一眼就看清楚了，是鲁迅。

于是，我们都跟鲁迅干上了。每天跟上课一样，我准时准点地来到老傅家，我抄我的鲁迅语录，他刻他的鲁迅头像，各自埋头苦干，马不停蹄。我的鲁迅语录还没有抄完，他的鲁迅头像已经刻完。就见他不知从哪儿找来一小瓶黑漆和一小瓶桐油，先在鲁迅头像上用黑漆刷上一遍，等漆干了之后，用桐油在整个木板上一连刷了好几层。等桐油也干了之后，木板变成了古铜色，映衬着中间黑色的鲁迅头像神采奕奕，格外明亮。尤其是鲁迅的那一双横眉冷对的眼睛，非常有神。那是那个时代鲁迅的标准像，标准目光。

我夸他手巧，他连说他这是第一次做木刻，属于描红模子。我说头一次就刻成这样，那你就更了不得了！他又说，看你整天抄鲁迅，我也不能闲着呀，怎么也得表示一点儿我对鲁迅他老人家的心意是不是？说着，他从衣兜里掏出一张纸递给我，说："我还写了首诗，你给瞧瞧！"

那是一首七言绝句：

肉食自为庙堂器，布衣才是栋梁材。

我敬先生丹青意，一笔勾出两灵台。

写得真不错，把对鲁迅"横眉冷对千夫指"和"俯首甘为孺子牛"这两种性格的尊重，都写了出来。老傅就是有才，能诗会画，但做木刻，做鲁迅头像是他头一回，也是最后一回。自然，这帧鲁迅头像，他很是珍视，他说做这个太费劲！刀不快，木头又太硬！他把这帧木刻像摆在他家的窗台上，天天和它对视，相看两不厌，彼此欣赏。

一年后的夏天，上山下乡运动开始了，我先去的北大荒，他后去的内蒙古。我们分别在北京火车站，我一直眼巴巴地等他，也没见他来。火车拉响了汽笛，缓缓驶动了，他怀里抱着个大西瓜拼命向火车跑来。我把身子探出车窗口，使劲向他挥着手，大声招呼着他。他气喘吁吁地跑到我的车窗前，先递给我那个大西瓜，又递给我一个报纸包的纸包，连告别的话都没来得及说一句，火车加快了速度，驶出了月台，老傅的身影越来越小。打开纸包一看，是他刻的那尊鲁迅头像。

一晃，整整五十年过去了。经历了北大荒和北京两地的颠簸，回北京后又先后几次搬家，我丢掉了很多东西，但是，这帧鲁迅头像一直存放在我的身边，我一直把他摆在我的书架上。而且，五十年过去了，他写过的很多诗，我写过的很多东西，我都记不起来了，但他写的那首纪念鲁迅的诗，我一直记得清清楚楚。毕竟，那是他二十岁的青春诗篇，是他二十岁也是我二十岁时对鲁迅天真而纯真的青春向往。

被雨打湿的杜甫

初三那一年的暑假，我们都是十五岁的少年。那一年的暑假，雨下得格外勤。哪儿也去不了，只好窝在家里，望着窗外发呆，看着大雨如注，顺着房檐倾泻如瀑；或看着小雨淅沥，在院子的地上溅起像鱼嘴里吐出的细细的水泡。

那时候，我最盼望的就是雨赶紧停下来，我就可以出去找朋友玩。当然，这个朋友，指的是她。那时候，她住在我们大院斜对门的另一座大院里，走不了几步就到，但是，雨阻隔了我们。冒着大雨出现在一个不是自己的大院里，找一个女孩子，总是招人耳目的。尤其是她那个大院，住的全是军人或干部人家，和住着贫民人家的我们大院相比，是两个阶层。在旁人看来，我和她，像是童话里说的公主与贫儿。

那时候，我真的不如她的胆子大。整个暑假，她常常跑到我们院子里找我。在我家窄小的桌前，一聊聊上半天，海阔天空，什么都聊。那时候，她喜欢物理，她梦想当一个科学家。我爱上文学，梦想当一个作家。我们聊得最多的，是物理和文学，是居里夫人，是契诃夫与冰心。显然，我的文学常会战胜她的物理。我常会对她讲起我刚刚读过的小说，朗读我新摘抄的诗歌，看到她睁大眼睛望着我，专心地听我讲话的时候，我特别的自以为是，扬扬自得，常常会在这种时刻舒展一下腰身。

不知什么时候，屋子里光线变暗，父亲或母亲将灯点亮。黄昏到了，她才会离开我家。我起身送她，因为我家住在大院最里面，一路逶迤要走过一条长长的甬道，几乎所有人家的窗前都会趴有人头的影子，好奇地望着我们两个人，那眼光如芒刺般落在我们的身上。我和她都会低着头，把脚步加快，可那甬道却显得像是几何题上加长的延长线。我害怕那样的时刻，又渴望那样的时刻。落在身上的目光，既像芒刺，也像花开。

雨下得由大变小的时候，我常常会产生一种幻想：她撑着一把雨伞，突然走进我们大院，走过那条长长的甬道，走到我家的窗前。那种幻觉，就像刚刚读过的戴望舒的《雨巷》，她就是那个有着丁香一样惆怅，有着丁香一样芬芳的姑娘。少年的心思，是多么可笑，又是多么美好。

下雨之前，她刚从我这里拿走一本长篇小说《晋阳秋》。现在，我已经完全忘记了这本书是谁写的，写的内容又是什么了。但是，我清楚地记得，是《晋阳秋》。《晋阳秋》是那个雨季里出现的意外信使，是那个从少年到青春季里灵光一闪的象征物。这场一连下了好几天的雨，终于停了。蜗牛和太阳一起出来，爬上我们大院的墙头。她却没有出现在我们大院里。我想，可能还要等一天吧，女孩子矜持。可是，等了两天，她还没有来。我想，可能还要再等几天吧，《晋阳秋》这本书挺厚的，她还没有看完。可是，又等了好几天，她还是没有来。

我有些着急了。倒不仅仅因为《晋阳秋》是我借来的，该到了还人家的时候；而是，为什么这么多天过去了，她还没有出现在我们大院里？雨，早停了。

我很想找她，几次走到她家大院的大门前，又止住了脚步。浅薄的自尊心和虚荣心，比雨还要厉害地阻止了我的脚步。我生自己的气，也生她的气，甚至小心眼儿地觉得，我们的友谊可能到这里就结束了。

直到暑假快要结束的前一天的下午，她才出现在我的家里。那天，天又下起了雨，不大，如丝似缕，却很密，没有一点儿停的意思。她撑着一把伞，走到我家门前。那时，我正坐在我家门前的马扎上，就着外面的光亮，往笔记本上抄诗，没有想到会是她，这么多天对她的埋怨，立刻一扫而空。我站起来，看见她的手里拿着那本《晋阳秋》，伸出手要拿过那本书来,她却没有给我。这让我有些奇怪。她不好意思地对我说:"真对不起,我把书弄湿了,你还能还给人家吗? 这几天,我本想买一本新书的,可是,我跑了好几家新华书店,都没有买到这本书。"

原来是这样,她一直不好意思来找我。是下雨天,她坐在她家走廊前看这本书,不小心,书掉在地上,正好落在院子里的雨水里。书真的弄湿得挺狼狈的,书页湿了又干,都打了卷儿。

我拿过书,对她说:"这你得受罚!"

她望着我问:"怎么个罚法?"

我把手中的笔记本递给她,罚她帮我抄一首诗。

她笑了,坐在马扎上,问我抄什么诗。我回身递给她一本《杜甫诗选》,对她说就抄杜甫的,随便选。她说了句"我可没有你的字写得好看",就开始在笔记本上抄诗。她抄的是《登高》。抄完了之后,她忙着站起来,笔记本掉在门外的地上,幸亏雨不大,只打湿了"无边落木萧萧下,不尽长江滚滚来"那句。她不好意思地对我说:"你看我,在同一个地方摔倒了两次。"

其实,我罚她抄诗,并不是一时兴起。整个暑假,我都惦记着这个事,我很希望她在我的笔记本上抄下一首诗。那时候,我们没有通过信,我想留下她的字迹,留下一份纪念。那时候,小孩子的心思,就是这样诡计多端。

读高中后,她住校,我和她开始通信,一直通到我们分别都去插队。字的留念,再不是诗的短短几行,而是如长长的流水,流过我们整个的青春岁月。只是,如今那些信已经散失,一个字都没有保存下来。倒是这个笔记本幸运地存留到了现在。那首《登高》被雨打湿的痕迹清晰如昨,好像五十多年的时间没有流逝,那个暑假的雨,依然扑打在我们的身上和杜甫的诗上。

那一排钻天杨

四十多年前，从北大荒回到北京不久，我搬家到陶然亭南。那里建有一排排红砖房的宿舍，住着的都是修地铁复员转业落户在北京的铁道兵。之所以从城里换房来到这里，是因为这里很清静，而且每户房前，有一个很宽敞的小院。

走出那片宿舍，有一条砂石小路通往大道，那里有一个公交车站，可以乘车坐几站到陶然亭，再坐一站，就到了虎坊桥。公交车站对面，马路旁有一排新栽不久的钻天杨，瘦弱的树后有两间同样瘦弱的小平房，这是一家小小的副食品商店，卖些油盐酱醋，同时兼管每天牛奶的发送。

买牛奶，需要事先缴纳一个月的牛奶钱，然后发一个证，每天黄昏到副食品店凭证取奶。母亲那一阵子大病初愈，我给她订了一袋牛奶。由于每天到那里取奶，我和店里的售货员很熟。店里一共就两位售货员，都是女的，一个岁数大些，一个很年轻。年轻的那一位，刚来不久。她个子不太高，面容清秀，长得纤弱，人很直爽，快言快语。熟了之后，她曾经不好意思地告诉我：没考上大学，家里非催着赶紧找工作，只好到这里上班。

知道我在中学里当老师，她让我帮她找一些高考复习材料，她想明年接着考。我鼓励她：对，明年接着考！有这个心劲儿，最重要！她又听说我爱看书，还写点儿东西在报刊上发表，对我另眼相看。每次去那里取奶或买东西，她都爱和我说话。

有一天，我去取奶，她特别兴奋，有些神秘兮兮地问我：今天在虎坊桥倒车，看见路旁的宣传栏里，用毛笔抄着两首诗，上面写着您的名字。那诗真的是您写的吗？

她说的那个宣传栏，是《诗刊》杂志社办的。那时候，《诗刊》刚刚复刊，工作人员会从每一期新出的《诗刊》挑选一些诗，抄在大白纸上，贴在宣传栏里。这个宣传栏，和当时《光明日报》的报栏相隔不远，成为虎坊桥的两大景观，常会吸引过往的行人驻足观看。百废待兴的新时代，一切都让人感到有种生气氤氲在萌动。那是我发表的第一组诗，也是唯一的一组。没有想到，她居然看到，而且，比我还要兴奋。

她对我说：您要是我们的语文老师就好了！我觉得她的嘴巴挺甜，在有意地恭维我，但很受听。

那时候，买麻酱要证；买香油要票；带鱼则只有过春节才有。打香油的时候，都得用一个老式的长把儿小吊勺作为量器，盛满之后，通过漏斗倒进瓶里，手稍微抖搂一下，就会使盛进瓶里的香油的分量大不相同。每月每家只有二两香油的定量，各家打香油的时候，都不错眼珠儿地紧盯着，生怕售货员手那么一抖搂，自己吃了亏。每一次我去打香油，她都会满满打上来，动作麻利。每一次我去买带鱼，她会把早挑好的大一些宽一些的带鱼，从台子底下拿给我。我感受到她的一番好意。那是那个时候她最大的能力了。

除了书和杂志，我无以相报。好在她爱看书，她说她以前是班上的语文课代表。我把看过的杂志和旧书借给她看，或者索性送给她。她几乎比我教的学生大不了一两岁，所以，她见到我就叫我肖老师，我知道她姓冯，管她叫小冯同学。

有一次，她看完我借给她的一本契诃夫小说选，还书的时候对我说：以前我们语文课本学过他的《变色龙》和《万卡》。我问她读完这本书，最喜欢哪一篇？她笑了：这我说不上来，那篇《跳来跳去的女人》，我没看懂，但觉得特别有意思，和以前学的课文不大一样。

我妈管这个副食店叫小铺，这是上一辈人的老叫法。在以往老北京大一些的胡同里，都会有着一个或两个副食店，方便百姓买东西。要是一个街巷没有小铺，总觉得像缺了点儿什么。所以，小铺里的售货员和街里街坊很熟络，街坊们像我现在称呼小冯同学一样，也是对售货员直呼其名的。这是农耕时代的商业特点，小本小利，彼此信任。年纪大的那位售货员指着小冯对我说：副食店刚建时我就来了，那时候和她年纪差不多。这一晃，十多年过去了。

日子真的不扛混，十多年，在老售货员眼里，弹指一挥间，在年轻的售货员眼里，却显得那么遥远。她曾经悄悄地对我说：您说要是我也在这里待上十多年，可怎么个熬法儿？她不喜欢待在这么个小铺里卖一辈子香油麻酱和带鱼，她告诉我想复读，明年重新参加高考。

那一年，中断了整整十年的高考刚刚恢复。因为母亲的病，我没有参加这第一次高考。她参加了，却没有考上。第二年，也就是一九七八年的夏天，我和她相互鼓励着，一起到木樨园中学参加高考的考试。记得考试的第一天，木樨园中学门口的人乌泱乌泱的，黑压压拥挤成一团。我去得很早，她比我去得还早，正站在一棵大槐树下，远远地冲我挥手。槐花落了一地，清晨的阳光透过密密的树叶，在她身上跳跃着斑斑点点的光闪。

高考放榜，我考上了，她没考上，差的分比前一年还多。从此以后，她不再提高考的事了，老老实实在副食店上班。

我读大学四年期间，把病刚好的母亲送到外地姐姐家，自己住学院的宿舍，很少回家，和她见面少了，几乎断了音信。

六年过后，我搬家离开了地铁宿舍。那时候，正是文学复兴的时期，各地兴办的文学杂志风起云涌，这样的杂志，我家有很多，一期期地积累着，舍不得扔。搬家之前收拾东西，才发现这些旧杂志把床铺底下挤得满满当当。便想起了这位小冯同学，她爱看书，把这些杂志送给她好。

捆好一摞杂志，心里想，都有六年没见她了，她会不会不在那儿了？抱着试一试的想法，我来到副食店，一眼就看见她坐在柜台里。看见我进来，她忙走了出来，笑吟吟地叫我。我这才注意，她挺着个大肚子，小山包一样，起码有七八个月了。我惊讶地问道：这么快，你都结婚了？

她笑着说：还快呢，我二十五岁都过了小半年！我们有同学都早有孩子了呢！

日子过得还不够快吗？我大学毕业都两年多了，一天天过去的日子，磨炼着人，也改造着人，就像罗大佑歌里唱的那样："流水它带走光阴的故事，改变了两个人。"

我把杂志给了她，问她：家里还有好多，本来想你要是还想要的话，让你跟我回家去拿。看你这样子，还是我给你再送过来吧！她摆摆手说：谢谢您了。您不知道，自打结婚以后，天天忙得后脚跟到后脑勺，哪还顾得上看书啊！前两年，听说您出了第一本书，我还专门跑到书店里买了一本，不瞒您说，到现在还没看完呢！说罢，她咯咯笑了起来。

话虽这么说，她还是跟店里的那位老大姐请了假，要和我回家取杂志。我对她说：你挺着大肚子不方便，就别跑了，待会儿我给你送来！她一摆手说：那哪儿行啊！那显得我的心多不诚呀！便跟着我回家抱回好多本杂志，我只好帮她提着一大摞，护送她回到副食店，对她说：这么沉，你怎么拿回家？她说：一会儿打电话，让孩子他爸来帮我扛回家。这可是我们一家三口的宝贝呀！说完，她咯咯又笑了起来。旁边那位老大姐售货员指着她说：见天① 就知道笑，跟得了什么喜帖子似的！

那天告别时，她挺着大肚子，特意送我走出副食店。正是四月开春的季节，路旁那一排钻天杨的枝头露出了鹅黄色的小叶子，迎风摇曳，格外明亮打眼。在这里住了小九年，我似乎是第一次发现这钻天杨的小叶子这么清新，这么好看。

她见我看树，挺着肚子，伸出手臂，比画着高矮，对我说：我刚到副食店上班的时候，它们才这么高。我一蹦就能够着叶子，现在它们都长这么高了。

从那以后，我再没见过小冯同学。

---

① 见天：每天。

前些日子,我参加一个会议,到一座宾馆报到。那座宾馆新建成没几年,设计和装潢都很考究,宽阔的大厅里,从天而降的瀑布一般的吊灯,晶光闪烁。一位身穿藏蓝色职业西式裙装的女士,大老远挥着手臂径直走到我的面前,伸出手来笑吟吟地问我:您是肖老师吧?我点点头,握了握她的手。她又问我:您还认得出我来吗?起初,我真的没有认出她,以为她是会议负责接待的人。她笑着说:我就知道您认不出我来了,我是小冯呀!看我盯着她发愣,她补充道:地铁宿舍那个副食店的小冯,您忘了吗?

我忽然想起来了,但是,真的不敢认了,她似乎比以前更漂亮了,个子高了许多,也显得比实际年龄要年轻许多。那一刻的犹豫之间,她已经伸开双臂,紧紧地拥抱了我。

我对她说了第一眼见到她的感受,她咯咯笑了起来,说:还年轻呢?明年就整六十了。个子还能长高?您看看,我穿着多高的高跟鞋呢!

她还是那么直爽,言谈笑语的眉眼之间,恢复了以前的样子,仿佛岁月倒流,昔日重现。

她一直陪着我报到领取会议文件和房间钥匙,又陪着我乘电梯上楼,找到住宿的房间。我一直都认为她是会议的接待者,正想问问她是什么时候从副食店跳槽的,她的手机响了。她接电话的时候,我听出来了,她是这家宾馆的副总,电话那边在催她去开会。我忙对她说:快去忙你的吧!

她不好意思地说:您看,我是专门等您的。我在会议名单上看到您的名字,就一直等着这一天呢!我和您有三十多年没有见了。今晚,我得请您吃饭!我已经订好了房间,请我们宾馆最好的厨师,为您做几道拿手好菜!您可一定等着我呀!

晚餐丰盛又美味。边吃边谈,我知道了她的经历:生完孩子没多久,她就辞掉副食店的工作,在家带孩子。孩子上幼儿园后,她不甘心总这么憋在家里,用她自己的话说:"还不把我变成甜面酱里的大尾巴蛆?"便和丈夫一起下海折腾,折腾得一溜儿够,赔了钱,也赚了钱,最后合伙投资承包了这个宾馆,她忙里忙外,统管这里的一切。

　　她说：中学毕业去副食店工作，到今年整整四十年。您看看这四十年我是怎么过来的！

　　我说：你过得够好的了！这不是芝麻开花节节高吗？

　　她咯咯地笑了起来：还节节高呢！您忘了您借给我的那本契诃夫小说选了吗？您说我像不像那个跳来跳去的女人？

　　我也笑了。很多往事，借助于书本迅速复活，立刻像点燃的烟花一样明亮。

　　那天晚上分手的时候，我问她，那个小小的副食店，现在还有吗？

　　她忍不住又笑了起来：那么小得跟芝麻粒一样的副食店，现在还能有吗？早被连锁超市取代了。然后，她又对我说，一看您就是好长时间没到那边去过了。什么时候，我陪您回去看看，怀怀旧？

　　她告诉我，那一片地铁宿舍，二十多年前就都拆平，盖起了高楼大厦，副食店早被淹没在楼群里了。不过，副食店前路旁那一排钻天杨，倒是没有被砍掉，现在都长得有两三层楼高了，已经成了那个地带的一景了呢！

　　钻天杨，她居然还记得那一排钻天杨。

一幅画像

开学了。第一节课是几何。那站在门口手里拿着大三角板和大圆规的王老师，就是我们的新班主任。他那魁梧的身材，黧黑的面孔，粗粗的眉毛，简直就看不出他是教几何的，我越看他倒越像《新儿女英雄传》里的"黑老蔡"。

上课了，他挺直了腰板望了望大家，然后鞠躬让大家坐下，满都是军人的风度。说不定还真是个复员军人呢！看样子，他一定挺厉害。

哼，管他厉害不厉害，反正我上课的"小癖好"谁也干涉不了。不瞒你说，我上课的"小癖好"就是爱涂涂抹抹、染染画画的。差不多教过我们的老师都在我的本子上"留了影"了，今天又见到"黑老蔡"，我的手早痒痒了。于是我马上在几何书皮上画了起来。

半堂多课，"黑老蔡"讲的什么，我一点儿也没听见，可却画出了一张饶有风趣的画像——那"黑老蔡"骑在战马上，手里挥舞着大三角板和圆规，口里还不住地呐喊："冲啊，向几何进军！"

画完后，我递给同桌小强看，还不停地给他讲着。谁知，看得正带劲儿，忽然背后伸出一只手把画给拿走了。我生怕让老师瞧见，就急忙说："别闹，别闹，回头再让你开眼……"我刚一回头，哎呀，糟糕！原来拿画的正是王老师。

我立刻紧张起来，心就像刚上岸的鱼"扑通扑通"一个劲儿地跳。我看见他的粗眉紧皱着，像拧成了一股黑绳。我的心在打鼓，想："大祸要临头了，这顿'呲儿'算挨定了！"忽然他又把画放下，望了望我，只轻轻地笑了一声，像开玩笑似的说："画得不错啊，不过是个'相似形'，我的胡子可没那么长。"说完走回讲台又泰然自若地讲起课来。

过了几天，小强突然告诉我，王老师找我到数学教研组去。没料到王老师见到我来了，就笑着问我："你喜欢画画，是吗？明天开家长会，请你负责把教室里的黑板美化一下，好吗？""好！"我当然愿意，让我画画，又不是让我证什么"两角相等"，干吗不呢？

一直画到晚上，总算把黑板布置好了。我把黑板四周用花边勾好，左边又画了两个少先队员拿着两簇鲜花，就像是在欢迎着家长似的……这时王老师走进来，他看了看黑板，不住地点头称赞着："不错，不错，这画画得满够味，就是头部大了点儿。人身和头部的比例是六比一，你看这两人，都快像跳大头娃娃舞的了。"说得我脸顿时变得通红，心跳得也厉害起来。

王老师和我一块儿回家，在路上，他从班上的小事情一直谈到了国家的大事情，谈到了今天，也谈到了明天，并不时地问我："你长大了想做什么？想做个画家吗？"他见我不回答，就又接着说："我跟你一样，也喜欢画画，尤其是人像。嗳，明天上午开完家长会，下午你到我家来，咱们一起研究，好吗？""好。"我的兴致被他勾引起来。我兴奋地望了望王老师，看见他笑得那么亲切。"明天下午一定来，顺便带着几何书！""……"我激动得不知跟老师说什么。一阵凉爽的晚风吹来，吹得我心里甜滋滋的……

第二天早上，我温习完功课，画了张王老师的全身像。下午我带着几何书和那幅画，跑到王老师家，看见王老师一个人在桌旁画着什么，我就轻轻地叫了声："王老师。"王老师见我来了，高兴地说："看，今天我也忙上了。来，看我画的这张主席像怎么样？"我走过去，啊，这张毛主席像画得真好，仿佛毛主席正对我微微笑着，下面还写着几个字：

送给肖复兴同学：

希望你记住毛主席的话：好好学习，天天向上

　　"送给我的？""嗯，送给你的，怎么样？""太好了！王老师，我也送给你一幅！""好啊，什么画？"我把画递给他。王老师望着我的画，眼睛眯成一条缝，说："画得真像我啊！"接着又半开玩笑半认真地说："那一幅呢，怎么你把几何课本的包书纸去掉了呢？"臊得我脸上顿时火辣辣地一阵热。

那片绿绿的爬山虎

一九六三年，我上初三，写了一篇作文叫《一张画像》，是写教我平面几何的一位老师。他教课很有趣，为人也很有趣，致使这篇作文写得也自以为很有趣。经我的语文老师推荐，这篇作文竟在北京市少年儿童征文比赛中获奖。当然，我挺高兴。一天，语文老师拿来厚厚一个大本子对我说："你的作文要印成书了，你知道是谁替你修改的吗？"我睁大眼睛，有些莫名其妙。"是叶圣陶先生！"老师将那个大本子递给我，又说："你看看叶先生修改得多么仔细，你可以从中学到不少东西！"

我打开本子一看，里面有这次征文比赛获奖的二十篇作文。我翻到我的那篇作文，一下子愣住了：首先映入眼帘的是红色的修改符号和改动后增添的小字，密密麻麻，几页纸上到处是红色的圈、勾或直线、曲线。那篇作文简直像是动过大手术鲜血淋漓又绑上绷带的人一样。回到家，我仔细看了几遍叶老先生对我作文的修改。题目《一张画像》改成《一幅画像》，我立刻感到用字的准确性。类似这样的地方修改得很多，长句子断成短句的地方也不少。有一处，我记得十分清楚："怎么你把包几何课本的书皮去掉了呢？"叶老先生改成："怎么你把几何课本的包书纸去掉了呢？"删掉原句中"包"这个动词，使句子干净了也规范了。而"书皮"改成了"包书纸"更确切，因为书皮可以认为是书的封面。我真的从中受益匪浅，隔岸观火和身临其境毕竟不一样。这不仅使我看到自己作文的种种毛病，也使我认识到文学事业的艰巨：不下大力气，不一丝不苟，是难成大气候的。

我虽然未见叶老先生的面，却从他的批改中感受到了他的认真、平和以及温暖，如春风拂面。

叶老先生在我的作文后面写了一则简短的评语：

> 这一篇作文写的全是具体事实，从具体事实中透露出对王老师的敬爱。肖复兴同学如果没有在这几件有关画画的事儿上深受感动，就不能写得这样亲切自然。

这则短短的评语，树立起我写作的信心。那时我才十五岁，一个毛头小孩，居然能得到一位蜚声国内外文坛的大文学家的指点和鼓励，内心的激动可想而知，涨涌起的信心和幻想，像飞出的一只鸟儿抖着翅膀。那是只有那种年龄的孩子才会拥有的心思。

这一年暑假，语文老师找到我，说："叶圣陶先生要请你到他家做客！"

我感到意外。像叶圣陶先生这样的大作家，居然要见一个初中学生，我自然当成人生中的一件大事。

那天，天气很好。下午，我来到东四北大街一条并不宽敞却很安静的胡同。叶老先生的孙女叶小沫在门口迎接了我。院子是典型的四合院，敞亮而典雅。刚进里院，一墙绿葱葱的爬山虎扑入眼帘，使得夏日的燥热一下子减少了许多，阳光都变成绿色的，像温柔的小精灵一样在上面跳跃着闪烁着迷离的光点。

叶小沫引我到客厅，叶老先生已在门口等候。见了我，他像会见大人一样同我握了握手，一下子让我觉得距离缩短不少。落座之后，他用浓重的苏州口音问了问我的年龄，笑着讲了句："你和小沫同龄呀！"那样随便、和蔼，作家头顶上神秘的光环消失了，我的拘束感也消失了。越是大作家越平易近人，原来他就如一位平常的老爷爷一样让人感到亲切。

想来有趣，那天下午，叶老先生没谈我那篇获奖的作文，也没谈写作。他没有向我传授什么文学创作的秘诀、要素或指南之类。相反，他几次问我各科学习成绩怎么样。我说我连续几年获得优良奖章，文科理科学习成绩都还不错。他说道："这样好！爱好文学的人不要只读文科的书，一定要多读各科的书。"他又让我背背中国历史朝代，我没有背全，有的朝代顺序还背颠倒了。他又说："我们中国人一定要搞清楚自己的历史，搞文学的人不搞清楚我们的历史更不行。"我知道这是对我的批评，也是对我的期望。

我们的交谈很融洽，仿佛我不是小孩，而是大人，一个他的老朋友。他亲切之中蕴含的认真，质朴之中包容的期待，把我小小的心融化了，以至于不知黄昏什么时候到来，悄悄将落日的余晖染红窗棂。我一眼又望见院里那一墙爬山虎，黄昏中绿得沉郁，如同一片浓浓的湖水，映在客厅的玻璃窗上，不停地摇曳着，显得虎虎有生气。那时候，我刚刚读过叶老先生写的一篇散文《爬山虎》，便问："那篇《爬山虎》是不是就写的它们呀？"他笑着点点头："是的。那是前几年写的呢！"说着，他眯起眼睛又望望窗外的爬山虎。我不知那一刻老先生想起的是什么。

我应该庆幸，有生以来第一次见到作家，竟是这样一位大作家，一位人品与作品都堪称楷模的大作家。他对于一个孩子平等真诚又宽厚期待的谈话，让我十五岁那个夏天富有生命的活力，仿佛那个夏天变长了。我好像知道了或者模模糊糊懂得了：作家就是这样做的，作家的作品就是这么写的。同时，在我的眼前，那片爬山虎总是那么绿着。

海棠依旧

在北京，有海棠树的四合院很多，其中有一个小院最让我难忘，便是前辈作家叶圣陶先生家的小院，院子里有两棵西府海棠。几乎每年春天开花的时候，叶圣陶先生都要和冰心、俞平伯等几位老友约好，到小院里一起看海棠花。一时，这两棵海棠树很有名。

第一次走进东四八条这座西府海棠掩映的小院，是一九六三年的暑假，我还只是一个初三的学生。

那一年，在北京市少年儿童征文比赛中，我的一篇作文获奖并得到叶圣陶先生的亲自批改，于是我还得到了叶圣陶先生的接见和教诲。那时我并不知道，是叶至善先生从二十四篇作文中选了二十篇交给他父亲的，其中就有我的那一篇，要不我不会和这座小院结缘。

我和叶至善先生的女儿小沫同岁，同属于"老三届"，都去了北大荒，彼此有信件往来。第一次回家探亲，我和她约好，想到她家看望她的父亲和爷爷，因还在"文化大革命"之中，怕给两位老人带来麻烦，谁想到两位欢迎我们的造访。我和我的弟弟还有一位同学一起来到那座熟悉的小院，叶至善先生已经到河南潢川五七干校放牛去了。只有叶圣陶先生在，他见到我们很高兴，要我们每人演一个节目，老人看得津津有味。

时值冬日，大雪刚过，白雪红炉，那情景真是难忘。聚会结束，叶圣陶先生还走出小院陪我们照相，就站在西府海棠的下面。只是那海棠已是叶枯干凋，积雪压满枝头，一片肃然。

一九七二年的冬天，在北大荒得罪了生产队的头头，我被发配到猪号喂猪，成天和一群"猪八戒"厮混，无所事事，一口气写了十篇散文，寄给小沫看，她转给了她的父亲。

那时，叶至善先生刚刚从河南干校回来，赋闲在家，认真地帮我修改了每一篇单薄的习作。我们便有了整整一个冬天的信件往来，他对每篇都提出了具体的意见，有的还帮我一遍遍修改，怕我看不清楚，又特意抄写一份寄给我，然后在信中写道："用我们当编辑的行话来说，基本可以'定稿'了。"如他说的一样，我将十篇中的一篇《照相》寄了出去，真的"定稿"了，发表在那年复刊号的《北方文学》上。这是我的处女作，可以说，是叶先生鼓励并帮助我走上了文学之路。

"四人帮"被粉碎不久，中国少年儿童出版社恢复，叶至善先生重新走马上任，着手《儿童文学》杂志复刊的时候，曾经推荐我去那里当编辑。《儿童文学》杂志社的同志找到我，那时我刚刚考入大学，没有去成。但我并不知道是他推荐的我，一直到很多年过去，才知道这件事，体会到他的为人，让我感动的同时也让我感慨。叶先生地位不可谓不高，但他总是这样平易近人，谦和，严于律己而宽待他人，替别人着想却润物无声。在他家的墙上，曾有这样一副篆字联：得失塞翁马，襟怀孺子牛。此联是叶先生撰，请父亲写的。我想这是叶家父子达观的人生态度和一生追求境界的写照。

叶家小院我虽不常去，偶尔还是会去拜访。前些年秋天的一个下午，我去得早了些，走进那座熟悉的小院，又看见那两株西府海棠。这两株树很有意思，叶至善先生说是"很通人性"——"文化大革命"开始时小沫、小沫的弟弟还有至善先生都先后离开了家，海棠枯萎了，后来家人陆续回来，它们又茂盛了起来。如今，海棠依然绿意葱茏，只是有些苍老，疏枝横斜，晒在树上的斑斑点点的阳光，被风吹得摇曳，似乎将往昔的岁月一并摇曳了起来，有些凄迷。

我的心里有点不安，生怕打扰了叶先生的午睡，小沫招呼我进屋，说：爸爸早就醒了，等着你呢。叶先生从他父亲睡过的床上下来，走出卧室，伏在他家的旧餐桌上和我交谈。坐在我对面的叶先生已经是银髯飘飘，让我恍然觉得白云苍狗，人老景老，老人的身体已经大不如以前了。那些年，他一直疲于忙碌，编完二十五卷《叶圣陶集》，又以每天五百字的速度写父亲的回忆录，马不停蹄地整整写了二十个月，一共写了四十万字，不要说是一位八十多岁的老人，就是壮汉又如何扛得下如此重任，他实在有些太辛苦了。在这部回忆录的自序中，他这样写道："时不我待，传记等着发排，我只好再贾余勇①，投入对我来说肯定是规模空前，而且必然绝后的一次大练笔了。"

那天，临别走出屋子，来到院里，我和小沫在那两株熟悉的西府海棠树下站了很久，说了一会儿话。

午后的阳光很温暖，能看见枝头上青青的小海棠果在阳光中闪烁。我想起叶圣陶先生去世之前的春天，叶先生陪着父亲和冰心先生一起在这个小院看海棠花的情景。

那天风很大，却在冰心到来的时候停了；那天，海棠花开得很旺。

如今，海棠依旧，年年花开。叶圣陶和叶至善两位老人都已经不在了。

---

① 再贾余勇：贾（gǔ），卖。余勇，剩下来的勇力。原意是再卖余力，表示继续努力。

第四章　忆秦娥

忆秦娥

　　现在想想，其实大华也就比我大三岁。也就是说，我上小学三年级，他上初中；我上初中，他已经升入中专了。那时不知怎么搞的，他显得比我大那么多，仿佛两代人似的。并非他长得人高马大，而是小时候我显得很弱小，跟没有长开似的，再加上他特别爱打架，总是挥胳膊动拳头，一脸凶神恶煞的样子，便越发显得比我强大许多。那时候，在我们大院里和我一样大或比我还要小的孩子，似乎都有这样的感觉，也都很怕他，老远看见他都躲着他。那时我们谁都没有想到，没有人和他玩，和他说话，他是很孤独的。

　　我们大院原来是北京前门一带很出名的一家会馆，在前门打磨厂只要一打听粤东会馆，老人们几乎没有不知道的。三进三出的大院子，前出廊，后出厦，大影壁，高碑石，月亮门，藤萝架，可以想象前清时建造它时的香火鼎盛。我们住在这院子里的时候，黑漆大门上的对联"忠厚传家久，诗书继世长"虽斑驳脱落，却还是在的。只是诗书难以继世，早不那么灵光了；忠厚也没能够传家，渐渐地变得不那么忠厚了，这在以后的日子里越发明显地显现出来，越发被人心叵测所替代。但是，人丁兴旺是比以前要翻了几番的，三教九流，孩子成群，尤其下午放学后和晚上的时候，我们这些半大孩子满院子疯跑，影壁前、枣树后、花架里，乃至公共厕所的墙根儿下，都成了我们捉迷藏的好地方。

　　好多次我们玩得兴味阑珊，准备往家里走的时候，大华常常会影子一闪，突然出现在我和弟弟的面前，二话不说，先把我弟弟一把推倒在地，再挥动他结实有劲的胳膊，上前就给我当胸一拳。他从不说为了什么，我们也从不问，彼此心里都明镜似的清楚得很：都是因为他的那两个姑姑。

大华家姓秦，他的两个姑姑叫什么，至今我也不知道。大院里的大人们和我们所有的孩子，都管她们两个叫秦家大姑和秦家小姑。小孩子看人的年龄常常走眼，那时我总觉得小姑比大姑要小许多，大姑显得有些苍老。也许是因为大姑的衣着总是灰蒙蒙的，而小姑的穿戴要鲜艳得多。在那个服装单调被后来人们称之为"蓝蚂蚁"的年代里，她那鲜艳的色彩喜鹊登枝似的总能够招惹人们的目光。她和大姑这样明显的对比，让人觉得她们两人年龄相差很大。记得小时候我曾经到过她们的家，那些早已经不复存在的场景，留给我的记忆却很深。最深的是大姑家一墙的书柜，遮挡住了半屋的光线，由于地面返潮，书的气味有些发霉。而小姑家简洁清爽，新洗的干干净净的床单，散发着肥皂淡淡的味道和阳光温煦的气息，这大概也是让我觉得她们两人年龄差异大的原因吧。

两人的性格差异更大，大姑矜持，平常不大爱讲话，但性情温和，出出进进的，端庄大方，不大爱着急；小姑是属炮仗捻儿的，点火就着，一着就烟火弥漫得吓人，和大华的急脾气很像。

两人的长相倒是很像，都是高挑的个头，脸庞也很白皙，长得都属于清秀受看①的那种。不过，岁月老去，她们的模样对于我已经是一片模糊，所有关于她们的容貌、身材以及仪表、举止，与其说是我的回忆，不如说是我的想象。但是，有一点，绝对不是想象，而是沉淀在岁月和记忆里极其深刻的印象，就是小姑的左脸颊上有一块红痣，非常大，几乎占据了半边脸。如果是生起气来或着急上火，那块红痣就越发地显眼，脸上鼻子眼睛的线条便也显得越发明朗，都被映得红红的。我们背后又叫她"红脸小姑"，那叫法里当时有种恶狠狠解气的意思。她的那些来如雨去如风的无名火，在他们家里逮着谁朝谁发，特别是爱朝大华的大姑发。即使他们家

---

① 受看：看着顺眼。

里拉上窗帘，我们也能够从映在窗帘上她那张牙舞爪的影子，想象得出她脸上那块红痣烧红的烙铁似的样子。而大姑总显得那样的低眉敛气，逆来顺受，从来没看见过她有一次的反驳，任凭她雨打芭蕉一般的发泄和数落。所以，那时候，我们对秦家大姑充满好感，而对这位红脸小姑总是印象不佳。

现在想想，大姑很像现在电影演员号称"天下第一嫂"的王馥荔，而小姑有点儿活泼泼辣的小陶红的意思罢了。

大华家住在我们大院中院的一排坐北朝南的正房里，豁朗的房门前有轩豁的廊檐和高高的台阶，院子里有三棵前清时种下的老枣树，枝干都已经老态龙钟了，生命力却依然旺盛。春天枣花的清香满院地飘，撩人得很。秋天的时候，满树结满红红的枣压弯了树枝，常常让我们这些孩子在枣还没有红的时候，就忍不住嘴馋而爬上树去偷偷摘枣。当然，这也是我们和大华常常打架的一个导火索，大华总以那三棵枣树是他们家的自居。这样的房子，不能说是最好的，却也可以说是大院里比较好的房子了，从中可以揣摩出当年大华爷爷在世时买下这一排大瓦房时，一定是个钟鸣鼎食人家（据说大华爷爷在世时买的是我们大院整个中院的一个院子，包括东西耳房，四周有院墙和一个月亮门，可以独立门户，他家的东耳房外面是一条走道，走道东面还有一排房子，才是我们外来人住的地方，足见他家当时的殷实）。我们懂事时，大华的爷爷早就不在人世了，东西耳房早已经住着别的三户人家，院墙和月亮门更是早拆除了，他家只保留下那一排三大间房子，正中住着大华的奶奶，左右两大间分别住着他的两个姑姑。大姑已经成婚，小姑一直独身，大华跟小姑住。

问题就出在这里了。大院里从来不缺乏好事者，一直在关注和猜测，小姑为什么不结婚呢？在他们看来，三十多岁的女人还不结婚，一定是有问题的。当然，脸上有块红痣是问题之一，脾气暴躁也是问题之一，但在他们看来这绝对不是问题的全部或主要部分，他们认为主要问题在于大华其实就是她的孩子，而且是来路不明的私生子。带着这样一个莫名其妙的拖油瓶，才是她始终无法结婚的根本原因。他们对此津津乐道，醋打哪儿酸，盐打哪儿咸，分析得头头是道。秦家自己说大华是他家二姑的孩子，二姑在老家山西太原，但他们认为这个二姑是虚拟的，因为从来没有见他家的这位二姑来过，哪怕是一次。再怎么样，要是真有这么一位二姑，怎么也得来看看自己的亲骨血吧？

我们一帮小孩子就是受了这样的影响，一准认为大华肯定就是红脸小姑的孩子。想一想，没结婚居然就能够有了孩子，别说脸上有块难看的红痣，就是没有，就是再漂亮的女人，也难以让我们容忍呀。那时候，我们还不懂得"未婚先孕"或"私生子"这些个词，但我们懂得道德和节操，已经被那时淘洗漂白得至善至美、至纯至净。在那个情感和情欲一并被压抑的时代里，本该是我们觉醒的青春期，我们的心理与情感，却被一腔正义的理性与书面慷慨的词汇理所当然地替代，以为天就应该很蓝，水就应该很清，眼睛哪里揉得进沙子？

我们背后常常议论大华和他的红脸小姑的秘密，小小的口气却给予义正词严的批判，尽管都是背着他，大华当然也是会断断续续听得见的。更何况有时候我干脆就是指桑骂槐故意说给他听的。他那样一个急脾气的人，怎么能够善罢甘休？找我来算账，是可以想象的，也是必然的。为此，我和弟弟没少挨他的打，只是弟弟那时还没有上小学，根本不懂事，完全是吃瓜落儿①。我和大华的关系一直很僵，虽然他比我个头儿大又有力气，我常常挨了打回家不敢说，但是我的心里是不服气的。管自己的妈不叫妈却叫姑，总不是光彩的事情吧？还打人。有什么本事？有本事，别叫小姑叫妈呀！当然，这话我不敢当面跟大华讲，背着他没少啐他。

并不是所有的孩子都和我一样，挨了打不敢回家说而忍气吞声。大院里有一个和弟弟差不多大小的孩子，骂大华是野孩子，让大华听见了，和他打了起来。那孩子也不示弱，和大华扭成一团，结果是大华大获全胜，那孩子被打得一身是土，鼻子直流血，脏猴似的哭哭啼啼地回家了。他家的家长不干了，他妈妈立刻跑出屋，找到大华，破口大骂：你不是野孩子，

① 吃瓜落儿：老北京话，意思是吃亏、受牵连。

你把你爸爸给找出来，让我们看看到底是谁！说着，用头撞大华的肚子，一直把大华撞到墙根儿底下，撞得大华脑袋在墙上嘭嘭直响，那孩子他妈妈才解气地走了。大华捂着肚子疼了半天，然后望着我们一帮看热闹的孩子，一句话没说，回家了。当时，我不理解大华望我们的那眼神里有什么意思，说心里话，当时我心里光觉得解气，不会理解大华一肚子的委屈和无法诉说无法抗争的怨尤的。当时心里还在想，看着吧，大华的小姑下班回家要是知道了，就她那脾气，能善罢甘休吗？她是全院有名的护犊子呀，更热闹的架还在后面呢。

可是，那天，架没再打起来。大华根本没有告诉他的小姑。我当时不明白大华这样的举动是为了什么，还以为真的软的怕硬的，硬的怕横的，横的怕不要命的呢，幸灾乐祸地想，大华你也有服软的时候啊！现在想想，多少能够理解大华了，当时他是把眼泪把委屈把怨恨都咽进自己的肚子里了。那时，他该是多么孤独，多么痛苦，因为在这次打架之后，大院里的孩子更远远地躲着他，不和他玩了。他和我差不多大，还是一个孩子，却不得不承受比我们都要多的苦恼，而且这苦恼还不敢和家里人说。

当时，我太不懂事，恨不得带领全院的孩子孤立大华。在这之后不久，突然有一天弟弟背着我悄悄地和大华玩在一起了。我实在不能够忍受，别人都不和大华玩了，你还和他玩，况且你挨了人家的打，还和人家玩，这在我看来不等于背叛投敌一样吗？我当时真是气愤已极，和弟弟打了几架。

现在想想，这原因其实也很简单，大华和我弟弟都不怎么爱学习，在学校里的成绩都很差，每学期都是有一两门功课不及格的主儿。正如弟弟是我家最操心的一样，这也成为大华的小姑和他奶奶包括他大姑都为他头疼的事情。特别是火暴脾气的小姑，没少软硬兼施地数落大华，弄得他对学习更是厌烦。大院里的孩子都不爱和他玩，正好有了我这样一个同样一见课本就心烦的弟弟，两个人凑在一起，彼此算是有了照应。

我开始发现弟弟和大华玩在了一起，是看见了弟弟衣兜里广和剧场的电影票。一问弟弟，他倒是老实交代，说是大华给他的电影票，看的电影是《女理发师》。到现在我还记得特别清楚，是因为当时我立刻气不打一处来，质问弟弟：难道你忘了大华是怎么打你的吗？但是，一张电影票足以让弟弟一笑泯恩仇。何况，其实之前，大华已经给了弟弟许多张电影票，两人一起到广和剧场去不知看过多少次电影了。广和剧场就是解放以前有名的广和楼，就在我们大院前边不远的肉市胡同里，两人一抬腿就到了。那时买一张看电影的学生票虽然只要一毛五分钱，但对于生活拮据的我家来说，也够弟弟向爸爸要的。因此，一下子不断顿儿有那样多的电影可看，也让弟弟立场不坚定，和大华一下子亲近起来，成为大华在大院里唯一的玩伴。

最令我气愤的，是那一次弟弟和大华逃课，一起去东单体育场看杂技，回来后大华心血来潮也要照葫芦画瓢玩杂技。在他家屋前的枣树底下，他非让弟弟在他的双手支撑下练倒立，妄想和刚刚看完的杂技演员一样玩点绝活儿，结果两人都摔得鼻青脸肿。大人下班回家，我弟弟没少挨我爸爸的骂，大华更是被他小姑骂得个狗血喷头。那时，我不知道即使是挨了一通臭骂，大华的心里也是很高兴的。这是他在大院里唯一开心的事情，毕竟有孩子和他一起玩了。我们都是孩子，哪个孩子不爱玩呢？哪个孩子不渴望有个朋友和他一起来玩呢？那时，我爸爸常常说就是秦桧还有三个好朋友呢！但是，那时我还小，很难理解父亲的话，更难理解大华因从小缺失父爱，随着年龄的增长而一天天在心里增加的孤独与寂寞，空落落的犹如干涸的沙土地，有一点水星儿也让他觉得滋润无比。因为小时候和大华一次次打架的阴影总也消失不去，在我心里像是越积越厚的尘土一样，无法打扫干净，让我对大华的隔膜越来越深。

童年的好恶就是这样地黑白分明，没有一点过渡色。单调的童年，因有这样的被我自己升级为正义与非正义的打架，而多了色彩与内容一般，让我的心里膨胀着虚拟的情感，并在我的作文里多了丰富的内容。就像是在成长的特殊时期，随着季节的变化，我都容易多愁善感一样，我极易受到大人的暗示而表现出自己疾恶如仇的性格和洁白如云的追求，以此显示自己确实在长大，在向正义和正直靠拢。而所有的这一切，是因为我把假想敌都化作了大华的那个红脸小姑。

那时候，我不知道，其实我错了。

而且，那时候，我还不知道，大华的奶奶在大华中专就要毕业的那一年去世之后，大华的性格发生了根本性的变化。他忽然变得不爱和我们打架了，而且越发地显得不爱说话了，见到我们不是我们远远地躲着他，而是他绕着我们走了。就连大院里唯一的原来和他一起玩的我弟弟，他也有意躲得远远的。

算一算，那一年，是我初三毕业的前夕，也就是一九六三年的样子。

那时候，我更不知道，大院里大人们的心思更是发生着翻天覆地的变化和震荡。现在想一想，阶级斗争思维蔓延和缠裹下的日常生活状态，饮食男女包裹的馅不再是柴米油盐，而是尔虞我诈。人与人之间无法携手走进天堂，却一下子跌进了地狱。人们变得很冷漠，窥测他人的好奇心如猪笼草似的，希望捕捉到想要知道的一切。对于别人家的隐私更加感兴趣，并且将其制造成置人于死地的一发发炮弹。大院无形中成了窥测他人隐私的最佳场所，门对门地住着，窗帘掩不住猥琐的身影，再厚的砖墙也没有不透风的，压抑的情欲化作了阴暗的心理，扭曲的情感膨化为极端的行为。在那个过去并不太久的年代里，趴墙根儿、听窗户、盯门缝，甚至拆人家的信件，然后跑到街道办事处或派出所去告密，都不是什么奇怪的事情。三年之后"文化大革命"的爆发，正是有着这样的群众基础。常年低头不见抬头见的街里街坊们，拼命地把屎盆子往别人身上扣，居然可以一下子视若不共戴天的仇敌，那不过是必然要撕破的最后一层面纱而已，就像是包子蒸熟了最后得揭锅一样。

在大华奶奶死后没有多久，这样的一个新闻就在我们大院里迅速地传开了：大华的亲妈不是他的小姑，而是他的大姑。现在，我已经无法考证这样的消息是大院里哪一位高人最先窥探到的，但你不能不叹服这位高人比派出所的警察管得还要宽，比福尔摩斯的鼻子还要灵，而且，他或她的窥测结果是准确无疑的。

　　事实上，确实是大华的奶奶在撒手人寰之前把大华叫到跟前，亲口向他讲了这件事情。人们在当时有意或无意地忽略掉了，在这个基本事实之外，大华的奶奶特意嘱咐大华另外重要的一点，那就是大姑是个好人，早已经逝去的大华的亲生父亲也是个好人（这位好人到底是做什么的，又是因为什么而死的，大家的功夫没到家，到底没有探测清楚，却不妨碍添油加醋去胡乱猜疑），现在这个大姑夫更是个好人，他已经受尽了苦，就千万不要再给他添苦恼了。现在看来，秦家老奶奶是个心地善良的老太太，她嘱咐大华要善待这些对于他都是好人的家人。当然，这么多年，一直背着是大华妈妈名声的红脸小姑，更是个不同寻常的好人，她替姐姐分担了恶名和许多痛苦，把大华从小拉扯成人。

　　我不知道大华从老太太那里亲耳听到这个消息之后，心里是一种什么样的感受。他会高兴知晓这件对于他是真相的事情吗？面对一直和他相依为命的小姑，他会高兴地认大姑为妈吗？

　　事后我曾经想，如果老太太不告诉大华这个消息，对他会不会更好些呢？有时候，说破了事情的真相，对于当事人是一种相当残酷的折磨，因为他一直维系的心底的平衡突然间被打破了，心就像断了线的风筝一样漂泊无依。但是，事后我也想过，大华当时并不是已经习惯把红脸小姑当成自己的母亲而没有一丝的怀疑，对于大人们的世界无法靠近又无法破解而在内心咬噬着的痛苦，伴随着他度过整个的童年和青春期。那漫长岁月中饱受煎熬的孤独无助与哭诉无门，不仅比他的两位姑姑要深，也比我们一般孩子要深得多。只是那时我们太小，并不知道也并不理解，而是把他的痛苦碾碎成我们对他的嘲笑，他那样拼命地和我一次次地打架，不过是在发泄他的委屈和愤怒罢了，但那时我感受不到他的痛苦，只能觉出自己的委屈。

　　当大院里所有的人都知道了这一秘密之后，开始出现的是意想不到的惊愕。水落石出一般，残酷的事实终于裸露在那里，大院里所有的人似乎都惊愕地感叹：怎么就没有想出来呢？这种惊愕，主要是对大华大姑自始至终的讳莫如深，然后转化为对红脸小姑的敬佩，感叹她始终不嫁的不容易。再后来，是意想不到的平静，甚至是难得的通情达理与温馨的关照和善意的同情。那时，我不知道，这不过是暴风雨来临前的风平浪静，是回光返照一般短暂的瞬间而已。在这短暂的瞬间里，谁似乎都知道大华有一个隐隐的红字刺在身上，那红字写的就是"私生子"。如果说，在此之前虽然这三个字一直存在着，却还是不够确切的，因大姑突然地浮出水面而成为确定的事实之后，那三个字便越发醒目和刺眼。在那个年代，那是三个多么可怕的字眼，是不会被忽略不计的。

在我的印象中，那时大华依然管他的生身母亲叫大姑，起码从外表看，我没有发现大华对她的态度有丝毫的变化，仿佛一切并没有发生。大华也真能够沉住气的，小小的心里盛得下那么多的事。我现在知道，其实我当时并不理解大华的心情。在他即将长大成人的时刻，突然知道了这样一个对于他来说至关重要的事实，表面上的不动声色，只不过掩饰着内心无法言说的震荡与痛苦。天天和自己的生身母亲面对面，却始终无法叫一声妈妈，该是多么痛苦和压抑。那时，我们确实都还太小，我们一时都自觉不自觉地承继着我们上一代的思维模式，却无法承继他们的历史，根本无法走进他们的历史。我们不知道他们为什么要这样做，我们也不知道自己该怎样做。我们不仅与同代人彼此隔膜着，和上一代更是隔膜着。因此，他们的痛苦，我们是不理解的，而我们的痛苦，他们谁也无法帮助我们解决，只能靠我们自己默默地忍受着，独自一人吞食着自以为是灿烂的阳光和清纯的空气，营养不良地消化着。这就是当时大华无法将这些苦闷传递给他人而必然对沉默的选择。现在，每当我想到这一点，常常后悔当初那样的不懂事，后悔一次次让他格外伤心的打架。我们自以为有父亲有母亲、自以为学习比他好而对他的嘲讽、冷落乃至孤立，让他和我们本来物质与精神生活就一样贫瘠的童年和少年时光里，因为我们自以为是的正直与正义的积压，而无情地增多了孤独和痛苦，并独自去咀嚼着这些孤独与痛苦。

那时，大华的大姑已经越发地苍老，出入我们的大院，她总是低着头，仿佛怕见到任何投到她身上的目光。走路轻轻地跟一阵风似的，没有一点声响，像没有她这一个人。特别是大华已经知道了她就是自己的母亲这一事实之后，她越发显得如鸵鸟一样低着头走路，尽量避免和大华碰面。不得已和大华碰面，表情不是难堪，就是不知所措。其实，那时她的女儿才上小学六年级，她那时的年龄撑死了也就四十挂零。她是个小学老师，她的女儿就在她教书的小学里上学，可以成天跟着她。她几乎从来都不让女儿跟大院里的孩子玩，她让女儿整天跟在她的屁股后面，就像她的影子一样。我现在多少能够理解她的这个保持警惕的防范之举，她实在不愿意让自己那么小的女儿再像大华一样听到我们这些半大孩子的风言风语而受到伤害了。

原来她在我们的大院里是不怎么起眼的，特别是和风风火火的小姑相比，就更不显山露水。但从那时起，我开始对她格外打量起来，在她闪闪烁烁的人生片段中，有一段是和大华密切联系在一起的。即使到现在我也无法想象她当时的心情，自己的儿子，一个大活人一直就在眼前，从那样小一天天长高长大，她的内心深处会涌出什么样的感情和感觉？都说儿女是当妈的心头肉，大华一天天在长大，特别在成长过程中学习并不如意，她这个当老师出身的母亲，就一点不心疼不着急吗？就一点表示都没有吗？还是有许多细微的只有她自己知道的东西，我们作为外人是并不清楚的？究竟是因为大华的粗心和贪玩而忽略了她的那些点点滴滴的付出，还是因为她太老谋深算而被处理并遮掩得竟是那样的波澜不惊，云淡风轻？那时，我确实充满了好奇和疑惑，总是问自己，在她内心深处是如何将这些令她心碎的碎片悄悄地连缀成完整的一页的？我对她刮目相看，总觉得分外神秘。

大华的大姑夫原来是个俄语翻译，后来成了右派，到中学里教俄语。和大华的大姑一样，也是个扎嘴的闷葫芦，除了坐在他家的那个转椅上把头埋得很低地默默看书，看不到他干别的什么事情。因此，无论是他们上班离家还是下班回家，他们的家里总是静静的，仿佛空荡荡的根本没人一样，只有偶尔风把他们家的窗帘吹起吹落沙沙地响。不过，我相信大姑夫对这一切是早就已经知道的，并不像大院里的人们猜测的那样，秦家一直是瞒着他，为了不妨碍他和大姑的生活。只不过，他从来都不说什么，不管是对大华，还是对妻子，他始终都是缄默的。他只想保持着平静的生活。有时，想一想，人们的要求就是这样简单。但是，就是这样简单的要求有时也很难达到，在那个动荡的年代里，平静的生活已经是一种奢侈。

平静被打破，在于那一年大华的奶奶死后没多久，大华中专毕业后立刻回老家山西了，据说是在太原钢厂当工人。秦家多余的房子立刻被人相中，租出去了大华和红脸小姑住的那一间。入住的是一位军人的家属，带着她不大的孩子。

红脸小姑是和大华一起走的，她主动调回了山西。这件事情对我震动很大。虽然，那时我并不能够完全理解红脸小姑的举动，但我知道她是为了大华，当然也是为了她的姐姐。那时，红脸小姑在一个无线电厂当技术员，辞去了这样一份很好的工作，而且是离开了许多人都向往的首都，远走山西，是需要极大的决心的。是什么让她那样果断地下了如此一了百了的决心？当时，在我们的眼里，山西除了醋还能够有什么呢？能有北京的故宫、颐和园和前门楼子吗？现在，我已经渐渐变老，经历了一些人世的沧桑，品尝到了一些人生的况味，多少能够理解一点红脸小姑。并不是因为她的脸上长着红痣就让她自卑而在内心里没有一点春心荡漾（否则她也不会愿意穿戴得那样色彩鲜艳，女是为悦己者容的），也不是因此就没有男人喜欢她，她就该着倒霉一辈子嫁不出去。我们大院里就有男人看上过她，但她始终都是对自己摇头，对别人摇头，一辈子没有结婚，自始至终守身如玉地和大华生活在一起，这该是多么了不起的选择，是嚼碎了多少痛苦的选择。在这里，我看到的是亲情的力量。有时，你得承认，在这个世界上，爱情也好，友情也罢，可以很鲜艳，很动人，但那只是树上开的花和结的果，可以点缀我们的生活，也可以供我们食用，但毕竟是外在的，而亲情是唯一与血脉相通的，是永远不会如花朵如果实般在成熟时或在风雨中掉下树来的，因为它是树的根系。因此，现在我会想，大华到底应该管谁叫作母亲呢？他的生身母亲当然是应该叫的，但他的红脸小姑更应该被他叫作母亲。

大华走得很突然，但大院里和我年龄差不多大小的孩子还是凑在一起，买了一个笔记本，在他临走前的那天晚上，在树影婆娑的枣树下送给了他，作为青春分别的礼物为他送行。算一算那一年，大华十八岁，我十五岁。他没有特别感谢，但我看得出他其实还是很高兴的。童年和少年的许多次打架和争斗乃至惆怅和苦恼，在分别的那一瞬间都变得有些美好起来。我发现，我们和大人们毕竟隔着一段距离，我们自己还是多少有些息息相通的。

大华和他的红脸小姑离开我们大院，是上午的时候，我们都去上学没在家，我只知道大院里好多的老街坊都出来为他们送行，一直送到大院的大门口，却不知道大华一家子是一种什么样的情景，特别不清楚大华的大姑也就是他的亲生母亲会是一种什么样子。她会流泪吗？大华会流泪吗？她会一直送到火车站吗？或是送到大院的门口就去上班了？即使什么话也不说，起码会向大华挥挥手吧？那可是他们母子有生以来第一次的分别呀，而且又是因为知道了母子关系这一事实而分别的呀。对于那天的分别，到现在我也不清楚当时的情景是什么样子。我只能对此充满着青春期所萌发的想象，替大华，替大华的大姑，也替他的红脸小姑，一遍遍地想象着，就像搭积木似的，一遍遍地自以为是地搭建起来，又一遍遍地被自己否定而拆掉重来。大华走后好长一段时间里，再见到他的大姑，我感到十分陌生，忽然感叹自己离大人的世界是那么的遥远，一种从来没有过的茫然，浓重的雾气一般在我的心头弥漫，总也散不去。

大华走后的第三年开春，他从太原回了北京一趟。可惜，我没有看见他。我弟弟那时下午放学正在家，两人相见分外高兴，弟弟一直陪着他。大华的大姑和大姑夫都没有下班，他在邻居家坐了一会儿。弟弟后来告诉我，大华从书包里拿出几个苹果，切开一瓣一瓣地分给那些馋鬼孩子吃。那时，在我们大院里，开春时候的苹果，还是难得一见的贵物，特别是开春时还有保存得那么好的苹果，更是难得一见的奇迹。大华在邻居家一直待到大姑和大姑夫回来，拿出一个苹果给了邻居，说还剩下两个苹果给大姑和大姑夫。这句话给我弟弟留下的印象特别的深刻。那晚，我回家的时候，大华已经赶回太原了，我不知道他为什么走得那样匆忙。从此以后，我再也没有见到他，我不知道他有没有再回过北京，反正他的大姑和大姑夫从我们大院搬走前，他都没有再回来过。

现在，我想，他幸亏没有再回来。

就在他这次匆匆忙忙走后不久，他的大姑和大姑夫平静的生活被彻底打破。那年夏天来临的时候，"文化大革命"降临了，灾难也随之降临了。还是大院的人，曾经窥探过，也曾经同情过，曾经詈骂过，也曾经为大华送行过的人们，一夜之间，在我们的大院门口和大华大姑家的窗前贴上了墨汁淋漓的大字报。当过右派的大姑夫，有过私生子的大姑，双料爆出，足以置人于死地。那时候，我已经大了，高三即将毕业，我实在难以理解这样落井下石的大字报。难道一直老老实实一直沉默寡言的大华的大姑和大姑夫，真的是万恶不赦的坏蛋？这怎么能让我相信。

红卫兵就是这样闯进了我们大院。门口的大字报是他们的向导。大华的大姑和大姑夫在劫难逃，批斗会就在他家门前的台阶上举行。那一天，我偷偷地逃出大院。我不忍心看到在那时司空见惯的悲惨一幕。我无法想象人竟然可以如此对同类下毒手，让人感到地狱的陷阱随时都在身边一般的可怕。漫无目的地走在大街上，我暗暗地想，要是大华看见这样一幕该怎么想？不管怎么说，那是自己的生身母亲呀。他真是有先见之明，早早地避开了。

因为我们大院里要批斗的人太多，真中了那时流传的一副对联的谶语，叫作"庙小神灵大，池浅王八多"。似乎大院里埋藏着无穷的秘密，像一个远远没有掘开的"宝库"，让一些人乐此不疲地挖掘。相比较挖掘出来的一个个重磅炸弹，他们的摘帽右派和私生子问题，就不在话下了。他们很快就没有人再理会了。不过，他们很快也就搬家了，离开了这个伤心之地。从大华的爷爷买下独立门户的中院，到奶奶在世时剩下的一排三间大北房，到大华和小姑去了太原后租出去一间，一直到大姑和大姑夫搬走，秦家彻底走完了败落的道路。

如今，我也早从粤东会馆搬出。大院里，已经物是人非。曾经发生的一切显得那样不真实，如同一个远逝的梦魇。时过境迁之后，我曾想，无论大华一家，还是整个大院，经历了这样一场命运的跌宕，其实都是具有悲剧性的。只不过，人生对于大华是无可选择的，发生在大华一家人身上的悲剧是宿命的；而对于我们大院的其他人，悲剧是自找的，从把快乐建立在别人的痛苦之上，到最终搬起石头砸了自己的脚，曾经跌入地狱的丑恶灵魂，会永远不得安宁。更何况，伤害的不仅是大华的大姑小姑这样的大人，还有大华这样一个无辜的孩子。我相信一切发生过的事情，都不会水过地皮干一样很快就消逝或遗忘殆尽，你干过的事情，生命中会留下轨迹，你没干过的事情，生命中会留下空白，你什么也躲不过。在光天化日之下，有一个明朗朗的太阳在注视着你；在这幽暗的黑夜里，有一颗属于你自己的星宿在注视着你；在冥冥的世界上，有一个万能的上帝的眼睛在注视着你。无论什么时候，你都不要为所欲为。那个太阳、那颗星宿、那个上帝，就是我们自己的良心。

记得二十世纪七十年代中期刚从北大荒插队回来的时候，我专门回了老院子里一趟，很想打听一下大华和他的两个姑姑的下落。但是，"访旧半为鬼，惊呼热中肠"，健在的老人都不清楚他们现在的一丝一毫的消息，年轻人更是连他们是谁都不知道了。只看见秦家那一排房子住了三家陌生的人，原来门前的枣树都已经砍掉了，代之而起的是拥挤的小房。原来豁亮的房门也堵死了，而是把后窗打成了门，为的是可以多占据一些空间，搭间做饭的小厨房，挤巴巴的，早没了当年的风光。

现在，又有近三十年的时光过去了，大华今年该是差一岁就六十的人，大华的大姑和小姑是接近八十或超过八十的老人了。我不知道他们现在的日子过得怎么样,我又去过大院几次,问过老街坊,谁也不知道他们的消息。他们再也没有回来过。他们回来干什么呢? 这块只留下他们的痛苦的伤心之地。

大院更是凋零破败,拥挤不堪,年轻的一代住进去,他们的孩子都长成我们当年一样大小,在满院尽情奔跑是不行了,但那稚气的面孔是那样的似曾相识,可以说是我和大华当年的拷贝。大院不说是饱经沧桑,也确实是见过大世面的了,像是一个老人,"老眼厌看南北路,流年暗换往来人"。

六指兄弟

大雨和他妈搬进我们大院来的时候，街坊们都说他长得不像他妈。他妈有些发胖，面容却还算白净，而大雨脸色黑黢黢的，好像整天在太阳地里晒，单薄的身子瘦得跟根麻秆似的。而且，大雨长着一张方脸盘，他妈是一张柿饼一样的大圆脸。

大雨他妈是和我们大院里的邱老师结婚后，住进了东跨院里靠东朝南的那两间倒座房。邱老师打北平解放之前一直住在那里，前些年他的老伴得病去世，孩子还小，那时候，邱老师三十出头，正是学校里的壮劳力，一个人教小学五年级的算术语文两门课，还当着班主任，上班很忙，一个人弄不了孩子，常常是按下葫芦起了瓢，焦头烂额，孩子就让爷爷领回河北隆化山里的老家去了。这些年下来，我们院里的街坊没少给邱老师介绍对象，二茬子光棍，日子不好过，整天清锅冷灶，孤灯寒壁，大家都挺关心他。

我们大院里的老师挺多，大、中、小学的老师，连幼儿园的老师都有。邱老师为人不错，虽然来北京好多年了，还带有山里人的那种朴实淳厚讲义气的劲儿，还有点儿学问，又不大，让人觉得并不那么高不可攀。所以，过年的时候，各家贴个春联，或是谁家里有事要给远方的亲戚写封信什么的，人们都愿意找邱老师。邱老师从来都是有求必应，人很热情，没有什么架子，在我们大院里人缘不错。只是，对于大家热情地给他介绍后老伴儿一事，他一再推托，一再说，一个人习惯了，不想再找对象了。

没有想到，一晃十来年下来了，邱老师从一个三十来岁的小伙子，变成了四十来岁的中年汉子，本来说是不想再找媳妇了，却突然领回来一个媳妇，让大家有些吃惊。人们忍不住要把她和邱老师的前老伴儿做比较，前老伴儿说不上是个美人儿，却怎么也比这个其貌不扬又胖胖的后老伴儿看着顺眼。怎么看，大家看新来的这个后老伴儿都觉得别扭。关键是，和邱老师以前也是在学校里当老师的前老伴儿相比，这个后老伴儿没有什么文化，大家就觉得更是配不上邱老师了，不知道邱老师这回搭错了哪根筋，弄回来这么一个土老帽儿，还带着一个拖油瓶。

后来，大家伙知道了，大雨他妈在邱老师他们学校搞后勤，干了好些年了，渐渐和邱老师熟悉起来。说是搞后勤——是邱老师这么向街坊们介绍的，其实就是打扫校园里的卫生，冬天来了，附带着负责给老师办公室和每班教室里生炉子。尽管学校不大，一天也够她忙活的，每天回来都是一身土一脸灰，大院里那些长着火眼金睛的街坊们早就一眼看出，知道邱老师好面子，便也不捅破这层窗户纸。见了大雨妈的面，都像称呼邱老师的前老伴儿一样，叫她邱太太。她听着非常不习惯，总是让人别这么叫，说，就叫大雨妈吧。人们其实也不习惯，便也都叫他大雨妈了。

大雨妈搬进我们大院来时，大雨十二岁，比我大不到一岁，但因为他学习差，留级过一年，在邱老师的学校里上六年级，我在中学里读初一了。但是，放学之后，都是皮小子，吃凉不管酸，大人们的事情，谁闹得清楚？我们常常在大院里疯跑，很快就熟起来，还是能玩在一起的。

和他在一起玩了好长时间，我竟然没有注意，他是六指，他的左手小拇指边多长出一根手指。是有一次放学回家的路上，看见大雨身后跟着一帮小孩子，冲着他大喊大叫："大雨大雨是六指，他比别人多一指！多一指，多一指，他比别人多吃屎！"

我看见大雨不理他们，只是使劲儿往大院跑，想甩开他们。我轰走那帮撅着脚叫喊的小崽子，追上大雨。大雨感激地望了望我，没说什么，我也没说什么，两人一路无语地回到大院。我偷偷地看看他的手指，他悄悄地把手揣进兜里。

我发现大雨是个温和的人，除了和我们一起玩的时候显示出男孩子应有的疯的一面，一般的时候，不多言多语，多少显得有些忧郁，并非我最初对他想象的那样吃凉不管酸，他和他那种年龄的孩子不一样。

这一点，随他妈，他妈也是个不多言多语的人。倒是非常勤快，脚不拾闲儿，进了邱老师的家门，把家收拾得井井有条，干干净净。一般的时候，她就像个扎嘴的葫芦，常常看见她坐在灯底下做活儿，不是给邱老师缝衣裳，就是给大雨做鞋子。邱老师对大雨不错，坐在一旁的桌子边，给大雨辅导功课。据说，邱老师就是喜欢大雨妈这种性格，邱老师不喜欢咋咋呼呼的人，踏实过日子最好。而且，邱老师有些怪，除了不要那种快嘴碎嘴的女人，他也不想找一个有多好的工作或者和他自己一样有文化的人。他觉得找这样的人，和自己不合适。大雨妈过日子踏实，又没有什么文化，这两点，都符合邱老师找后老伴儿的条件。

好长一段时间，大院里的街坊们都不清楚邱老师找后老伴儿说的这种合适与不合适的真正原因。一直到四年过后，大雨初中毕业了，考上了一所住校的中专技校，住进郊区的学校，邱老师才让大雨妈陪着他回到了隆化山里的老家。那时候，邱老师病得挺厉害的了，有一两年的时间，一直卧病在床，躺在家里，全靠大雨妈伺候。那时候，邱老师虽说学校有医保，也还有工资，但吃药打针的，开销加大，大雨妈没敢辞了学校的活儿，一直都是学校家里两头跑着。大雨住校了，邱老师才让大雨妈陪着他回老家，说是不愿意死在这里，死也得死在老家，得落叶归根。大家这才知道，其实，邱老师早就知道自己身子有病了，所以才找大雨妈这么个老伴儿。他知道只有这样的老伴儿，才会任劳任怨地陪伴着他走回老家和走向死亡。

邱老师在人们心里的形象多少有些受损，人们觉得他有些自私，一直不想找老伴儿，知道自己有病了，想起来找老伴儿了，拉上人家大雨妈当垫背的，这不等于给自己找了个不花钱的老妈子吗？

没过半年，邱老师死在老家。那时候，听说大雨妈心疼邱老师的儿子，想把他带回北京，但是，儿子不愿意，姥爷、爷爷家也不愿意。邱老师的儿子比大雨大两三岁，已经能够下地干活儿了，人生地不熟地跑到北京来能干什么？大雨妈觉得也是这么回事，自己就别狗揽八泡屎了。但是，大雨妈这一切的行动，给她加分，尤其是和邱老师一对比，大家都挺佩服大雨妈的。所以说，人不可貌相，海水不可斗量！这是大雨妈从隆化回来之后，我们大院里街坊们常常感叹的一句话。

大雨和他妈一直住在邱老师那两间倒座房里。这是邱老师留给他们娘儿俩唯一的补偿了。大雨妈又回到学校去打扫卫生，生煤球炉子，大雨在技校里学的是钳工，只要熬出四年的学业，就可以进工厂里，有份技术工的稳定工作。娘儿俩相依为命，日子过得平淡如水，却也平安无事。

我和大雨都大了，不再像小时候疯跑疯玩了。其实，想想，也就是大雨来到我们大院以后这四五年的事，但是，一个孩子的长大，正是在这四五年的时间里。我和大雨算不上多么有交情的朋友，尤其是他读技校后，一直住校，我们很少来往。一直到"文化大革命"来了，学校都不上课了，我们只能待在家里，便天天又可以碰面。而且，我发现，他和我一样成了"逍遥派"，整日无所事事，便常在一起聊天。那时，废弃的前门火车站原来的货场上，有半个篮球场还顽强地挺立着，那里离我们大院不远，我和大雨常常跑到那里去打篮球。一打一个半天，一身汗一身土，空旷的篮球场上，只有我们两个人，球敲在水泥地上的嘭嘭的响声，和落进篮筐的咣咣的响声，寂寞而响亮，帮助我们打发那段动荡而漫长的光阴。

有一天下午，我和大雨打了半天篮球了，快到黄昏的时候，我们都准备要回家了，忽然看见大雨妈向我们走了过来。这个时候，还没有到下班的时间，尽管学校里在闹"革命"，但大雨妈一直坚持守时守点地上班，她就是这么一个人。她这时候来，一定有什么事情。

走近时，我和大雨才发现，她的身后还跟着一个小伙子。小伙子走到我们的眼前，我注意观察了一下，他的个头儿比我和大雨都高一点儿，也壮一点儿，但年纪比大雨还要小。他衣衫不整，灰头土脑，一脸沮丧的样子，好像刚刚遭遇过一场不幸。从大雨的表情来看，好像并不认识他。这让我很是奇怪，怎么会突然冒出来这么一个小伙子？

大雨妈凑到大雨的耳边说了几句什么，便拉着大雨和那个小伙子走了。我手里拿着大雨临走时抛给我的篮球，独自回到大院，心里充满着疑惑。那一晚，大雨妈回到我们大院时已经很晚了，大雨则一直都没有回来。这无疑更增加了我的疑惑。为什么大雨妈丢下两个孩子不管，自己一个人回家来了呢？在那个动乱的年代，时刻都会有不测发生，我隐隐为大雨担心。

我不知道那一夜究竟发生了些什么。第二天，大雨带着那个小伙子什么时候回到我们大院里来的，我也不知道。我只知道，从那天以后，那个小伙子一直住在大雨家里。过了好几天，这个小伙子才从阴云里走出来，开始和我和大雨一起去前门火车站货场上那个废弃的篮球场去打篮球。他球打得不错，个头儿又比我们高，常常是我和大雨是一头的，他自己是一头的，一人单挑我们两人，玩得热火朝天。我们疯了似的跑跳，疯了似的抢球，暂时的欢乐和逃避，驱逐了少年的忧愁，忘却了四周不远的地方正在疯狂地闹"革命"，打砸抢甚至流血死人。

也是在球场上拼命抢球的时候，我和他的手抢在一起，碰疼在一起，我才发现，他的左手小拇指边上也多出一根小指头。这个发现让我分外惊讶，这也实在太巧合了吧，怎么和大雨一样，他也是个六指呢？

我相信，在争抢篮球的时候，大雨肯定也和我一样，触碰到了他的手指。这样惊人的相似，会让他想到什么呢？遗传的力量，莫非真的会让人心彼此接近，让两个从未见过面的陌生人迅速地走到一起？

我和他渐渐熟了起来才知道，他的名字叫小雨，是大雨同父异母的弟弟。说起来，最心酸的应该是大雨妈。那一年，是北平解放的第二年，大雨妈带着大雨从河北辛集来到北平，找到大雨的爸爸。那时候，大雨才三岁多一点儿。那时候，大雨的爸爸是第一批进入北平城的解放军，一位不小的官，找起来比找一个当兵的要容易。大雨妈在一座原来是王府后来是北洋军阀再后来是国民党一位将军住的四合院里，找到了大雨的爸爸。他很高兴他们娘儿俩的到来，让他们娘儿俩住进了铺着磨花瓷砖地板、有着枝形吊灯的东厢房里，整天有勤务兵帮助他们料理生活。刚进城不久，百废待兴，他公务繁忙，就让勤务兵开着他的那辆吉普车，带着他们娘儿俩在北京逛逛，好几个能去的公园都去了，让他们娘儿俩大开眼界。他还特意嘱咐勤务兵带着他们娘儿俩去前门外的肉市胡同，吃了一次全聚德的烤鸭。那是大雨和他妈从来没有吃过的玩意儿，香喷喷的，油腻腻的，吃得肚子撑得很了，还忍不住又多吃了几片鸭片。

这样马不停蹄地又吃又玩了一个多星期，一天晚上，大雨爸公干之后，回到四合院，推开东厢房的花格栅门，对大雨妈说："明天我正好有工夫，带你去个好地方。"大雨妈挺高兴，来了一个多星期，还没有正经和自己的丈夫待上一会儿呢，便问："去哪儿呀？"他说："明儿去了你就知道了！"大雨妈指着身边已经快进入美梦中的大雨说："不带孩子一起去吗？"他笑笑说："先不带了，这些天，他玩得也累了，让他在家里好好歇一天吧！"

第二天，他带着她去的地方是民政局，两人办理了离婚手续，他对大雨妈说："真的对不起，我在这里已经结婚了，小孩子马上就要出生了。"他还对大雨妈说，想把大雨留下来。大雨妈没有说话，离婚手续办完，他让勤务兵开着吉普车送她回去，她进屋停都没停，带着大雨，离开了这个住了一个多星期的四合院，再也没有回去过。

带着一个三岁多孩子的乡下女人，能够到哪里去呢？她不想回乡下的老家，那样，会让人笑话。既笑话自己，也笑话大雨他爸。她决心留在北京。她留在了北京，只好露宿街头，但她相信老天爷饿不死瞎家雀儿，何况自己还有一双手，是个勤快的人，什么苦都吃得下。过了不知几天，在一个凄风苦雨的夜晚，她有幸遇到小学校一位好心的校长。那位校长看见他们娘儿俩蜷缩在一处房檐下躲雨，可怜他们，带他们进了学校，她总算有了一份能够糊口的差事。以后，又遇到了邱老师，让她和大雨有了一个家。有时候，她会对大雨说，也对我们大院的街坊说："我的命就算不错，我挺知足。从乡下老家来北京的人有多少，能像我这样留下来的，有几个呢？"

当大雨和小雨两个人交错着，也是信任地对我讲述了这一切的时候，我简直不敢相信这一切会是真实的。其实，那时候，我没有接触过一位真正的解放军，更不要说什么首长了，一切的印象，都是从小说和电影中得来的。对于我还好，这一切只不过像是听《天方夜谭》里的故事，对于大雨和小雨而言，却是他们的亲身经历，所有的悲欢离合，都渗透在他们成长的生命里；所有的痛苦悲伤，都得他们自己去咀嚼和消化。

这个和大雨同父异母的小雨，如果不是遇到了一场"文化大革命"，恐怕不可能和大雨相见。正是这场浩劫，让他们共同的父亲遭受了批斗，不堪忍受折磨的父亲，和他后来的妻子商量好了，双双选择了跳楼自尽。临走之前，给小雨留下一封遗书，其中一条是让他去找大雨，那是他在这个世上唯一和他有着血脉关系的亲人。

大雨妈是宽厚的人，就像当年人家素不相识的校长收留了自己和大雨一样，收留了孤苦伶仃的小雨。但是，一直到这个时候，大雨妈还不清楚，那个凄风苦雨的夜晚，遇到的那位小学校的校长，并非巧遇，而是大雨爸的安排。大雨听小雨讲完当年的事情后，一直没告诉他妈。以后，我听大雨对我讲述了那个雨夜巧遇的往事，我是很怀疑的，觉得这是小雨编造出来的传奇，或者是小雨和大雨他们共同的父亲编造出来的、安慰他自己也安慰他们兄弟俩的幻觉故事而已。我想，可能大雨自己也不大相信，要不他为什么一直没有告诉他妈呢？不告诉他妈就对了，告诉了，又能起到什么作用呢？能够改变历史中曾经发生过的一切吗？

一年多以后的夏天，我去北大荒，大雨和小雨到北京火车站为我送行。他们两人知道我爱写东西，特意到前门大街的公兴文具店里，买了一本丝绒精装的北京日记本送给我。那日记本里有好多张北京名胜古迹的彩色照片。

在锣鼓喧天的火车站的站台上，望着长相完全不一样却有着惊人相似的六指的这一对兄弟，那一刻，我感慨万千。我在想，从来没有见过面的一对兄弟，如果没有如此明显的遗传特征，怎么会那么快就相熟相知并能够患难与共？但是，这样的说法也不尽然。在那个以六亲不认、亲人反目，甚至大义灭亲为时尚的时代里，血缘，并不是完全能够让人走到一起的根本原因。让人能够走到一起，并能够患难与共的，心比血缘更可靠，更重要。血缘，即使是平常的日子里，也是可以验证出来的，心却看不见，只有到了风云变幻风雨飘摇的时候，才能够如试金石一样，立见分晓，泾渭分明。如果说血缘是那个飘摇动荡时代潮流里的一叶扁舟，那么这条小船已经禁不起水波的跌宕，漏船翻船的，已经屡见不鲜。只有心最为可靠。心才是一只锚，让船在可以停靠的地方和时候，有了定海神针一般的定力。因此，真的能够让两个有血缘关系的人迅速走到一起的，其实，靠的不仅是血缘，更是内心的善良和坚强。这是那个荒唐时代里唯一还能够温暖人心、安慰人心之处，也是人们能够走出那个荒唐时代而让生命与情感延续下去的法宝。我紧紧握住两双有着六指的双手，真心祝福他们。

六年后，我从北大荒调回北京，重回我们的大院，大雨一家已经搬走了。听说是林彪事件之后，小雨的父亲落实政策，恢复名誉，部队里找到了小雨，让他重返自己的家。小雨算是个知恩图报的人，坚持要把大雨和他妈一起带回家。他说得十分有道理：我爸我妈都不在了，唯一的亲人，就是我的这个哥和他的妈妈了。十分幸运，大雨和小雨两人都没有去上山下乡。大雨因读的是技校，因祸得福，早早就被分配到一家机床厂当钳工，小雨后来参了军。

街坊们都不知道他们搬到了哪里。我也再没有见到他们一家人。如今，我们的大院就要拆迁，他家曾经住过的那两间倒座房后来几经易主，新的主人，我已经不认识了。新主人早已经不住在这里，只留下一把锁锁住房门，替他们等待着拆迁最后能够谈拢的补偿款额。房子和人一样，也是有生命的，久不住人，炊火断灭，生气也就没有了，一下子显得衰败得厉害，房檐上的衰草也了无生气地随着风凄凉地摇摆着。

有时候，路过前门一带，我还会去已经没有几户老街坊的大院里看看。

站在残败的这两间倒座房前，我会想起大雨小雨和大雨妈。不知道现在他们过得怎样了？眼前最顽固不去的印象，形成了这样的一幅画面，那是小雨第一次出现在大雨面前，那天夜里，小雨带着大雨来到他的父母双双自尽的楼上，小雨痛不欲生，说前途渺茫，活着没有什么意思，也想一头从这楼上跳下去，一了百了。大雨听他说完哭完，什么话也没有说，只是给了他一记响亮的耳光，然后指着楼下对他说："你跳，现在就跳，既然你要跳，你还来找我们干吗？你是不是见到了我，特别的失望，觉得再也找不回你们家曾经的风光了？"

小雨被这一记耳光和大雨这一通话给打蒙了，说蒙了。大雨不是个能说的人，他自己没有想到竟然说了这么一大通话。他对我们讲述这一切的时候，还在为自己感慨，之后，他居然补充了这么一句："都说兔子急了咬人，兔子急了也会说话呢！"

那天夜里，小雨老老实实地跟着大雨回到我们大院，住进了这两间倒座房，一住住了那么长时间。

我一直都在想，这恐怕是大雨这一辈子干得最漂亮的，最富于兄弟之情的，也是最值得回忆的事情了。我清晰地记得，当年他对我讲述这一记耳光的时候，眼睛里放着光。他的倔强，他的温情，那一刻在他迸射的眼光里倾泻无余。我不知道，这一记耳光，大雨妈知道不知道。我也不知道，这一记耳光，小雨现在是否还会在偶然间想起。

跑堂的老宋和他的两个女儿

别看老宋是花市一家饭馆跑堂的，却写得一手好毛笔字。他主要写隶书，有点儿魏碑的味儿。谁见了老宋的这笔隶书，都会夸奖说写得不错。即使是我们大院里教美术的袁老师，他会画画，也得自认毛笔字赶不上老宋。

我读初二的时候，学校有个《百花》板报，是语文组的老师办的，将全校老师和学生写的稿子，散文、诗歌、杂谈呀，还有创作的小说，抄写在三百字一页的稿纸上，分成好几个栏目，上下好几排，贴在乒乓球案子上，挂在教学楼的大厅里，每两周更新一期，每一期都以老师画的水粉画或水彩画作为报头，图文并茂，一时间很是轰动。我们班上的几个同学照葫芦画瓢，也找来一块黑板，把我们自己写的稿子抄写在稿纸上，贴在黑板上，然后把黑板搬到大厅里，和《百花》唱起了对台戏。我们给我们的板报取名叫《小百花》。我自己当主编。我们一切都要仿照《百花》做，才叫作唱对台戏。每期的报头好办，我们班上有画画好的同学，由他们负责来画。每篇文章的题目，人家《百花》都是老师写的，那老师叫闵仲，是教我们大字课的书法老师。我们班所有同学的字，一个个写得跟狗爬似的，都拿不出手呀。

我找到了老宋。因为老宋搬进我们大院头一年过年的时候，他在他家门前贴了一副春联："春到新门载新福，志存远马扬远蹄。"是他自己写的。词儿好，字写得更好，我对他连连夸赞。他连连摆手说："乔迁之喜，图个吉利，好久没拿笔，手生了，生了！"

就是我读初二要开学前的那个春节前，老宋搬进我们的大院。那时，我们的大院已经没有房子可租了，房东找到我家，说我家住的三间东房还比较宽敞，让我家腾出一间，老宋一家实在有些困难，帮帮忙，救救急！等以后大院有了空房，再让老宋一家搬出来。我爸我妈都好说话，而且，那时我爸正被高血压折腾得厉害，吃药吃营养品花费入不敷出，腾出一间，还可以少交一间的房费，手头宽松些，就把南头的一间腾了出来。房东找人在中间砌了一道墙，新开一扇门，老宋一家搬了进来。

我拿着稿子和毛笔、墨汁，找到老宋，请他帮我们写文章的题目，他从不推托，总是一个劲儿地谢我，说我给了他一个写毛笔字练手的机会，还说他已经好多年没写毛笔字了，还是以前读私塾时候练的童子功呢。

老宋的字，确实写得不错。我们的《小百花》在学校教学楼的大厅里亮相之后，老宋在每篇文章前写的题目，字体饱满遒劲，颇得赞赏，给我们的《小百花》增光添色。闵仲老师曾经专门找到我，问这字是谁写的，写得真是不错。我告诉闵老师，是老宋写的。闵老师问我："老宋是谁？"我说老宋是花市饭馆里一个跑堂的。闵老师连说："了不起！海水不可斗量，民间里，藏龙卧虎！"

老宋一家四口，住进我家的南房，成了我们隔壁的邻居。那时，他把他老婆和两个女儿从农村接到北京，一时找不着住处，我们大院的房东常到花市饭馆里吃饭，看他人热情，还愿意和人聊天，特意照顾了他。我管他叫宋叔，管他老婆叫宋婶，他的两个孩子，老大比我大两岁，老小比我小两岁，我管老大叫宋姐，管老小叫小妹。

由于一家子刚从农村来，好多习惯都是农村的老例①。比如，吃饭，他家都是摆出一个小炕桌，放在院子里吃。按照宋婶的说法，他们在老家都是在院子里吃的，敞亮，小风吹着也凉快。当然，也是屋子里的空

① 老例：旧规矩，旧习惯。

间小，放不下一般人家早先的八仙桌，只好因陋就简。他家吃饭用的是从农村带来的黑釉大海碗，喝水用的是从农村带来的葫芦做的瓢。他家门口放着一口半人高的大缸，冬天渍酸菜，夏天放水，让日头把水晒热，晚上老宋下班回来，孩子放学回来，就着水热，洗洗涮涮，省了煤火。

这些都让我们看着新鲜，也还都能够接受，甚至佩服宋婶的勤俭持家。让我们大院好多街坊难以接受的，是夏天到来的时候，他们一家围坐在院子里吃饭，两个女儿的身上一人穿着一件红兜兜。是在电影里看到的那种，用粗布做的，没有袖子，只是胸前遮着的一块布，背后拴着两根布条条儿。

这还好说，让大家最最难以接受的是，宋婶的上身连根布条儿都没有，就那么光着上半拉身子。别人还好一些，而我家和他家是邻居，夏天天天吃晚饭的时候，都会打照面。天天看见宋婶这个样子在眼前晃荡，开始根本不习惯，还真的有些尴尬。天再热，总还是穿点儿衣服的好，哪怕只是像两个闺女穿上件肚兜呢。

那时，我心里想，这一切和宋叔这一笔好毛笔字太不谐调了。尤其是很难把宋叔这一笔好毛笔字，和宋婶裸露的上半身联系在一起。

那时，我真的很难想象，宋叔是怎么样将这雅和俗谐调在一起的。

那时，我没有想过这样的问题：宋叔一个跑堂的，为什么能写一手这样好的毛笔字呢？或者说，宋叔能够写这样好的一手毛笔字，为什么只做一个跑堂的呢？

是啊，那时我年龄太小，不知道人世间的千奇百怪，甚至光怪陆离，更不会知道人世间藏有太多难言的秘密和辛酸。

有时候，我会感谢"文化大革命"，如果不是有这样一场"大革命"，好多的秘密和辛酸，我无从知晓。尽管，这场"大革命"无情地剥开很多人的外衣，将其历史乃至隐情和隐私暴露无遗，比当年宋婶毫无顾忌地暴露出自己的大奶子还要令人难堪，甚至由此带来无尽的伤痛，乃至逼人致死，却也让人心和人性赤裸裸地相见。由此，彼此能够接近的便越发地接近，相互拉开了距离的便拉开遥远的距离，永远无法弥合。

我和宋叔，应该属于前者。在那场动荡的"大革命"中，我和他乃至他全家彼此接近，从而认识得更加清楚。

一九六六年，宋叔的两个女儿已经长大，宋姐二十一岁，小妹十七岁，豆蔻年华，正属于妙龄时期。除了长得随母亲黑了点儿，两姊妹长得都挺耐看的。尤其是宋姐，爱唱爱跳，活泼好动，又发育得成熟，如同汁水饱满的草莓，鲜灵灵的。她当时在街道一家服装厂工作，人称"黑玛丽"，那是当时流行的一种热带鱼的名字，服装厂公认的厂花，是我们一条街上好多男孩子追求的对象。

小妹在女十三中读高一，和姐姐的性格正相反，不好动，好静，放了学，就闷头待在屋子看书学习。哪怕天再热，也不出来和别人玩或到别人家串门。在我们大院里，她唯一找的人就是我。那时，受我的影响，她爱好读书，喜欢文学，经常来找我借书，也经常写一点儿类似冰心的《繁星》《春水》的小诗，或汪静之的《蕙的风》那样的爱情诗，拿给我看，让我提提意见。那时，我特别好为人师，有这样一个漂亮的小姑娘找到我求教，自然更有几分飘飘然，没少自以为是地提出这样那样的意见，表现自己，甚至炫耀自己。她从来都是认真地听着，修改之后，过两天，再拿来让我看。

如果不是"文化大革命"，这一对姐妹花，一定会各有各的生活。宋姐会找一个自己相中的男人结婚，过她的小日子。小妹会考上一个大学，学习她喜欢的文学，成为冰心或舒婷一样的诗人，做不成诗人，做一名中学或小学老师，也是好的。

可是，"文化大革命"来了。

有一天，我忘记具体的时间了，只能说是有一天，是"红八月"到来之前或者之后的某一天，反正，我记得天很热。那时，各家大人都去街道参加政治学习了，家里就剩下我一个人。那时，学校里在武斗，天天在批斗老师，在争论那副"老子英雄儿好汉，老子反动儿混蛋"的对联，同学们分成两大派，势不两立，个个剑拔弩张的。我反感这一切，但胆子小，只好躲避着，常躲在家里，成了"逍遥派"。

谁想到，那天下午，小妹突然闯进了我的家里，我看见她上身穿着件圆领的背心，下身只穿着件短裤，是那种睡觉时候才会穿的花布裤衩，露出一双腿，像一只鹭鸶一样细长的腿，让我格外吃惊。虽然是大夏天，天热，但大白天的，也不至于穿成这样子呀。我有些惊讶，也有些害怕，生怕这时候父母回来，看见了这场面，该怎么向他们解释呀。

慌乱中，没来得及问她有什么事，她已经一下子扑进我的怀里。我这才发现，她浑身都在瑟瑟发抖，如同风雨中的一片树叶。我忙问她：怎么啦？她却一下子哭出了声。

还是生平头一次有一个女孩扑进我的怀里。而且，由于穿得这样单薄，她整个身子——那样柔软而有弧度和温度，都紧紧地贴在我的身上，让我不由得一惊，不知如何是好，一下子很僵硬地立在那里，像根突然被雷劈了的树干。

我再一次问她：怎么啦？

她依旧只是哭。

过了好一会儿，她才缓过劲儿来，对我说：你帮我看看我家现在还有人吗？

我走到她家，家门大开着，像呼扇着大耳朵似的，被风吹着还在动，一间屋子半间炕，一眼望穿，没有一个人。我回来告诉她没有人。她抹干眼泪，说了句谢谢，转身回家了。

小妹这突如其来的举动，让我分外吃惊难解。以前，她倒是常到我家里借书，或是送她写的小诗，但从来都是文质彬彬的，没有见过她这样慌里慌张，又穿得这样单薄，而且是这样大胆而猝不及防地扑进我的怀里的呀。

我猜想，就在她跑进我家之前，在她的家里，一定发生了什么事情，让她受到了惊吓。而且，这事情肯定不是一般的事情，是很严重的事情。我想，应该把这事告诉宋叔。在这兵荒马乱的年头，她一个小姑娘家的，别再出什么事情。

晚上，宋叔下班回来（那时，宋叔从饭馆抽调到了二服局。因为都知道他能写一手好的毛笔字，便抽调他到那里负责给造反派抄写大字报，刷大标语。宋叔的大标语，不仅刷在他们二服局的墙上，还曾经当场写在天安门城楼两旁的观礼台前的红色围栏上，红墙黑字，墨汁淋漓，那应该是宋叔这一辈子书法的巅峰之作了。他常常回到家里，一身的糨糊，一手的墨汁），这天晚上，他还没来得及洗手洗脸，我就把他叫出了屋子，悄悄地告诉了他白天发生的事情。宋叔听完我的话之后，一脸铁青，谢了谢我，没再说话。

没过两天，我们大院大门口的墙上，贴出了一张大字报，署名是"革命群众"。大字报揭发宋叔解放以前曾经在国民党河北省政府当过机要秘书，专门负责抄写文件，军衔是国民党上校。国民党溃退台湾的时候，他曾经跟随着国民党一直到了福建的东山岛，由于没有挤上最后一拨船，被迫留在大陆，辗转到了北京，隐瞒了历史，在花市饭馆里找到了这么一个跑堂的活儿。"文化大革命"有一种掘地三尺的本领，让过去很多被湮灭的秘密重见天日，更别说什么隐瞒的历史了。曾为国民党上校的宋叔，和饭馆里跑堂的宋叔，被迅速地粘连在一起，亮相在光天化日之下。

当时，我还是幼稚，没有立刻想到那天小妹跑到我家，和紧接着出现的这张揭发宋叔的大字报之间的必然联系。当时，我只囿于那张大字报本身，想象着宋叔以往我未曾了解的一面，思忖着这样一个国民党机要秘书的上校头衔，会是一个多大的罪过，宋叔能否逃得过这样的一劫等迫在眉睫的问题。在我们大院里，由于初二那年办《小百花》板报，我和宋叔接触最多，再加上是隔壁的邻居住着，彼此关系也最密切，觉得他一点儿也没有国民党上校那样一个大官常常表现出来的穷凶极恶或阴险狡诈，自然对这张大字报更关心，对他的命运最担心。

那时候，我们大院大门口灰墙上的一张大字报，就可以决定一个人的命运。那面高高的灰墙，最早的时候，曾经有个报栏，专门张贴每天的《北京日报》。后来，不知什么时候，报栏不在了，改成了公告栏，张贴街道办事处关于卫生大检查、人口普查、治安条例或法院判决书之类的公告了。"文化大革命"一来，成了张贴大字报最好的地方，让人每天看着它都提心吊胆，不知哪一天谁的名字会出现在上面，谁出现，谁就要倒霉，在劫难逃。

宋叔居然逃过了这一劫难。这在我们大院里那些被张贴过大字报的"牛鬼蛇神"中，是绝无仅有的一个例外。他只是从二服局又发落回了花市饭馆，接着当他的跑堂的。

这一年新年的时候，宋姐结婚。这消息很突然，宋家没有告诉大院里的任何人。我是过完新年之后，才听说宋姐是和街道服装厂的厂长结的婚。结婚之后，宋姐就搬到栾庆胡同去住了，很少回家。

在当时，我也没有立刻想到宋姐结婚，与宋叔的那张大字报有什么必然的联系，更没有想到这两件事，和前面发生的小妹的事有什么必然的联系。

这一年秋天，宋姐生小孩，宋婶去栾庆胡同照顾宋姐坐月子，宋家只剩下了宋叔和小妹两个人。宋叔有时候会叫上我到他家吃饭，他会亲自炒上两个小菜，让我陪他喝点儿小酒。宋叔这人聪明，从他的字就能看得出来，他在饭馆里干了这么多年，虽然只是个跑堂的，但端盘子看得菜品多了，出入后厨瞄上那么几眼，耳濡目染，炒菜也有了几分馆子味儿。用宋叔自己的话说，叫作久病成医。

天冷了，他家地方小，小炕桌放在床上，我们都脱了鞋上床，盘着腿吃饭喝酒。那天晚上，他的二锅头喝得有点儿多，话也多了起来，根本不管小妹就坐在床边上。突然，他问我："你知道那张大字报是谁写的吗？"没等我回答，他自己就说："大屁股黄！"

大屁股黄，就是大闺女的丈夫，那个街道服装厂的厂长，还兼着街道办事处的副主任。要不他怎么知道我的档案？他从街道办事处的档案室弄出来的。

我知道，当时，档案泄密，都是这些掌握一定权力的人干的。"但为什么明明知道大屁股黄是这样一个人，还让自己的女儿嫁给他？这不明知道是火坑，还往火坑里跳吗？还他妈的给他生孩子？"我借着酒劲儿问他。

"要不怎么说我窝囊呢！大闺女完全是为了救我呀。你知道吗？心里明镜似的知道那就是一只狼，还把闺女往狼嘴里喂，你说我窝囊不窝囊呀！"

说到最后，宋叔哭了。虽然只是隐隐的饮泣，却像锥子一样扎我的心。我真的没有想到，宋姐是这样匆匆出嫁的。

更让我没有想到的是，坐在床边的小妹也啜泣起来。我以为她是为了她爸爸刚才说的这一切才哭的，谁想到，宋叔指着小妹对我说："你知道吗，你宋姐嫁给大屁股黄，也是为了她呀！"

小妹哭得更厉害了。

一直到那时候，我才明白了宋家一连出现的事情之间相互的关联。宋叔的历史，成为发生这一切的一粒种子。大屁股黄就是用这粒种子，先后在宋家姐妹两人身上播撒。宋姐为了父亲，也为了妹妹，牺牲了自己。

第二年夏天，我去了北大荒，小妹和她的同学要去甘肃的山丹军马场。我是上午十点三十八分的火车。临走的前一天晚上，宋叔把我叫到他家里："明儿我得上班，没法子送你了，让她代我送你。"他指着他身边的小妹说。然后，他递给我用海尚蓝布袋包的一小袋黄土，又对我说："带到北大荒。刚到新地方，都会水土不服，泡点儿咱这里的黄土冲水喝。"小妹站在一边不说话。我拿着那一小袋黄土，有点儿不以为然，被他看了出来，他对我说："你别信，以为是迷信。老例，不是什么都得非破不成的。真的，当年我要去台湾的时候，也带着一包黄土呢！"

　　现在，只要想起宋叔，我就会想起宋叔写的一笔好字和这一包黄土。我知道这包黄土是宋叔的一番好意。但是，第二天上午，我离开大院，到北京火车站之前，就把这包黄土给丢进了垃圾箱里。我还是觉得这有点儿好笑。谁会带一包黄土去北大荒？怪沉的。

　　那天，在北京火车站，我没有看见小妹来送我。但是，一个多月以后，我正在北大荒收麦子的时候，有人从田边跑过来喊我，让我快回队里去，说是有人找我！我回到队上，在队部的办公室里，看见是小妹，她的身边还有两个女同学。

　　我才知道，她们一共三个同学，是扒火车从北京来到北大荒的。小妹不想去山丹军马场，她是来投奔我的。她想得太简单了，以为人来到了这里，而且是扒火车来到的这里，表示自己的心诚，就可以留在这里。她已经在我们的农场场部哭诉过了，希望能让她们留下来扎根边疆，我也找过了场里的头头陈情诉说。可是，说下大天来，都没有用。她和她的两个同学，在我们队上的女知青宿舍里住了几天，最后还是被送回了北京。离开北大荒的时候，我送她送到福利屯火车站。隔着车窗玻璃，挥手告别之后，我再也没有见过她。她说会给我写信的，可是，我没有接到她的一封信。

　　好多年以后，我收到宋叔寄来的一封信，是封厚厚的挂号信，寄到报社，几经辗转，过了好多天，才到我的手里的。展开信纸一看，映入眼帘的，是满纸的毛笔字，很久没有见到的宋叔那一手好看而遒劲的隶书。信上宋叔告诉我，小妹前些日子在甘肃嘉峪关去世了。她早从山丹军马场调到了嘉峪关市的文化局做宣传干事，她的文笔帮助了她的调动。只是，常年在军马场，营养失调，让她患上了肝病，最后越来越严重，不可收拾。宋叔在信中说：小妹临走之前，嘱咐我想办法找到你，把她的这本日记本送给你。

　　我打开这本封面已经磨损、纸页发黄的日记本，里面全是用钢笔字抄写的诗，是以前读高中时我曾经见过的小诗，是我不止一次好为人师又自以为是地帮她修改过的小诗,是那些模仿冰心《繁星》《春水》和汪静之《蕙的风》的小诗。青葱岁月,隔壁邻居的时光,波诡云谲的大院日子,一下子如风扑在眼前。

商家三女

曼莉死后，商家的日子依旧。好像他们家根本就没死过这样一个人，或者死去的只是他们家床底下的一只耗子。最让我们气愤不过的，不仅仅是商家水过地皮湿，把水房改造成他们的舞厅，更是大约过了一年之后，商家老太太居然摇身一变成了我们街道的积极分子。当初，我们给派出所告发商家老太太虐待曼莉的那封信，一点儿作用没有，倒好像成了给商家老太太的一封表扬信似的，让她有了飞黄腾达的阶梯。

别小瞧了这个街道积极分子，这是那个时代的产物，都是从各家各院的家庭妇女中挑选出来的，协助街道办事处做一些工作，组织学习宣传呀，收取各种杂费呀，检查卫生呀，国庆节戴着红袖章搬个小马扎维护治安呀，等等。但是，更重要的工作是监督各家各户，有什么情况及时向街道办事处汇报。所以，这个街道积极分子，别看帽翅不大，没什么官衔，却在街道办事处拿补助，走在整条街道上，威风得很。尤其是大院里那些没有工作的家庭妇女们和老爷们儿，特别是那些从旧社会过来，有点儿这问题那问题，身上带点儿疤瘌①带点儿砟儿的人，见到她们都有点儿怵。

当然，不是所有的积极分子都这样令人畏惧，也有不错的，帮助孤寡老人做点儿好事的，调解好因一点儿鸡毛蒜皮的琐碎小事引起家庭纠纷的。但是，商家老太太是不大愿意管这类闲事的。自从当上了这个积极分子，她可是了不得了，特别的狐假虎威，整天像只鹅一样，仰着脖子走路，在

①疤瘌（bā·la）：伤口或疮平复以后留下的痕迹。也作疤拉。

我们大院里格外的颐指气使。现在想想，有点儿像如今协助城管做事的那些协管员，当时，我们背后没少叫她"二狗子"。

其实，商家老太太，只是我们一帮孩子的叫法，她没有那么老，那时，也就五十来岁。她一共有四个闺女，曼莉是老小，老大玉莉刚满三十。对于这个玉莉，我没有什么印象，她是他们家唯——个大学生，大学毕业之后，分配到河北下花园工作，很快就结婚，又麻利儿地前后脚隔一年生了一个闺女。一下子弄出两个孩子，又上班又带孩子，据说整天忙得陀螺般的转，很少回北京。偶尔回来一趟，常听到商家老太太骂她结婚太早："就那么想男人？心急火燎的，也不好好挑挑。不管茄子还是西葫芦，剜到篮子里就是菜了？"一回来，总是这么劈头盖脸地挨骂，这个玉莉就更少回家来了。

她家二闺女叫美莉，应该说是她家长得最漂亮的一个孩子。个头儿高，鹅蛋脸庞，配上一双大眼睛，模样也俊俏，长得比商家老太太强多了。别看没考上大学，却被商家老太太最娇宠。美莉高中毕业后，在一家旅店当服务员，活儿不累。商家老太太嫌这个服务员是伺候人的下人，催她上夜大，混个文凭，跳出服务员这个行当，起码当个部门的头头，大小属于管理人员。她不乐意，对商家老太太说："我读书都读腻了，一看见书比看见了肥肉片子还腻，你还让我读书！你饶了我行不行？"商家老太太知道她不是读书的料，强扭的瓜不甜，不再强求，只是叮嘱她："那得说好啦，提前打好预防针，你可不准那么早搞对象，像你大姐一样，早早就把自己给贱卖了出去！"

那时，商家老太太不知道她这个宝贝闺女读高中的时候，就已经搞上了对象。这么一个漂亮姐儿，在学校里引人注目，少不了男生追。但是，她学校里那些追求她的男生，她一个也没看上，偏偏看上了我们大院里的玉石。这事我早就知道了，别看玉石比我大三岁，玉石却不瞒我美莉和他要好的实情。他们两人同岁，同时考入的高中，玉石学习成绩好，考入了市重点汇文中学，美莉只考入了二十九中。

那时，商家老太太一门心思希望她这个宝贝闺女能考上大学，就让美莉找玉石补课。玉石学习好，在我们大院是出了名的，商家老太太相信近朱者赤，近墨者黑的老理儿，她希望自己这个宝贝闺女能受点儿玉石的影响，把学习成绩提高点儿。商家老太太做梦也没有想到，自己的宝贝女儿找玉石补课，一来二去的，没看上玉石的学习，却看上了玉石的人。一个如花似玉的女孩整天簇拥在自己身边，用一双水汪汪的大眼睛看着自己，频频放电，玉石能无动于衷吗？

玉石家穷，美莉更是动了恻隐之心，像童话里的公主与贫儿，千方百计地释放她的救助爱心。少女的爱心一旦泛滥，哪里阻挡得住。我知道的，就有一次，玉石一直想买本物理课外参考资料，手头儿紧，又不敢向他妈要钱买，美莉知道了，特意到大栅栏路北的新华书店，帮助玉石买了这本书，送到玉石的手里。玉石喜出望外，欣然接受，成了他形影不离的宝贝。无论男女，只要是送去了、接受了这一份礼物，就算是让彼此的关系走近了一步。甭管这礼物是什么东西，轻重贵贱都在其次，都是向对方敞开了心思的一种象征。再说，又是这么一个漂亮的女生，像只花蝴蝶似的，愿意跟在自己的屁股后面，玉石当然是不会拒绝的。都说女追男，隔得就是一层纱，一点儿没错，即使那么聪明又那么矜持的玉石，也难过美人关。

等商家老太太发现自己的宝贝女儿和玉石好上这件事情之后，生平头一次抽了女儿一记耳光，然后大声骂道："你贱不贱呀你？我看你比你大姐还要贱！他玉石家是什么家庭，穷得屋里除了耗子之外都没有一件带毛的东西了，你就这样分不出轻重好歹来？"

商家老太太这样恶毒的话，先是传到了玉石妈妈的耳朵里，她对儿子说："你听妈一句话，谈女朋友，不是你现在要做的事情。你现在要做的事情，就是考大学。你考上一个好大学，让那些瞧不起你也瞧不起咱家的人瞧瞧。到那时，你要找的女朋友，会排着队任你挑！"

开始，玉石反感妈妈这样的劝说，他对我讲过，我也觉得他妈自尊心固然强，但这样说确实有些过。不过，我更看得出来，玉石对美莉真的动了心，他是有点儿舍不得和美莉分手。

但是，这样一件事情发生后，玉石主动疏远了美莉。那是个星期天，玉石和美莉都偷偷地瞒着家里，跑到国子监的首都图书馆去看书。一看看了一下午，等人家闭馆了才回家。回到家里，天都黑了。平常进我们大院，他们两人有点儿做贼心虚，都是一前一后分开的。这一天，他们心想，反正天都黑了，谁也看不见，就并排地走进了大院。刚进大门洞，撞见了我，我是专门跑到这里等他们的。见到他们两人肩并肩地走了进来，忙对他们两人说："千万别一起回家了，你们两人的妈，可一直都等着你们回来和你们算账呢！"我还没敢告诉他们，下午，这俩妈已经当面锣对面鼓地吵了一架。美莉妈伶牙俐齿尖酸刻薄，玉石妈哪里受得了？那么老实的一个人，忍不住也反唇相讥，更恨自己的儿子不争气，偏要和一个这么恶毒的老太太的女儿好。

听了我的话，玉石让美莉先回家，自己则留下来和我说会儿话。谁想到，美莉刚走出大门洞，就看见她妈横眉立目地站在那里了。而玉石的妈已经三步并作两步地走进大门洞，怒气冲冲地站在了玉石的面前，伸着不住哆嗦的手指指着玉石的鼻子，想说什么，一时又说不出来；想抽儿子嘴巴子，又伸不过来巴掌，气得一下子蹲在地上哭了起来。倒是商家老太太不管不顾地大喊大叫了起来，连美莉带玉石卷在一起，一个劲儿地骂。她那纸糊的驴大嗓门儿，惊动了院里不少的街坊，纷纷跑出来看热闹。

穿过大院那么多街坊芒刺般的目光，玉石回到家，他妈才缓过气来，抹干了眼泪，指着镜框里玉石爸爸的遗像对玉石说："你要是对得起你死去的爸爸，立马把这事给我断利索，断干净了，不能洒汤漏水！"

玉石对我讲起当天晚上他妈的这番话，脸色阴沉沉的。我猜得出来，比他妈这番话更刺疼他的心的，是他爸爸的遗像，他爸爸的目光一定让他想起很多比美莉更重要的事情。他爸爸的目光，帮助他下定了决心。和他爸爸性格一样，他是个想好了就不会再回头的人。

美莉似乎没有玉石那样决绝的心，尽管她妈比玉石妈要穷凶极恶多了，但是，少了玉石爸爸的那一张遗像。骂挨过了，打也挨过了，美莉记吃不记打，一直到玉石考上大学，还找过他。玉石明确地拒绝了她。她不死心，她笃信铁杵磨成针的古训，笃信女追男隔层纱的俗语。她特意买了支英雄牌的 24K 金的金笔，托我送给玉石。那是美莉领取了她第一个月的工资后，专门到前门大街的公兴文具店里买的。那时，我们用的都是铱金钢笔，谁用得起金笔呀。在我们大院里，只有翻译老孙头儿几个特殊人物，才用得起金笔。说老实话，如果不是看到这支金笔，我真不想管这事。可它是支金笔呀，出这样大的血，怎么说也是一片心意。

星期天，玉石从学校回家，我找到玉石，把笔转交给他，没想到正好让刚进门的他妈看见了。他妈向玉石和我问明这笔是怎么回事之后，拿起笔，转身就找到商家，把笔交到了商家老太太手里，对老太太甩下一句："这可是你闺女上赶着送我儿子的笔，我们可没那么贱！"气得商家老太太的脸立马就挂不住了，蕴了一肚子的气，等美莉下班回家后，统统发泄了出来："我看你不仅是贱，还倒贴呢！你还是我女儿吗？你趁早管人家叫妈去得了！你送什么不好，你居然还上赶着送人家笔！你怎么……"嘴上没了把门的，像开了闸的洪水，一通数落，风卷残云地这个骂，骂得越来越难听，满院的街坊都听得真真的。

这一次，在商家老太太和玉石妈的共同反对下，玉石和美莉的爱，终于昙花一现。没过多久，玉石和他妈搬了家，其中原因之一，就因为这件事。玉石妈不希望玉石和美莉藕断丝连，旧情复燃，希望斩草除根，一了百了。

玉石搬走之后，美莉的情绪格外失落了一阵子。不过，很快就云开雾散。漂亮的女人是不愁爱情的。中学时代的爱情，往往是美莉这样的女人的练功房，让她有了经验的打磨，步入舞台之后，一下子可以如鱼得水，功夫尽显，而仪态万方。

只是，商家老太太有了玉石和女儿的这个教训之后，有点儿像惊弓之鸟，生怕这个宝贝女儿重走她家老大的老路，未雨绸缪，已经先女儿一步下了笨篱，给美莉介绍了个对象。人长得仪表堂堂，军事学院毕业，海军中尉，在北京军事研究机构做科研工作。商家老太太故作几分神秘的样子，下巴挑了挑，对我们大院里的街坊们说："工作单位是保密的呢。"商家老太太把人带到她家，出入我们大院的时候，眉梢上都带着几分得意。我们都看到了这海军中尉，不说别的，仅论长相，真比玉石要强。我心里替玉石长叹一口气，希望只是商家老太太的一厢情愿，美莉没有相中这个海军中尉。

商家的三女儿叫嘉莉，比我小一岁。她不怎么爱说话，比起活泼的二姐美莉，她就像一个扎嘴的闷葫芦。美莉没有考上大学，商家老太太把希望寄托在她的身上，对她管教得格外严。她高中考入了女八中，是所好学校，就是离家有些远，商家老太太做主，让她爸爸在女八中附近租间房子，陪她住，这样可以节约上学放学来回跑路的时间，一门心思用在学习上。可见，商家老太太对嘉莉下的功夫和寄托的希望。商家的事，从来都是老太太说了算，商先生只有唯命是从，很快就找到了住房，带着嘉莉住了过去。别说，嘉莉比美莉要争气得多，据说，学习成绩在班上一直名列前茅。

自从嘉莉上了高中，我和她见面的机会不多。其实，即使她上高中不是住在外头，还是住在我们大院，我们见了面，话也不多。她天生就不是那种爱说爱笑的人，自从她家搬进我们大院里，她就不合群。特别是她的妹妹曼莉投河自杀后，她就更是愿意一个人独来独往，不仅不大和我们一群孩子说话，就是跟她家里的人也不多言多语，和她二姐美莉的性格完全不同。

她家里连老带少那几个人，我对她的感觉最好，因为看得出来，曼莉的死，对她的触动最大，她的表现和她全家人不一样。曼莉下葬那天，我看得很清楚，她家里所有的人都铁青着脸，唯独她悄悄地抹眼泪。而曼莉曾经养过的指甲草，她一直养着，在她和她爸爸搬到学校附近的房子去住的那天，我看见，她把那盆指甲草也拿走了。那天，商家老太太冲着她喊："一盆破花，拿走干吗？分心，影响学习！"她没理她妈，还是把指甲草带走了。

嘉莉读高二那年，我读高三，"文化大革命"爆发了。学校不上课了，高考制度被废除了，大学没法子考了，嘉莉和她爸爸搬回我们大院住。我看见，她把那盆指甲草又带了回来。她是个细心的人。我也看见，她的脸色不大好，以为和我一样，都是为没法考大学了而忧愁不安。

其实，除了这一点原因之外，还为了她自己家的事。她家和"文化大革命"一起闹腾得不消停。比嘉莉先一步回家的，是她大姐玉莉。那是"文化大革命"爆发之前的春天，她大姐回到了北京，就已经埋下了定时炸弹。开始，她家都以为她调回北京工作了，都为她高兴。后来，明白了，她大姐调回北京倒是调回北京了，但是，她是离婚之后才找到的这个对调的单位。她已经离婚有两年多了，一直没有告诉家里，两个孩子中的老小跟着她，这具体的情况，家里更是一无所知。等她和她妈她爸说明情况，是到了新的工作单位报到之后的事情了。商先生没有说什么，商家老太太气疯了，大骂一顿，光解气却改变不了已经离婚的事实。听完她妈这一通解气的大骂之后，玉莉回下花园一趟，把孩子接了过来。原来以为单位会有职工宿舍，来了一看，没有，只好带着孩子住进家里。这最后的落脚点，更是让商家老太太怒火冲天。

也难怪商家老太太发怒，商家一下子拥挤不堪，掰不开镊子。那时候，商家二姐美莉也刚刚结婚半年多，部队没有房子，小两口住在原来老疙瘩曼莉曾经住过的水房里。这会儿，老大玉莉带着个孩子又回来了，往哪儿挤？只有让她带着孩子住嘉莉那间屋。现在，大学没法子考了，老三嘉莉跟着她爸爸又回来了，怎么办吧！一家子糗甜面酱了！只好让嘉莉挤进商家老两口住的那一间，搭一张折叠床了。商家老太太能不气不急吗？偏偏嘉莉没眼力见儿，把那盆指甲草还搬进了屋子，摆在了窗台上。商家老太太本来就看着什么都不顺眼，她一把把这盆指甲草扒拉到地上，骂了句："人都住不下呢，还弄来这么个不长眼的玩意儿！"骂着，又上来使劲踢了两脚，花盆粉碎，指甲草也零落一地。

商家自己挠头的事情多了起来，商家老太太消停了许多，不像以前东跑西颠的那么爱咋呼了。

谁想到"文化大革命"像着了火似的，越来越热烈，特别是进入了红卫兵大疯狂的"红八月"之后，抄家成风，批斗成风，商家老太太像打了鸡血一样亢奋，又闲不着了，像只跳蚤，开始上蹿下跳。几乎天天都能看见她和红卫兵在我们住的那条街上呼风唤雨，她带着红卫兵今天闯进这家院子，明天闯进那家院子。她带着红卫兵闯进我们大院，是迟早的事。我们只是猜想着，谁家会是第一个遭殃的。谁也没有想到，她带着红卫兵抄了我们大院前院老梁家。

在我们大院里，老梁不显山不露水，上班走下班回，忙得我们几乎很少看见他的人影。他就是副食店采购部门的一个小头头，芝麻粒大的一个官，根本算不上走资派呀。我们都很奇怪，等看到大院门口的墙上商家老太太写的大字报，我才知道，原来老梁解放以前是个资本家，还娶了一个年轻的小媳妇。当时，年轻的小媳妇在有的人眼里就变成了语义含混的小老婆。这样的词语出现在墨汁淋淋的大字报上，就一下子非同小可，"资本家"和"小老婆"这样两个词，便足以成为戴在老梁头上的两顶帽子，成为揪斗他的充足的证据。老梁立刻像魔术里的鸡变鸭一样，变成了商家老太太说的那个"十恶不赦"了。

其实，关于老梁过去的这些事情，大院里很多人都清楚，我也隐隐约约地知道一点儿。老梁以前不过在前门布巷子开过一家小的绸布店，抗战一爆发，绸布店经营不下去，被迫关了张，还欠了一屁股债。没办法，只好把原来住的草厂二条的小四合院卖了抵了债，搬进我们大院，住了这一间北房。先在我们大院对门的泰山永油盐店里当账房先生，后到兴隆街的副食店。至于他的小媳妇，不过是比他小十几岁罢了。在大字报中，商家老太太故意夸大这个"小"字，让红卫兵也让我们大院里一些不明真相的人们误以为是老梁娶的一房姨太太。在当时，"小老婆"这个词儿，就足可以置人于死地。

就是商家老太太的一张大字报，就是老梁过去的绸布店，让老梁连带他的老婆一起遭殃。过去的绸布店，也是资本家开的；过去的资本家，也是资本家，死老虎也是老虎。不用再说什么了，就这一顶帽子，足够抄家批斗的理由了。老梁的倒霉不仅在于被抄家和被批斗，这一年的年底，冬天最冷的时候，老梁老两口被扫地出门，遣返回乡。更令我们大院里的人们瞠目结舌的是，魔术里鸡变鸭的现实再一次发生了，老梁住的那间宽敞的大北房，一下子变成了商家老太太的。这样魔术一般的变幻结果，成为我们大院里"文化大革命"期间的伟大成果之一。

老梁这间北房，成为"文化大革命"给予商家老太太这个街道积极分子最大的红利。她把占领的这间北房，就那么理所当然地交给二女儿美莉和那个海军中尉住。其实，"文化大革命"之前，部队的军衔就取消了，但商家老太太在街坊面前还是爱这么叫她这位二女婿"海军中尉"。街坊们便也跟着她这么叫，不过，背地里，街坊们叫完"海军中尉"之后，会立刻撇撇嘴。有多嘴的街坊会在撇撇嘴之后，找补上一句："在她家中尉就是最大的官呢！"看着她理直气壮地站在老梁这间北房前的高台阶上，挥着胳膊叫喊："资本家怎么可以住这样好的房子，却让我们的亲人解放军住水房？"街坊们有些气不忿儿①，在心里不住地撇撇嘴。

她家美莉和那个海军中尉搬进老梁家的北房之后，她家大姐玉莉搬到水房住，嘉莉又回到原来自己的屋子。只是人家老梁老两口被赶回到了山西临汾的农村老家。

平常的日子里，在我们大院那些形形色色的人物中，尽管老梁不显山不露水，但他是个见过点儿世面的人。尽管一辈子没有大富大贵过，开的绸布店也没法和瑞蚨祥相比，但毕竟也做过买卖，置办过房产，周旋过各类衙门，见识过各种嘴脸，而且，从老板到伙计一落千丈地没落过，乃至一贫如洗，落魄的凤凰不如鸡，世态炎凉都经历过。所以，对这样突如其来的变革，似乎没有太多的哀伤，甚至看不出任何的表情，也许，都藏在心里了吧。那时，我们都还小，认识不到江湖的水深和风波的险恶。他离开我们大院之后，再也没有回来过，我们大院的好多街坊，现在一提起商

---

① 气不忿儿：方言。看到不平的事，心中不服气。

家老太太，便会说起老梁。

其实，老梁完全可以赖在北京先不走，资本家多得是，比老梁大的资本家也多得是，不走的更是多得是。老梁还是太老实了。马善有人骑，人善有人欺，这话一点儿不假。老梁走后没几个月，春节刚过，冬天还没有结束的时候，商家出事了。

那天，我从学校回家，还没进大院，就看见门口的墙上贴着一张大字报，写的内容是揭发商家老先生解放以前给日本鬼子干过事，在日本银行里当过襄理。在当时，这就等于是汉奸呀！再往下看，让我倒吸一口凉气，原来人们传说的她家老闺女曼莉真的是他的私生女。在当时，这就等于是流氓呀！这样的双料问题，等于抛出的两颗炸弹，足以让商家遭受灭顶之灾。

看到大字报最后的署名，更让我大吃一惊，简直不敢相信自己的眼睛，竟然是商家的三女儿嘉莉！

说实在的，在当时，大义灭亲，并非什么惊人之举。之所以让我吃惊，并不是因为嘉莉的大义灭亲，她让我刮目相看，是她和她的两个姐姐不大一样，和她的妈妈更不一样，多少表现出她的正直和正义。而且，也多少替老梁出了口气。在当时，别怪我狭隘，我就是这么想的，很多大院里的街坊也是这么想的。尽管这些话都不敢说出来，但是，人心从来都是从善恶有报这样最传统的观念出发，由此来判断人好人坏的，和当时漫天席卷的革命的高头讲章有些背道而驰。

嘉莉抛出了这两颗炸弹，不仅让商家老先生在单位挨批斗，更让商家老太太立刻威风扫地。这两颗炸弹在我们大院爆炸的直接后果，是商家二闺女美莉的海军中尉丈夫提出和她离婚，然后是美莉从梁家那间北房灰溜溜地搬了出去。说心里话，这样变化迅速又莫测的结果，是我们没有想到的，但我们好多孩子和好多街坊，都有些幸灾乐祸。

这一年的冬天再次到来的时候，开始了上山下乡运动，我们大院里第一个走的，是嘉莉。她报名去了吉林哲里木盟（今内蒙古通辽市）插队。尽管我们对商家老太太很反感，但对嘉莉，尤其是她贴出那张大字报之后，还是充满了好感，而且，当时还很敬佩呢。甭管什么样的大义灭亲，都需要有点儿与众不同的勇气，更何况她的大义灭亲，让我们多少有点儿钦佩，也有点儿解气。因此，尽管在她贴出大字报之后，她和她妈妈都抬不起头来，我们对她还是一直充满了同情。这一年的年底，她去吉林插队，离开我们大院的时候，我们几个孩子，都送她出了大院的大门口。她走了老远，回过头来，向我们招了招手。

嘉莉去了哲里木盟之后，商家没脸再在我们大院住下去了，很快就搬了家。从此以后，我再也没有见过嘉莉跟商家的任何一个人。

前几年，听老街坊说，见过一次嘉莉。那时候，西河沿的劝业场还没有关张，老街坊是在劝业场里碰见嘉莉的，她身边带着一个十多岁的男孩子。她也离婚了。在哲里木盟插队时，她和当地的一个牧民结婚，知青大返城的时候，离了婚，自己一个人带着孩子回到北京。

谁也没有想到，商家四个女儿，自从老四曼莉死去之后，这三个女儿最后的命运竟然都是离了婚。事过境迁之后，有老街坊挺同情商家这几个女儿的命运的，也有老街坊说，都是她家老太太作的，让几个闺女替她受过呢！

现在想想，那真的是一个扭曲的时代，扭曲的不仅是人的历史和精神，更是人的心灵。扭曲的不仅是上一代人，也是我们这一代人的历史、精神和心灵。

水房前的指甲草

　　我们大院，有一个水房。我猜想，它肯定不是最早设计的时候就有的，而是民国时期北平城有了自来水后建的。水房在我们大院中间的院子里，这个中院，是我们大院前、中、后这三个院落里最大的一个院子。据说，之所以特别宽敞，有别于一般三进三出的四合院的格局，是因为有前清时期留下来的三棵老枣树，中院的格局与大小，是以这三棵老枣树为中心设计而成。这个中院建的另外一个特别之处，是东西两侧厢房各多出一间房子，分别是当年的水房和厨房。老格局的厢房，都是一溜儿三间，不会是四间的。这证实了我的判断，水房是后建的没有问题。为了对称，在建水房的时候，在西边建了一间厨房。幸亏中院大，多盖出的东西两间房，一点儿也不显山显水，以为最早就是这样盖的呢。也正因为中院大，水房才建在这里。

　　我小时候，水房还是作为水房用的。一条水管子有个弯头，前后接出一截儿，一头在水房里面，一头在水房窗户外面，各有一个水龙头。天冷的时候，外面的水管子冻住了，可以到里面去接水。天暖和的时候，屋里屋外两头都可以接水。为此，水房前后各有一扇门。我们家就是要从外面的门进水房打水。水房成为我们大院里的客厅，人们在打水的时候，可以站在水房内外聊天。

　　最早大院住户不多的时候，水房这样两个水龙头就够用了。后来，搬进来的人家多了，水房常常人满为患，打水的人们挤成一团，便在三个院子和东西两侧各装上了一个新的水龙头。房子不够住后，水房便成了住房，水龙头只留下了窗外的一头。

我读初二的时候，大院搬进来一户姓商的人家，是和原来住在东厢房中的两间的赵家换的房。因为人口多，两间房子不够住，又租了对面的那一间水房，改造成住房。在我的印象中，我们大院的水房历史自此结束。

商家的先生在银行里做事，太太没有工作。他们有四个女儿，年龄分别相差有三四岁的样子，老闺女比我小五岁。奇怪的是，三个姐姐穿戴都十分漂亮，只有她永远穿一身灰了吧唧的旧衣服；更奇怪的是，他们一家人分别住在东厢房里，只有老闺女住在水房里。那时，水房不仅住老闺女，还被他们家改造成了厨房。

大院里那些好奇而快嘴的大婶和婆婆们私下里议论，说老闺女不是商太太亲生的，是商先生的私生女，所以才遭受如此待遇。也有人说，是因为老闺女长得难看。这个疑团，雾一样，弥漫在商家和大院里，似是而非，好久也没有人弄得清楚。

我私下将她与她那三个姐姐对比，她是长得有些难看，瘦小枯干，面色蜡黄，像根豆芽菜。但她有个好听而洋气的名字，叫曼莉。她家人真会起名字。

那时，她上小学三年级，上学背着一个洗得都褪了色的蓝布书包，像贴在屁股后面的一块褯子布①；放学回来，放下书包，就系上围裙，开始干活儿。她妈妈总是颐指气使地让她干这干那，她爸爸在一旁，屁也不敢吭一声。这么小的年纪，干这么多的活儿，有时候她妈妈还嫌她干得不好，举手就打，简直比保姆还不如。街坊们没少这样骂商家两口子。最让人看不过去的，是晚上睡觉，让曼莉睡在厨房里不算，还没有床，只能睡在吃饭用的小石桌上，连腿都伸不开。

曼莉是他们家的灰姑娘。

曼莉很少和我们一起玩，也很少和我们说话。因为她总是在干活儿。

① 褯（jiè）子布：小儿尿布。

我们也很少见到她和她姐姐们一起玩，或一起说话，好像她们没有一点儿血缘关系，只是陌生人。即使是陌生人，见了面也应该打个招呼吧？但那三个姐姐只会像她们的妈妈一样，像吆喝一条狗一样吆喝她，指挥她替她们拿这拿那的。当时，我真的非常奇怪，这几个姐姐怎么和她们的妈妈是一个模子里刻出来的一样？即便她真的是一个私生女，就该是她的原罪要惩罚她到底吗？那时候，我刚刚读完美国作家霍桑的小说《红字》，心想那是她们刻在她脸上的红字，成心要羞辱她。她却是那样逆来顺受，好像一切就应该这样。

曼莉唯一的爱好，是养了一盆指甲草，说是盆，其实就是她家一个打碎了的腌菜罐子。这种草本的花，很好养活，埋在土里一粒花籽，几场雨后，一夏天就能开满星星点点的小红花。小姑娘都爱用捻碎了的指甲草涂在指甲上臭美。曼莉也不例外，用指甲草染红自己的指甲，却被她妈妈看见，劈头盖脸骂了她一顿，非逼着她洗掉。而她的姐姐们十指涂抹得猩红猩红的，却不见她妈妈有任何反应。

我们大院的孩子都替曼莉鸣不平，也曾经大义凛然地联名写信告了曼莉妈妈一状。在信里我们说起码几个姐妹应该一视同仁，不应该让曼莉再住在水房的小石桌上。夏天还好，冬天睡在上面多凉呀！

在那封信上，我们每个人郑重其事地签上了自己的名字，然后把信寄到了派出所。没过几天来了一个女警察到她家。那一天，我们都很兴奋，等待着信能像一枚爆竹爆炸，蹿起冲天的烟火，可以好好教育教育这个恶老太太。那个女警察在商家待了好长时间，天快擦黑的时候才走。我们看见商家老太太跟在女警察的屁股后面，屁颠儿屁颠儿的，恭恭敬敬地一直把女警察送出大院的大门。

第二天，这个恶老太太就站在水房门口，撂着脚地大骂："谁家的孩子有人养没人管，狗揽八泡屎，跑到老娘头上动土……"

后来，警察不来了，事情不了了之，她家形势依旧。曼莉依然住在水房里，睡在小石桌上。

那时，我们还是孩子，哪里肯甘心，警察来了，还这样嚣张！我们一帮孩子夜里常爬上房，踩她们家的屋顶，学猫叫，吓唬她们。要不就是看见曼莉的妈妈要上厕所了，我们提前钻进厕所里，关上门，让她着急，再怎么拍打厕所的门，我们就是不开。我们大院里，就这么一个公共厕所。我们管这种方法，叫作"憋老头儿"。以前，我们都是"憋老头儿"；"憋老婆儿"，这还是头一次，憋得我们特别开心解气。那时候，我们就是这样的可笑，忍受着大人们的骂，无能为力，又想替天行道，只能干这样可笑的事情。

对于曼莉，我们都是同情她的。那时，我们常恶作剧地偷走别人家摆在窗前的花呀鞋呀，然后丢到别处，或者干脆扔到房顶上，让人家急得到处乱找。但我们从来没动过一次曼莉摆在水房前的指甲草。有一次，她妈妈嫌弃她的指甲草破破烂烂，把花扔进了垃圾桶。我们捡了回来，重新放在水房的窗前。曼莉看见了指甲草，冲我们笑了笑。那是我很少见到的她的笑脸。

曼莉的这盆指甲草，被她妈扔了好几次，都被我们又捡了回来，气得她妈也没那份耐心和心思再扔了。那时，我的同情心泛滥，觉得自己一腔正义，很想替她出口恶气，也很想找曼莉说说话，但是，我不知道该对她说些什么。安慰一下她吗？轻飘飘的话，打不起一点儿分量。而且，她也总是躲着我们，好像她妈叮嘱过她，不许她和我们来往。她妈一直嫉恨着我们曾经给派出所写过告状信。我只看见，每年曼莉都种指甲草，那盆指甲草每年都开得挺红火的。曼莉唯一的乐趣，就都在那盆指甲草上了。

我刚上高一那一年的秋天，一天放学，突然听到曼莉死了的消息，说是从护城河捞上来她的尸体，全身都被水泡肿了。

我真的很吃惊。护城河离我们大院很近，穿过北深沟，或者穿过三中心小学东边的小道，没多远，就走到了。那时候，曼莉在三中心读小学还没有毕业。她可能放学之后就是顺着这条小道跑到护城河边的。那天晚上，我一个人顺着三中心小学东边的这条有些弯弯曲曲的小道，跑到护城河边，想着曼莉是从这里纵身一跃跳进了河水里，心里很难受。她还那么小，怎么有这么大的勇气，跳进了秋天已经很凉的河水里了呀！

除了母亲的死，这是我童年少年时期见到的第一个死亡。母亲死的时候，我的年龄还小，记忆并不深刻。这一次，曼莉的死，正值我有些多愁善感的青春期，记忆特别深刻。在我的记忆里，除去我的母亲，这是我们大院里第一个死去的人。死去的如果是寿终正寝的老人，也算不得什么，死去的是一个还在含苞待放的小姑娘呀。很长一段时间里，我的眼前总会浮现出曼莉的影子。走过水房前，我的心里会涌出一阵伤感和愤恨。

全院的人，谁也不知道曼莉是为什么而死的，但谁又都清楚曼莉是为什么而死的。我们大院的孩子们，对商家一家尤其是老太太充满了憎恶。谁知他们一家却跟什么事情都不曾发生过一样，没过多久，便在水房边上又盖起了一间房，把水房里一切曼莉用过的东西，包括那张小石桌和那盆指甲草全部扔掉，然后重新装修一番，在地上墁上了方砖，作为他们家的客厅。那时候，她的二姐正和一个海军中尉搞对象，天天晚上在里面跳舞。舞曲悠扬中，他们不觉得曼莉的影子会时时出现，睁大了眼睛瞪着他们吗？

第二年的夏天，水房的窗缝儿里冒出了一株绿芽，几场雨过后，很快就长大，竟然是指甲草，一定是原来那盆指甲草的种子落在了窗台的泥缝里。看见那小红花开出来，我的心里无比伤感。我永远不会忘记风中那一株指甲草瘦弱单薄的样子，它像一根针深深地刺疼了我。那天的黄昏，趁他们家没人，我狠狠地扔了一块砖头，砸碎了水房的窗玻璃。碎玻璃碴子溅在指甲草上，星星点点，在夕阳下反着光，像眼泪。

老钟和他的爬墙虎

老钟，其实不老，这是他自己对自己的称呼。他曾经刻有一枚印章，在一枚很软的化石上刻有小篆阴文两个字：老钟。印章，是他自己刻的，用的他爸的修脚刀。这种化石很便宜，二分钱就能买一块。

老钟曾经把我们一帮小孩子招呼到他家，展示过他的这枚印章，他问我们：知道为什么我刻"老钟"这两个字吗？我们谁都不清楚他的真实意思，只觉得他故意装大，倚老卖老，好当我们的孩子王。他接着说：你们知道，古时候，孔老二叫孔子，还有老子、墨子、孙子……好多人都省略了他们的名字，只留下姓，再叫一个"子"字。这是尊称。叫我自己钟子，不好听，好像我成了种地的什么种子一样了。但像叫老子一样在前面加个"老"字，既好听，又有古意。你们觉得是不是？那时，我们都还小，听他这么云山雾罩地讲，既觉得他在吹牛，也觉得他挺有学问的。

老钟是个极其聪颖的人，心灵手巧，什么都会。样样把式，都拿得起，放得下。爱好多种多样，像万花筒，总在变幻之中。

老钟家住在我们大院最宽敞的后院的一排东厢房里，足有三大间。他家房的边上就是后院的院墙，沿着院墙往北走一点，便是后院的月亮门，门上镶有梅兰竹菊等砖雕，很漂亮。这一溜儿院墙，便成了老钟施展才华的舞台和园地。他先是沿院墙根儿种了一排的蛇豆。春天，绿绿的叶子爬满墙；夏天，墙上开满淡紫色的小花；到了秋天，长长的蛇豆弯弯地垂挂着，成为我们大院里的一景。

第二年，老钟不种蛇豆了，改种丝瓜，原因是蛇豆不好吃。老钟家是南方人，喜欢吃丝瓜。丝瓜炒鸡蛋，有黄有绿，常是他们家夏天和秋天里吃的菜。端在他家的房前，坐在院子里的小桌旁吃，逗我们的馋虫。

后来，老钟又不种丝瓜了。他对我们说，丝瓜蛇豆都是蔬菜，太低级，太俗气。他要玩一个高雅的，改种爬墙虎。这玩意儿，不开花，不结果，但是，从开春到秋末，绿油油的，比丝瓜和蛇豆的叶子都密，都绿，都好看，爬满一墙，连个砖缝都难看见。尤其是到了秋天，秋风一吹，渐渐变红，一直红彤彤地摇曳到冬天，真的成了全院大人小孩都可以观赏的风景，而不再仅仅是为了饱老钟一家人的嘴福。

老钟应该比我大六七岁的样子。我小学还没读完的时候，他已经在读高二了。那是老钟一生最辉煌的一年。这一年，就是他改种的爬墙虎爬满东院墙的第二年。

这一年，老钟的爱好又转移了。他不再热衷于他的农艺，而改为艺术这种真正高雅的玩意儿了。老钟的这一爱好的转移，得从他的姐姐说起。

老钟家里姐弟三人，他下面有个弟弟，上面有个姐姐。他上高二这一年，姐姐已经从航空学院毕业，刚和她同班的一个小男同学结婚。这个男同学是个印尼华侨，他们结婚之后，回过印尼一次，回国的时候，带回一台录音机。当时，在我们大院里，可是个新鲜玩意儿，谁也没有见过。在我们大院里，除了前院当翻译的老孙头儿家里的那台打字机，这是我们见到的第二个洋玩意儿了。它的出现，像给大院带来新奇的风一样，吹得我们一帮孩子整体趴在他家的玻璃窗前，看老钟摆弄这玩意儿。是那种台式的录音机，一个四四方方的小匣子，透明的塑料玻璃里面，转动着焦糖一样褐红色的磁带，薄薄的，细细的，小股的水流一样，缓缓地转动着，声音就在这转动中录进去了。真的让我们感到非常神奇，又非常好玩。

那时候，只要下午没有课，老钟就早早回到家里，像只猫一样，趴在他姐姐这台录音机前录音。他在朗诵长篇小说《林海雪原》，一看我们趴在他家的窗前了，便把我们招呼进屋。有了我们一帮听众，他朗诵起来特别来情绪，一会儿是二〇三首长少剑波，一会儿是小白鸽白茹，一会儿是英雄杨子荣，一会儿是土匪座山雕和蝴蝶迷，一会儿装男，一会儿装女，一会儿变粗，一会儿变细，他不停变换着不同人的声音，煞有介事地朗诵着。我们都屏住呼吸，大声不敢出，只听见录音机里的磁带咝咝转动的声音。然后，见老钟停下朗诵，按下停止键，长舒一口气，我们也跟着长舒一口气，吵嚷着让他赶紧放给我们听听，他朗诵的声音是什么样子的。

从录音机里放出的声音，显得不那么真实似的，仿佛从什么遥远的地方传来，让我们感到神奇，充满诱惑。从那年的冬天开始，一直到来年的春天，老钟姐姐的这台录音机一直放在他家窗前的桌子上，老钟常常像只猫一样趴在录音机前朗诵他的《林海雪原》。我们也都会跑到老钟家，像蹲在电线杆子上的一排家雀儿似的，听他朗诵《林海雪原》。

我们当中好几个孩子受他的影响，也都跟着他学习朗诵，我是其中最迷朗诵的孩子之一。他会让我们对着他姐姐的录音机，朗诵一段诗歌或课文，帮我们录音，然后放给我们听。我们的声音，和老钟的声音，交错着从那台录音机里放出来，就像好几股水流飞溅起不同的水花，成为那些个日子我最快活的事情。盼望着到老钟家对着录音机朗诵，再听录音机里放出的我的声音，比什么游戏都要好玩，常常让我在课堂上走神，想入非非，而在眼前幻化出一些似是而非的幻景。

那时候，北京很时兴了一阵星期天朗诵会。每个星期天，在中山公园的音乐堂，或王府井北口路西的儿童剧院，都有这样的朗诵会。殷之光、曹灿、董行佶、周正、苏民、郑榕、朱琳……一帮名角儿汇集，曾经风靡一时，就像今天听歌星的演唱会。在星期天朗诵会上，我碰见过好几次老钟。我不知道是这样的朗诵会受到了老钟的影响呢，还是老钟受了他们的影响？我只是知道，我非常崇拜老钟，觉得他对着他姐姐的那台录音机朗诵的《林海雪原》，一点儿不比星期天朗诵会上的那些名角儿差。

我佩服老钟，他是我童年和少年时期的偶像。我最初对于文学的爱好，可以说相当一部分源自他的朗诵，让我接触到了那么多的诗歌和小说。老钟确实聪明过人，干什么都有两把刷子。尽管他爸他妈都常数落他，说他干什么都没有常性，三分钟的热乎气儿。但是，朗诵，成为他坚持时间最长的事情。而且，看得出来，在以前他所侍弄的那么多玩意儿里，他最喜欢的，也是他最终选择的，是朗诵。

这一年夏天还没有到的时候，老钟家的录音机被他姐姐拿走了。老钟开始安静下来，天天趴在桌前复习功课。我们知道明年他就要高考了，谁也不再去他家的窗前打搅他。只是第二年过了寒假开学之后，看见他不再埋头读书，而是常常站在他家的窗前，装腔作势地摇头晃脑，又伸胳膊又伸腿地比画，但是，嘴里不出声音。不知他装神弄鬼地在干什么。

我发现，每次在大院里见到他的时候，他的嘴里都含着东西，和他说话，他的声音含含混混的。我问他嘴里有什么东西，他吐出来给我看，告诉我是喉片。那时候，我从来没吃过这玩意儿，第一次见到，奇怪地问他吃这玩意儿干吗，又不是什么糖。他告诉我保护嗓子，我才知道，老钟要考北京电影学院表演系。他从迷上了朗诵，到迷上了表演。他要找的高雅的玩意儿，原来在这儿等着他呢。尽管他姐姐不赞成他考电影学院，他爸他妈更是都不看好他，给他泼冷水，说："我们老钟家的坟头上就从来没有冒过演戏的这种香火！不好好读书学习，净整这些不着调的玩意儿！"他爸他妈心里就想他能踏踏实实地学习，像他姐姐一样考上个正经的大学。在他们的眼睛里，电影学院就不是什么正经的大学。

老钟考电影学院，他们家并没有当回事，但我看得出，老钟是当回事的，准备得很认真。可以说，当时在我们大院里，除了老钟自己，就是我也把这事当成大事的。他一直这么我行我素地坚持着，我挺佩服他的，也祝福他能如愿考上北京电影学院。

老钟初试通过了，这让他有些扬眉吐气。他爸他妈不再说什么了。难得他开始用功，因为笔试需要考电影戏剧常识，外语还得过关。他特意找老孙头儿求教，请老孙头儿帮助他补习英语，还让老孙头儿帮助他借斯坦尼斯拉夫斯基①的书和爱森斯坦②的电影剧本集。他抱着这些砖头一样的厚厚的书，趴在他家窗前的桌子上，整天像啃窝头似的啃这些书。

那时，我挺好奇，指着他抱着的书问他：爱因斯坦和电影有什么关系？

他拍着手里的书笑话我道：什么爱因斯坦，你好好瞧瞧，这是爱因斯坦吗？这是爱森斯坦好不好？

那时，我只知道爱因斯坦，真不知道还有这么一个爱森斯坦，便问他：是爱因斯坦的弟弟吗？

他更笑了：一个德国人，一个苏联人，八竿子都打不着！爱森斯坦，电影蒙太奇理论的发明者！蒙太奇，懂不懂？

那时，我还真的不懂什么叫蒙太奇。老钟在复习他的这一套电影理论的同时，给我上了电影艺术的启蒙课。几年之后，我考中央戏剧学院表演系，很大一部分的因素是得益于老钟。考试之前，我曾经特意找他，向他请教。他是我最早的艺术老师，关于朗诵，关于表演，关于诗歌小说，还有蒙太奇，一切最初的萌芽，都是在他那里悄悄地吐绿，潜移默化在我这幼小的心里。

复试，除笔试之外，还有面试，我看得出他很兴奋，也很紧张，但还是充满希望。面试那天，老钟把自己打扮得油光水滑的，换了件干干净净的白衬衫，早早地就骑着他爸的那辆飞鸽牌自行车，去了北太平庄外的电影学院。那辆自行车是他爸的宝贝，如果不是路远怕他考试迟到，不会让他骑的。

这天上课，我总是有些走神，心里想着老钟的面试，想象着电影学院的面试会是一种什么样子。对于我，表演的面试，总显得有些新鲜，又有些神秘。下午放学回家，老钟还没有回来，就等着老钟回来，听他的消息。

---

① 斯坦尼斯拉夫斯基：一八六三年出生在莫斯科一个富商家庭，一九三八年卒于莫斯科。一八七七年在家庭业余剧团舞台开始演员生涯。是俄国颇具影响力的演员，导演，戏剧教育家、理论家。著有《演员自我修养》《我的艺术生活》等。"没有小角色，只有小演员"是他的名言。
② 爱森斯坦：生于一八九八年，卒于一九四八年。俄国电影导演。在探索电影的特性，挖掘电影各元素的表现潜力，尤其是在电影蒙太奇理论上有重要建树。拍摄有影片《战舰波将金号》《罢工》《十月》《墨西哥万岁》等。论著有《电影艺术四讲》等。

快天黑的时候，老钟才回到家，他把他爸的自行车给撞坏了前车圈，到修车铺修完后才回的家。他就等着他爸下班回来挨骂吧。但是，我看他一点儿也不害怕，得意扬扬的劲儿，情不自禁地在洋溢，满脸泛着红光。下午骑车从电影学院的考场回家，正是这得意的劲儿，让他躲行人一不留神把车撞到马路牙边的树上了。

我问他：考得怎么样？他眉毛一扬，说：没的说！我又问：这么有把握？他眉毛又一扬，说：我这点儿自信还是有的。我让他赶紧说说都考的什么，他是怎么表演的，怎么就有这样的自信和把握？

他告诉我，面试是先要他朗诵一段自选的篇目，他朗诵了《林海雪原》攻打奶头山的一段。这一段他轻车熟路，早在他姐姐录音机前背得滚瓜烂熟，获得考场老师的好评，这从老师的面目表情就看得出来。接着，老师把桌子上的一个墨水瓶递给他，让他以这个墨水瓶为小道具，表演一个即兴小品。这是面试的重头戏。有点儿意思。看得出，他很得意，很满意自己的这个即兴表演。我催他赶紧说说他是怎么弄的这个小品。

我先朗诵了一段陈然的《我的自白书》。然后，他问我：知道我为什么选择这段吗？

我说：熟呗，心里有底！这是当时星期天朗诵会上的名段，殷之光的拿手好戏，耳熟能详。

他说：不仅是熟，是朗诵完"为人进出的门紧锁着，为狗爬出的洞敞开着。一个声音高叫着：爬出来吧，给你自由"这样一段有针对性的台词，我的双眼紧盯着考场里坐在前面一排的老师，停顿了好半天。你知道为什么这时候我要盯着他们停顿吗？

我说：不知道。

这就是艺术了，知道中国画里的留白吗？停顿，就是留白。坐在前面的那一排老师，这时候就是那些冲着我高叫，声称要给我自由，让我从狗洞子里爬出来的人，那些国民党，那些渣滓洞里的坏蛋！我就有了一种现场感。你懂吗？现场感，是表演情境中最重要的，是斯坦尼斯拉夫斯基学说里最重要的。

听着他对我的这番慷慨陈词，知道他还沉浸在白天的面试里呢。我听得有些云山雾罩的。"那你横不能朗诵完这首诗就齐活了吧？老师给你的那个墨水瓶呢？"我催问他，这是考试的关键点。

他瞅了我一眼，颇为得意地说：这就吃功夫喽。道具不论大小，得用得恰到好处，秤砣虽小压千斤，知道吗？我用这墨水瓶里的墨水写好我的自白书，临时把这首诗的最后一句改了一下，朗诵到"让我把这活棺材和你们一起烧掉"的同时，我把手里的墨水瓶朝那帮老师使劲儿地扔了过去。那帮老师都愣在那里了。

尽管我非常佩服老钟面试考场上这样出色的即兴表演，但是，最终老钟没有考上电影学院。事后，我安慰他，是那帮老师没眼光。他却说，还是那个墨水瓶让我倒的霉。我没有处理好！毕竟墨水把人家老师的白衬衫都给染了。

第二年，老钟不甘心，接着考电影学院。这一次，成绩还不如上次，名落孙山，连复试都没挤进去。

因为考电影学院，耽误了高考，老钟最终没能上得了大学。连番两次的失败，让老钟很沮丧，有点儿灰头土脸。他那些多种多样的兴趣爱好，也随之受挫。霜打了的草似的，他变得对什么兴趣都不大了。那时候，高中毕业没有考上大学的人，档案都归在街道，等待着分配工作。在他爸他妈的责骂和催促之下，他整天灰头土脸地跑到街道办事处找工作。有意思的是，这几年他根本无暇顾及的东院墙上的那片爬墙虎，吃凉不管酸，竟越长越茂盛，春夏两季郁郁葱葱，到了秋天，红得更厉害了，满墙像着了火一样。

第二年秋天要开学之前，街道办事处也没有帮助老钟找到工作，还是钟家两口子出的力。钟家两口子都在区政府工作，拉下老脸，求区教育局的人帮忙，才算给老钟找到了一个工作，让他到我们大院附近的长巷四条小学当老师，教语文课。他挺喜欢当这个老师的，他当孩子王也合适。在课堂上，朗读课文，是他的长项，也是他最喜欢的，同时，也最受学生的欢迎。他朗诵的时候，满教室鸦雀无声。他的声音洪亮，会荡漾出教室的窗外，回响在校园里，引来好多老师驻足倾听，堪称学校一绝，给他找回好多青春的回忆。

我们大院有在长巷四条小学上学的孩子，回来以后对我绘声绘色地讲这些情景的时候，我看见站在旁边的老钟的父母脸上笑容绽放。真的，钟老师在我们学校名声可大了！那些孩子很为我们大院出了个老钟骄傲。

他妈和他爸听到后，尽管心里高兴，表面上还是要指着他的鼻子说："别翘尾巴！语文课可不是光会朗诵个课文！"他会反驳道："语文课读写听说四大基本功，第一位的可就是朗读！"

没过几天，那些孩子又带回来关于老钟的新消息。课余时间，老钟组织了个课外的朗诵小组，他负责辅导学生的朗诵训练，还照当时星期天朗诵会的模式，每个星期的周末下午放学之后，也组织一个朗诵会，自娱自乐，颇受学生的欢迎。过新年的时候，他在全校组织了"迎接新年朗诵会"，邀请校长和家长参加，更是大获好评。

举办这场"迎接新年朗诵会"之前，老钟找过我，让我帮着他写一首迎接新年的朗诵诗。那时候，我刚上初三，喜欢上了写诗，要说也是受老钟对着他姐姐那台录音机朗诵的影响，和当时星期天朗诵会的影响，常常会模仿当时颇为流行的一些朗诵诗，比如闻捷的《我思念北京》、贺敬之的《西去列车的窗口》之类，自以为是地涂鸦。老钟知道我喜欢写诗，找到我，是看得起我。我当然乐意拔刀相助。朗诵会那天，老钟也邀请我去他们长巷四条小学参加。现场听到那么多的掌声和他们校长当场对老钟的表扬，我很为他高兴。炉灰渣儿也有放光的时候，更何况是金子呢！

也许，老钟也自认为是金子，但好多人认为他还是个炉灰渣儿吧。很可能是这个原因，导致老钟的婚事一直不顺。老钟自视清高，总有怀才不遇之感，希望在婚姻中找齐。当然，这是事后我对他的理解与分析了。当时的情况，证实了我后来的分析。老钟找对象的标准不是人模样长得漂亮，而是这样两个条件，必须和他有相同的艺术爱好，还有一点致命，他自己没考上大学，却希望找一个大学毕业的人。那个年代，不像现在大学扩招之后，大学生如蝗虫似的遍地飞。找一个大学生，尤其是找一个看中他这样一个小学教师的女大学生，真的难度很大。

老钟后来和草厂九条的一个女体育老师结的婚。至于为什么老钟最后选择了一个体育老师，谁也不清楚。从表面看，老钟以前所坚持的两个条件，这位体育老师一条都不符合。不知道老钟的父母对这个体育老师怎么看，在我们大院的街坊眼中，都觉得这个体育老师配不上老钟。老钟不仅人长得好，关键是多才多艺。多才多艺，虽然不顶饭吃，但是，人们的心里还是喜欢多才多艺的人。我看钟家老两口也没有看得上自己的这个儿媳妇。毕竟是诗书人家，找了这个五大三粗的女人，怎么都觉得，即使青花胆瓶上插的不是孔雀的翎毛，起码得是鸡毛掸子，现在像是插上了一把大扫帚。

完婚之后，老钟两口子就住我们大院老钟家。我常常和这个女体育老师打照面，她长相一般，个子挺高，头发很黑，一双大长腿，一脸笑模样。她教过我们大院里的一个孩子，那个孩子说她是运动队受伤后下来的，原来是练短跑的，所以跑得特别快，学生给她起了个外号叫"二级风"；还有，她上体育课时爱穿一条运动短裤，露出腿上的汗毛特别重，特别黑，学生又给她起了外号，叫作"黑毛腿"。这两个外号，很快就在我们大院的孩子中间叫开了。

老钟听到了，找到我，对我说，告诉那帮孩子，不许再叫这俩外号了！那是你们老师！但是，大院里的孩子谁还听他的，这两个外号，照样满院子里此起彼伏地叫。这样的叫声，常常让老钟很没面子。叫的这帮孩子里，大多已经是新一茬小不点儿了，不是当年我们趴在老钟家窗台前看他对着他姐姐那台录音机朗诵《林海雪原》的孩子们了。一茬茬不停长大不断变换的孩子们，是老钟也是我们成长的参照物。大院还是那样的老，老钟却不再年轻了。

　　老钟结婚是在年初寒假里的春节的时候，小日子还没过半年，这一年的夏天，"文化大革命"爆发。破四旧，立四新，我们大院干的第一件可称之为"革命行动"的事，是推翻了老钟家前这面东院墙。说这是一面资本主义的墙。以前种蛇豆和丝瓜就是应该割掉的资本主义的尾巴，现在又种爬墙虎也是资本主义的闲情逸致。推翻院墙的时候，我们好多孩子都参加了。这还不够，那天推院墙的时候，街道办事处的积极分子非得把老钟也叫来，和大家一起推墙。说这面资本主义的墙都是老钟一手弄出来的，得让他自己推倒这面资本主义的墙，用自己的实际行动和资本主义决裂。街道积极分子给长巷四条小学打电话，我们就在大太阳地里喊着口号，朗诵着语录等老钟，个个跟打了鸡血一样亢奋，一直等到老钟和他的妻子一脸汗淋淋地回来了。老钟和他的妻子"二级风""黑毛腿"，和我们一起推倒了这面院墙，漂亮的砖雕和绿绿的爬墙虎一起纷纷倒在暴土扬尘中。在这样一片暴土扬尘中，我看老钟远不及我们那样亢奋，他的脸是麻木的，他在废墟前站了一会儿，连家也没回，擦了擦脸上的汗，转身就回学校了。"二级风"跟在他屁股后面，也很快离开了我们大院。

　　老钟的命运，并不是在我们大院这面东院墙被推翻时终止的，但老钟的辉煌是以此为标志终止的。老钟显得委顿，甚至有些苍老，原来洪亮的嗓音，也变得有些嘶哑了。想想那一年，他才二十七八岁。

　　这面东院墙上的爬墙虎，我想可能早已经被老钟所遗忘。用自己的手，用我们大院里包括我自己在内曾经那样欣赏并赞扬过他的人的手，一起连墙带爬墙虎拆毁干净，会引起他什么样的感喟，我不知道。我只知道，爬墙虎并没有完全从他的命运中连根拔除。没过多久，"文化大革命"的风暴席卷全城的每个角落，小学校也不能逃脱。长巷四条小学的老师也成立了造反队，从长巷四条小学毕业的学生成了红卫兵，杀了一个回马枪，搅得学校和我们大院一样天翻地覆，不在一所小学校里抓出几个"牛鬼蛇神"，誓不罢休。揪出了校长之后，还需要陪绑的，他们竟然选中了老钟。老钟的课余朗诵小组和周末朗诵会，成为他向学生灌输封资修的罪证；他曾经养过的爬墙虎，也在这时候死灰复燃冒了出来，成为他自己闲情逸致资产阶级思想的来源之一；同时，他还有一个海外华侨身份的姐夫，学生时代就整天抱着从国外买来的录音机不放，更成为他崇洋媚外资产阶级思想的罪证。

老钟，就这样理所当然地成了校长的黑爪牙，陪绑的位置已经预先为他留好了。老钟也真的是够倒霉的。

一晃，五十年过去了。算一算，老钟今年应该是七十多岁的人了。大院人事纷纭，老钟早就搬家，不知搬到哪里去了。去年夏天，我路过长巷四条小学，忽然想起了老钟，他在这里当过老师，便想到这所小学校里，打听一下他的下落。学校总会知道的。谁知我走到长巷四条小学的校门前，看见学校已经变成了拆迁指挥部。而且，大门紧锁，只有拆迁指挥部的牌子挂在门口，校门里面一片凋零，看来作为拆迁指挥部都是以前的事情了，现在它自己也等着拆迁呢。

"棋罢不知人换世，酒阑无奈客思家。"世事沧桑与人生况味的变化之中，还真的有些想念老钟了，想念青春年少时那种无忧无虑、异想天开和纯净得几乎透明却那么易碰易碎的梦想。

表叔和阿婆

北京前门一带多会馆，多是为清朝末年各地进京赶考的秀才修建。事过经年，几番历史风雨剥蚀，当年的书卷气息和墨香早已荡然无存，如今各类小房如雨后春笋般丛生，成为名副其实的大杂院。

粤东会馆便是其中的一座。表叔便是这座大院里的一家。为什么唤他表叔，我们大院里的人，谁也说不出子丑寅卯。几十年来，大院无论男女老少都这样唤他。这称谓透着亲切，也杂糅着难以言说的人生况味。

表叔以洁癖闻名全院。下班回家，两件大事：一是擦车，二是擦身。无论冬夏雨雪，雷打不动。擦车与众不同，他要把他那辆自行车调个个儿，车把冲地，两只轮子朝上，活像对付一个双腿朝天不住踢腾的调皮孩子。他更像给孩子洗澡一样认真而仔细，湿布、棉纱、毛巾，轮番招呼，直擦得车子锃亮，能照见人影儿，方才罢手，然后，再去擦身。他从不挂窗帘，永远赤裸着脊梁，湿毛巾、干毛巾，一通上下左右、斜刺横弋地擦。直擦得身上泛红发热，方解心头之恨一般，心满意足地将一盆水倒出屋，从擦车到擦身一系列动作才算完成，绝对是浑然一体，一气呵成，成为大院久演不衰的保留节目。

年近五十的表叔至今独身未娶。这很让全院的人为他鸣不平。他人缘很好，是一家无线电厂的工程师，院里街坊谁家收音机、电视机出了毛病，都是他出马，手到擒来，不费吹灰之力。偏偏人好命不济，从年轻时起就开始有人走马灯似的给他介绍对象，竟然天上瓢泼大雨，也未有一滴雨点儿落在他的头顶。究其原委，表叔有个缺陷：说话"大舌头"，那说话声儿有些含混。姑娘一听这声音，便皱起眉头，觉得这声音太刺激耳朵，更妨碍交流。

表叔还有个包袱，实际上是他对象始终未成的最大障碍，便是阿婆。院里人都管表叔的老妈妈叫阿婆，这缘由很清爽，老太太是广东人，阿婆是广东人的叫法。自打表叔一家搬进大院，阿婆便是瘫在床上的，吃喝拉撒睡，均无法自理。有的姑娘容忍了表叔的舌头，一见阿婆立刻退避三舍，甚至说点儿不凉不酸或绝情的话。

久经沧海，表叔心静自然凉，觉得天上星星虽多，却没有一颗是为自己亮的，而自己要永远地像一轮太阳，照耀在母亲的身旁。他能够理解并原谅姑娘拒绝自己的爱，包括对自己舌头的鄙夷，却绝不理解更难原谅她们对自己母亲的亵渎。虽然，老人是瘫在床上，但她这一辈子全是为儿子呀！羊羔尚知跪乳以谢母恩，更何况人呢！

街里街坊都庆幸阿婆有福，虽没得到梦寐以求的儿媳妇，毕竟摊上了这么孝顺的儿子。阿婆总觉得自己拖累了儿子，常念叨："都是我这么一个瘫老太婆呀，害得你讨不到老婆！"表叔总这样劝阿婆："我就是没有老婆也不能没有您。您想想，没有您，能有我吗？"表叔粗粗的声音混沌得很，一般人听不大清楚，但阿婆听得真真的，在阿婆听来，那就是天籁。

阿婆故去时，表叔已经五十多了。他照样没有找到对象，照样每天雷打不动地擦车、擦身，只是那车再如何精心保养也已见旧。表叔赤裸的脊梁更见薄见瘦，骨架如车轮上的车条一样历历可数。好心的街坊觉得这么好的表叔，说什么也得帮他找上对象。

只是，表叔的青春已经随阿婆的逝去而逝去，难再追回。他不抱奢望。觉得爱情不过是小说和电视里的事，离他越来越遥远，只能说说、听听而已。但是，好心的街坊锲而不舍，更何况十个女人九个爱做媒，更何况好女人毕竟不只是小说和电影里才有。女人的心最是莫测幽深。有眼眶子浅的，有重财轻貌的，有看文凭像当年看出身一样的……也有看重心地超越一切的。几年努力，街坊们终于没有白辛苦，终于有一位四十多岁的女人看中了表叔。

表叔却坚决拒绝。起初，谁也猜不透，有说表叔二分钱小葱拿一把了，也有说一准是女人伤透了表叔的心。一直到去年，表叔突然魂归九泉，追寻阿婆而去，人们才明白，表叔那时已经知道自己身患癌症。

表叔留下许多东西无人继承，其中最醒目的算那辆自行车，干干净净，锃光瓦亮。

油条佬的棉袄

在我们的大院里，牛家兄弟俩，长得都不随爹妈。牛大爷和牛大妈，都是胖子，他们兄弟俩却很瘦削。尤其是等到他们哥儿俩上中学了，身材出落得更是清秀。那时候，我们大院里的大爷大婶们常常拿他们哥儿俩开玩笑，说，你们不是你妈亲生的吧？牛大爷和牛大妈在一旁听了，也不说话，就咯咯地笑。

牛大爷和牛大妈就是这样性情的人，一辈子老实。他们在我们老街的十字街口支一口大铁锅，每天早晨在那里炸油条。牛家的油条，在我们那一条街上是有名的，炸得松、软、脆、香、透，这五字诀，全是靠着牛大爷的看家本事。和面加白矾，是衡量本事的第一关；油锅的温度是第二关；油条炸的火候是最后一道关。看似简单的油条，让牛大爷炸出了好生意。牛家兄弟俩，就是靠着牛大爷和牛大妈炸油条赚的钱长大的。

大牛上高一的时候，小牛上初一。大牛长得高过小牛一头，而且比小牛长得更英俊，也知道美了，每天上学前照镜子，还用清水抹抹头发，让小分头光亮些。那时候，他特别讨厌我们大院的大人们拿他和自己的爹妈做对比，开玩笑。他也不爱和爹妈一起出门，非不得已，他会和爹妈拉开距离，远远地走在后面。最不能忍受的是学校开家长会，好几次家长会的通知单，他没有拿回家给爹妈看，老师问，就说是爹妈病了。

小牛和哥哥不大一样。他常常帮助爹妈干活儿，星期天休息的时候，他也会帮爹妈炸油条。哥哥的学习成绩一直比他好，在哥哥面前，他总有点儿抬不起头。于是，牛家也习惯了，大牛一进屋就捧着书本学习，小牛一放学就拿起扫帚扫地干活儿。虽说手心手背都是肉，但在我们大院街坊的眼睛里，牛家两口子有意无意是明显偏向大牛的，就常以开玩笑的口吻，对牛家两口子这样说。牛大爷和牛大妈听了，只是笑，不说话。

大牛高三那年，小牛初三。两人同时毕业，大牛考上了工业学院，小牛考上了一个中专学校。两人都住校，家里就剩下了牛大爷和牛大妈。老两口接着在十字街口炸油条，用沾满油腥儿的钞票，供他们读书。

小牛中专四年毕业后在一家工厂工作，每天又住回家里。大牛五年大学毕业后分配在一家研究所，住进了单位的单身宿舍里，再也没回家住过一天。没两年，大牛就结婚了。结婚前，他回家来了一趟，跟爹妈要钱。具体要了多少钱，街坊们不知道，但街坊们看到大牛走后牛大爷和牛大妈都很生气，平常常见的笑脸没有了。要多少钱，牛大爷和牛大妈都如数给了他，但结婚的大喜日子，他不让牛大爷和牛大妈去，怕给他丢脸。

就是从这以后，牛大爷和牛大妈的身子骨儿开始走了下坡路。没几年的工夫，牛大爷先卧病在床，油条炸不成了。紧接着，牛大妈一个跟头栽倒在地上，送到医院抢救过来，落下了半身瘫痪。家里两个病人，小牛不放心，只好请了长假回家伺候。老两口的吃喝拉撒睡，外带上医院，都是小牛一个人忙乎。大牛倒是回家来看看，但看的主要目的是跟爹妈要钱。牛大爷躺在床上一声不吭，牛大妈哆哆嗦嗦气得扯过盖在牛大爷身上油渍麻花的破棉袄说，你看看这棉袄，多少年了都舍不得换新的，你爸爸辛辛苦苦炸油条赚钱容易吗？唯一的一次，牛家老两口没有给大牛钱。大牛臊不搭①地走了，就再也没进这个家门。

牛大爷和牛大妈在病床上躺了有五六年的样子，先后脚地走了。牛大妈是后走的，看着小牛为了伺候他们老两口，连个对象都没有找，心疼得很。但那时候，她的病很重了，说话言语不清，临咽气的时候，指着牛大爷那件油渍麻花的破棉袄，支支吾吾的，不知道什么意思。

---

① 臊不搭：方言。形容难为情的样子。

221

　　将老人下葬之后很久，小牛处理爹妈的东西，看见了父亲的这件破油棉袄，舍不得扔。他拿起棉袄，忽然发现很沉，抖搂了一下，里面哗哗响。他用手摸摸，棉袄里面好像有什么东西。他忍不住拆开了棉袄，棉花中间夹着的竟然是一张张十元钱的票子。那时候，十元钱就属于大票子了。我爸爸行政二十级，每月只拿七十元的工资。这时候，小牛才明白了母亲临终前那个动作的含义。

　　这之后，小牛就离开我们的大院。以后我再也没有见到他们哥儿俩。

　　五十多年的时光过去了，往事突然复活，是因为前些日子，我听到台湾歌手张宇唱的一首老歌，名字叫作《蛋佬的棉袄》。他唱的是一个卖鸡蛋的蛋佬，年轻时不理解母亲，但母亲去世后却发现棉袄里母亲为他藏着一根金条。"蛋佬恨自己没能回报，夜夜狂啸，成了午夜凄厉的调……他那件棉袄，四季都不肯脱掉。"唱得一往情深，让我鼻酸，禁不住想起牛大爷那件炸油条的破油棉袄。

毕业歌

在二十世纪五十年代初期和中期，我们大院里陆陆续续搬进好多新住户。这是我们大院膨胀期的开始，不仅改变了以往会馆居住人口的成分，也改变了以往会馆的建筑格局。在历史的变迁中，地理的肌理随之变化。我们的这座老院的"老"，逐渐被"新"所改变，甚至所替代。可以说，就是从这时候开始，尽管广亮式的大门①还在，二道门、影壁、石碑和院墙还在，但包子里面包的馅是肉还是菜，不在褶儿上，原来的老会馆，渐渐地成了大杂院。

这是一种非常有意思的现象，我没有做过研究，为什么那时候我们大院一下子膨胀出这样多的人家。现在想想，大概和当时的户籍管理没有那么严格有关，不像现在北京户口那样金贵。那时也没有城镇户口和农村户口之分，从外地乃至农村来的人，都可以轻易地上上北京户口，只要到派出所登个记就行了。我生母去世之后，我的继母从河北沧县东花园村里来，就是这样简单轻便地上了户口，那是一九五三年。另外一点，是北京刚解放不久，百废待兴，需要各种人才和劳动力，要不，那么多人来到北京，找不到工作，没有饭碗，光有户口也没用。总之，看着住进越来越多的人家，大院越来越热闹的样子，可以看出那个时代的一点影子。大院的兴旺，就是北京当时兴旺的一种象征，也是人、权、物再分配的一种显示。人口

---

① 广亮式的大门：广亮大门又称广梁大门，古代四合院宅门的一种，属于屋宇式大门，在等级上仅次于王府大门，高于金柱大门，是具有相当品级的官宦人家采用的宅门形式。

的流动是社会血液畅通和生活发展的必然现象。紧随着社会的变化，我们大院的风生水起的变化，在迅速地蔓延，只是人们还不大清楚以后究竟会发生什么样的变化。

那时候，搬进我们大院的好多是从农村来的，都是些出身贫寒的人家。他们大多是底层的普通劳动者，和老师、职员这样的小知识分子。租住的房子，是大院里破旧或其他废弃的房子改建的，房租仁瓜俩枣，没有多少钱。那时候，我们大院的房东，心眼儿不错，可怜这些人，旁人一介绍，就住进来了。

玉石和他的爸爸妈妈住进我们大院，可以说是大院最差的房子了。对于我们大院的住房，有个约定俗成的看法，就是前三个院子的正房为最好，它们两侧的配房其次；再下面，是大院两边的东西厢房；最差的则是东跨院。玉石家的房子在大院的西厢房最里面的把角的一间，为什么大家都说是比东跨院还要差，就因为房子是用以前的厕所改建的。我们大院原来有两个厕所，东西两边各占一个。大院的住户增多，房东想多挣房租，就只留下了东边的一个稍微大一些的厕所，把西边的这个厕所改成了住房。

玉石家是不知道这内情的。我们都知道，大概是心理作用，什么时候到他家去，地上总是潮乎乎的，我总觉得有股子臭味儿，从地底下一阵阵地往上拱出来。后来，玉石家知道了内情，但是，玉石觉得比他们家以前在农村住的好多了，关键是，离学校近，这让他最开心。他对我说过，在村里上学，每天得跑十几里的山路。

玉石搬进来那一年，读小学六年级，来年就要读中学了。这是他家决心从农村搬进北京城的一个主要原因。如果读中学，玉石就要到县城去，那就更远了。玉石学习成绩好，他爸爸说，就是砸锅卖铁，也要供玉石读中学，然后上大学。那时候，上大学，对于我是一件遥远的事情，但和玉石在一起，天天听他和他爸爸这么念叨，便也成为我一件特别向往的事情。

玉石的爸爸在村里是泥瓦匠，心里对读书人高看一眼，信奉的是老辈人传下来的至理名言：书中自有黄金屋，书中自有颜如玉。他教育玉石有两句口头禅，一句是"你爸爸我只念过三年的私塾，要是家里有钱供我，我也能读书读到中学大学，不会当这泥瓦匠"。一句是"吃得苦中苦，享得人上福；小时候吃窝头尖儿，长大才能当大官儿"！这两句口头禅，前一句是现身说法，后一句是要玉石学习刻苦。玉石听得耳朵都起茧子了，要是我早烦了，尤其是什么"吃得窝头尖儿，长大当大官儿"，难道读书就是为了当大官儿吗？好多当大官儿的，并没有读过什么书，就是一个大老粗嘛。这是我当时的想法。不知道玉石怎么想的，反正他爸这么说，他都是毕恭毕敬地听着，也许这耳朵听进去，那耳朵又跑出来了吧？

玉石他爸有手艺，到了北京，很快就在建筑工地找到了活儿。住的房子虽然是厕所改的，一家人的日子倒过得其乐融融，好像只要人到了北京，一切就有了盼头。就是玉石像豆芽菜一样，显得瘦小枯干，虽然比我大三岁多，长得却还没有我高。记忆最深的是，有一次我们房东太太好心地对玉石的妈妈说："你家孩子这是缺钙呀！"玉石妈妈连忙摆手说："我们家玉石不缺盖，家里的被子絮的棉花挺厚的。"这件事，一直到现在，只要提起玉石，大院的老街坊还要说起。

我们大院里好多街坊，都像房东一家关心玉石家，不仅因为两口子待人和气，日子过得紧巴，关键是心疼玉石。玉石学习确实棒，小学毕业以全校第一的成绩考入汇文中学，更是让人们的心偏向玉石。并且，家家都拿玉石做榜样，催促自己的孩子好好学习。我爸爸就是最有代表性的一个，几乎天天对我说："你瞧瞧人家玉石是怎么学的，你得像玉石一样，也得考上汇文！"

三年后，我也考上了汇文中学。玉石又以连续三年优良奖章获得者的身份保送上了汇文高中。这时候，全院开始以我们两人为骄傲。这是一九六〇年的秋天，短暂的快乐，迅速被淹没。自然灾害和人祸一起搅裹，从农村到城市，饥饿蔓延，家家吃不饱肚子。本来就瘦弱的玉石，越发显得骨瘦如柴。冬天到来的时候，玉石的爸爸从工地的脚手架上摔了下来，当场没了气。事后，从玉石妈妈的哭丧中，人们才知道，玉石的爸爸是把粮食省下来让玉石吃，自己尽吃豆腐渣和野菜包的棒子面团子，天天在脚手架上干力气活儿，肚里发空，头重脚轻，一头栽了下去。

玉石是个懂事的孩子，爸爸走了，妈妈没有工作，他不想再上学了，想去工地接他爸爸的班。工地哪敢要他？背着书包，他不是去学校，而是瞒着他妈妈，天天去别的地方找活儿。一直到我们学校里的老师找到家里来了，是他的班主任丁老师，一个高个子教物理的老师，推着辆如同侯宝林相声里说的那种除了铃铛不响哪儿都响的破自行车，从大门口，一直走到西厢房的最里面，自行车咣当咣当地响了一路。

玉石没在家，还在外面跑着找活儿呢。丁老师对玉石妈妈说："玉石学习成绩一直很好，是个读书的材料，这么下去，就可惜了，您要劝劝他。学校也会尽力帮助的。咱们双管齐下好吗？"

玉石妈妈没听懂"双管齐下"是什么意思，等玉石回来，只是一把鼻涕一把眼泪地对玉石说："孩子呀，你爸爸为啥拼着命从村里到北京来？又为啥拼着命干活儿？还不就是为了让你好好上学？你这说不上学就不上学了，对得起你爸爸吗？说句不好听的，你爸爸就是为了你死的呀！"最后，他妈用拳头捶着他的后背，指着挂在墙上的他爸的遗像，让他跪下向他爸发誓。他没有说话，只是扑通一声跪了下去。

玉石又开始上学了。有一天放学，在学校门口，我碰见了他。他显然是在校门口等我半天了。他要我跟着他一起去一个地方，我虽然很敬佩他的学习，但毕竟比他低三个年级，平常很少和他在一起，不知道他要我跟他去干什么。

我跟着他一直走到东便门外，那时候，蟠桃宫还在，大运河也还在，顺着河沿儿，我们一直走到二闸。这是我第一次去这个地方，人越来越少，已经是一片凄清的郊外了。他带着我走到了一个废弃的工地上，这时候，天擦黑了，暮霭四起，工地上黑乎乎的，显得有些瘆人。

他悄悄对我说，你就在这里帮我看着，如果有人来了，你就跑，一边跑，一边招呼我！他这么一说，让我更有些害怕，不知道他要做什么。不一会儿，就看见他从工地上拉出好多钢丝，还有铜丝，见没人，拽上我就跑，一直跑到收废品的摊子前，把东西卖掉。他分出一部分钱给我，我没要。我知道，这也是没办法的事，他妈妈现在给人家看孩子，他是想用这种办法分担母亲的压力。

我们两人就这样联手作案，只要学校下午课少，我们就去那个工地，然后到收废品的那儿换来钱，交给玉石妈。玉石妈问玉石："你哪儿来的钱？"我赶紧替玉石解释："是玉石放学后捡废品换来的钱！"玉石妈说玉石："钱是大人操心的事情，你现在就给我好好学习，对得起你爸爸就行了！"玉石听着，不说话。可是，只要放学没什么事情，他还是拉上我往工地跑。

终于有一天，我们让人给抓到了。虽然是废弃的工地，还有不少建筑材料，也有人看守。玉石拉上我就跑，那人个高腿长跑得飞快，很快就追上我们，一把揪着我们的衣领子，像拎小鸡似的把我们抓到他看守的一间板房里，打电话通知我们学校领人。

来的老师骑着自行车，高高的身影，大老远就看出来了，是玉石的班主任丁老师。那人余怒未消，对丁老师气势汹汹地叫嚷道："你们学校得好好教育这俩学生，明目张胆地偷东西，太不像话了！"丁老师弓着腰，点着头，听那人数落完，把我们领走。他推着那辆破自行车，沿着河沿儿，一路没有说话，只听见自行车嘎嘎乱响，我感到我们的脚步都有些沉重。走过东便门，走到崇文门，在东打磨厂口，丁老师停了下来，对我们说："快回家吧。"然后，他从衣兜里掏出了几块钱，塞在玉石的手里。玉石不要，他硬塞在玉石的兜里，转身骑上车走了。走进打磨厂，路灯亮了，我看见玉石悄悄地抹眼泪。

玉石和我再也没有去工地。学校破例给了他助学金，一直到他高中毕业。一九六三年，他考入地质学院后，和他妈妈一起从我们大院搬走。我不知道他要搬走，他也没告诉我他要搬走的消息。只是有一个周末的晚上，他到我家门口叫我，我出来，他对我说，要我陪他去找一趟丁老师。我知道，对丁老师，他一直心存感激。学校给他的助学金，就是丁老师为他争取到的，帮助他渡过了高中三年的难关。他不善言辞，希望我能帮帮他。我当然很乐意帮忙。

可是，那一天，我们没找到丁老师的家。事先，玉石已经从我们学校打听到了丁老师家的地址，按照那地址，我们却怎么也没有找到。"可能是抄错了地址。"玉石对我说。那天晚上，我们一起回家的路上，繁星点点，明朗的夜空显得格外深邃，可是，玉石的脸上却是灰蒙蒙的，一副失望的表情。我劝他，以后到学校去找丁老师。要不周一上学见到丁老师，我先对他说说你已经去找过他了，转达你对他的谢意。玉石听我这么说，没有说话，明亮的眸子，有泪花闪烁。

没过几天，玉石和他妈从我们大院搬走了。从那以后，我就再没有见过他。"文化大革命"中，听我妈说，玉石来大院找过我一次，那时，他大学毕业，在学校里等待着遥遥无期的分配。可惜，我正和同学外出"大串联"，没能见到他。后来，我才知道，他来找我，是找我陪他一起回学校看看丁老师。那时候，丁老师被剃成了阴阳头，几乎天天都要被我们学校那帮老红卫兵拉到操场的领操台上批斗。我无法想象，玉石和丁老师相见会是一种什么样的场面，又会涌出一种什么样的心情。

前不久，我接到一个从西宁打来的电话，让我猜他是谁。我猜不出来，他告诉我他是玉石。他说他后来在"五七干校"待了几年之后被分配去了青海地质队，一直住在青海。他说他看过我写的柴达木的报告文学，也知道我弟弟在青海油田工作过。他说他一直生活在青海，他妈妈一直跟着他，一直到去世。他说他退休后在学习作曲，而且出过专辑。他笑着对我说："你觉得奇怪吧？我是学地质的，怎么改行了呢？"我说："我是有点儿奇怪，你是跟谁学的作曲？"他说："我是自学的。但也不能这么说，你知道我读高中的时候，教我们数学的是阎述诗老师。"我问："你跟他学的？"我知道阎述诗老师曾经为著名的《五月的鲜花》作过曲。他笑着说："不是。但是，我想阎老师可以教数学又可以作曲，我为什么不能学地质搞勘探又能作曲？"玉石是一个有能力的人，有能力的人，世界在他面前是圆融相通的。

最后，他告诉我，他学作曲，是想为丁老师作一支曲子。那个晚上，丁老师让他难忘，让他感受到世界上难得的理解和温暖。他说，这么多年，只要一想起丁老师，心里就像有音乐在涌动。

我告诉他，丁老师早好多年就已经去世了。他说："我知道了，所以，我想请你把我的这番心思写篇文章好吗？我想借助你的文章让人们知道丁老师。过几天，我会把歌寄给你。"

我收到了玉石作的歌，名字叫《毕业歌》。说实在的，曲子一般，但其中一句歌词让我难忘："毕业了那么多年，你还站在我的面前；那个懵懂的少年，那个流泪的夜晚。"

难忘泰戈尔

对于泰戈尔的《沉船》，我是充满感情的。

第一次读它的时候，我在北大荒，一个荒僻的猪号里喂猪。夜幕降临以后，四周死一样的静寂。

泰戈尔在这本书中所说的"杳无村落、宁静而沉寂的夜晚，好像等待着失约情郎的姑娘，守望着长满水稻的辽阔而葱绿的田野"，我就特别的喜欢，一下子被吸引，一下子记住了，怎么也忘不了，到现在仍记忆犹新。这段话总让我想起北大荒荒原上的那些寂寥的夜晚，还能有比泰戈尔比喻得更贴切、更动人的吗？似乎我和那些寂寥的夜晚都像是在等待着什么，总觉得一定会等来一些什么。到底是什么呢？我说不清，应该就是希望吧。没有把所有的希望泯灭干净，泰戈尔帮我从那黑暗中使劲拽出了最后残存的那一道亮光。

即使现在关于小说里所讲述的罗梅西、卡玛娜、汉娜之间的故事记不大清楚了，记住的只是小说里的一些片段，是弥漫在小说里的一些情绪，但是，其中卡玛娜在月夜的船上看到恒河对岸田野小径上那提着水罐的女人的情景，却总也忘不了。就像是一幅画，没想起的时候，它是卷起来的；只要想起了它，它立刻就垂落在眼前，清晰得须眉毕现。

想了很久，却无法解释为什么会这样。也许，这真是一件非常奇怪的事情，青春时节的阅读，总会情不自禁地跟自己联系起来，混淆了书中和现实的世界。

泰戈尔是这样写的——

　　四周没有任何生物活动的形迹。月亮落下去，长满庄稼的田野小径现在已看不清了。但卡玛娜仍然圆睁着两眼站在那里凝望。她不禁想道："有多少女人曾经提着水罐从这些小路上走过啊！她们每一个人都是走向自己的家！"家！这个思想立刻震动着她的心弦。要是她在什么地方能有一个自己的家就好了！但是，是什么地方呢？

　　卡玛娜对家的想念和渴望，和我那时的心情是多么的相似。在同样月亮落下去的黑暗的夜晚，在比卡玛娜那时还要荒凉的田野上，我曾不止一次呆呆地望向我们猪号前通往队里去的那条羊肠小道。小道两旁长满萋萋芳草，也开放着矢车菊或紫云英之类零星的野花，通过那条小道可以走到去场部的那条土路上去，由此便可以再到富锦和佳木斯，一点点接近家。那时候，我离开北京的家已经三年了，还没有回过一次家。想家的心情，像蛇吐信子一样，时不时地吞噬着我的心。记得有一个冬天的夜晚，新来了一批北京知青，晚上睡在一盘大炕上，突然想家，开始唱歌。一首接着一首地唱，都是老歌，最后不唱了，都哭了。那哭声惊天动地，把我们睡在另外屋子的人都惊醒了，把队长也招来了。怒气冲冲的队长进门就厉声叱问："大半夜的不睡觉，这是怎么啦？"新来的知青回答："想家了！"队长立刻哑炮了，什么也不再说，走了。

　　想家的时候，我总会忍不住想起那些提着水罐在小径上向家走去的女人，让我格外心动，兔死狐悲一般，和卡玛娜一起悄悄地落下眼泪。现在想想，这也许是不可能的事情，是非常可笑的举动，但在当时，我比卡玛娜还要软弱和无助。

　　还是这部《沉船》，当时，我曾经抄录下这样的段落——

　　苍天的光滑的面容上，没有留下一丝烦恼的痕迹，月光的宁静没有被任何骚乱搅扰；夜是那样沉寂，整个宇宙，尽管布满了亿万颗永远在运行的星辰，却仍然得到永恒的安宁；只有人世喧嚷的斗争是永无休止的。顺境也好，逆境也好，人生是一场对种种困难的无尽无休的斗争，一场以寡敌众的斗争。

也许，从这段话里还依稀能够看出我当时的心境，那种远离家，渴望回家，却茫然无措的心情，只有在那些沉寂的夜晚，面对星空黯然神伤。

怎么能够忘记泰戈尔呢？他就像我年轻时的朋友一样，无法淡出记忆之外。

冬夜重读史铁生

史铁生离开我们已经快两个月了。在史铁生刚刚去世时，人民文学出版社出版了他的《我与地坛》，恰逢其时。我想，对他最好的怀念，莫过于认真重读他的作品。

好的文字，从来都是能够保持长久不灭的感情和生命的温度的，其魅力便也在于此。这两个月来，一直在重新读史铁生的作品，我边读边想，再没有一位作家赶得上他一样是在用感情、用心灵、用生命写作的了；我边读边想，他就还在我的面前，还在地坛的一隅。

在《我与地坛》的开篇中，他先是这样写了一段地坛的景物：

四百多年里，它一面剥蚀了古殿檐头浮夸的琉璃，淡褪了门壁上炫耀的朱红，坍圮了一段段高墙又散落了玉砌雕栏，祭坛四周的老柏树愈见苍幽，到处的野草荒藤也都茂盛得自在坦荡。

然后，他紧接着说："这时候想必我是该来了。"

他来了。他去了，又来了。每一次读到这里，我都格外心动。总觉得像电影一样，在地坛颓败而静谧的空镜头之后，他摇着轮椅出场了。或者，恰如定音鼓响彻寂静的地坛古园一样，将悠扬的回音荡漾在我的心里，注定了他与地坛命中契合难舍的关系。当代作家中，哪一位有如此一个和自

233

已撕心裂肺打断了骨头连着筋的特定场景，从而使得一个普通的场景具有了文学和人生超拔的意义，而成为一个独特的意象？就像陆放翁的沈园，就像鲁迅的百草园，就像约翰·列侬的草莓园，就像凡·高的阿尔？

在史铁生的作品里，母亲是一个最动人和感人的形象。母亲四十九岁的时候过早地离开了人世，在《我与地坛》中，有这样两段描写。一段是——

> 摇着轮椅在园中慢慢走，又是雾罩的清晨，又是骄阳高悬的白昼，我只想着一件事：母亲已经不在了。在老柏树旁停下，在草地上在颓墙边停下，又是处处虫鸣的午后，又是鸟儿归巢的傍晚，我心里只默念着一句话：可是母亲已经不在了。把椅背放倒，躺下，似睡非睡挨到日没，坐起来，心神恍惚，呆呆地直坐到古祭坛上落满黑暗然后再渐渐浮起月光，心里才有点儿明白：母亲不能再来这园中找我了。

一段是——

> 有一年，十月的风又翻动起安详的落叶，我在园中读书，听见两个散步的老人说："没想到这园子有这么大。"我放下书，想，这么大一座园子，要在其中找到她的儿子，母亲走过了多少焦灼的路。多年来我头一次意识到，这园中不单是处处都有过我的车辙，有过我的车辙的地方也都有过母亲的脚印。

后一段，体现了史铁生的心地的敏感，从两个散步老人的一句简单而普通的话语里，涌出对母亲由衷的感恩和悔恨之情。敏感的前提，是善感。也就是说，是海绵才有可能吸附水分，水泥板花岗岩，哪怕是再华丽的水磨石方砖，也是无法吸附水分的，而只能让哪怕再晶莹剔透的水珠凭空流逝。缺乏这样善感的心地与真情，使得不少写作成为搭积木和变魔术的技术活儿，或者化装舞会上和摆满桌签的领奖席上花红柳绿的邀宠或争宠般的热闹。

前一段，排比句式的景物描写中几次慨叹"可是母亲已经不在了"都会让我心情沉重。在这样重复的喟然长叹中，那些景物——老柏树、草地、颓墙、虫鸣的午后、鸟儿归巢的傍晚以及古祭坛上的黑暗与月光，才一一都有了意义，这意义便是这一切都附着上了母亲的身影。因此可以说，地坛是史铁生的，也是母亲的，因有这样的一位母亲而让地坛具有伤感无奈却又坚韧伟大的别样情怀。

每次读到这里，我都会忍不住想起史铁生在他的《记忆与印象》中的"一个人形空白"里的一段：

> 我双腿瘫痪后悄悄地学写作，母亲知道了，跟我说，她年轻时的理想也是写作。这样说时，我见她脸上的笑与姥姥当年的一模一样，也是那样惭愧地张望四周，看窗上的夕阳，看院中的老海棠树。但老海棠树已经枯死，枝干上爬满豆蔓，开着单薄的豆花。

如今，重读这一段，我想起史铁生，也想起他的母亲，窗上的夕阳，枯死的老海棠树，老海棠树枝干上爬满的豆蔓，开着单薄的豆花，便一下子都成为母亲那一刻百感交集又无法诉说的心情与感情的对应物，好像它们就是为了衬托母亲的心情与感情，故意立在院子里，帮助史铁生点石成金的。这是怎样的一位母亲呀，可以这样说，如果没有这样一位母亲，就没有史铁生。我说的并不是母亲生养了史铁生，而是说母亲的悲惨命运和与生俱来的气质与情怀，造就了作家的史铁生。我坚定地认为，没有母亲，便没有史铁生的地坛。

由生活具象而思考为带有哲理性的抽象，是史铁生愿意做的，也是史铁生作品的魅力，更是和我们一般写作者的区别。如同真正的大海一步迈过了貌似精致却雕琢的蘑菇泳池，他便从一己的命运扩大为更为轩豁的世界，而使得他的作品融入了思想的含量，不像我们的一样轻飘飘、甜腻腻，或皮相的花里胡哨。他爱说人间戏剧，而不是像我们那样自恋得只会舔自己的尾巴、弄自己的发型、扭自己的腰身和新书的腰封。

在人文社这本《我与地坛》里，最后选的是"想念地坛"。这是一个很好的选择。在这则文章里，史铁生想念地坛里的那些老柏树，他从它们"历无数春秋寒暑依旧镇定自若，不为流光掠影所迷"中，将其品质出人意料地抽象为"柔弱"。他进而说"柔弱是爱者的独信"，"柔弱，是信者仰慕神恩的心情，静聆神命的姿态"。他说："倘若那老柏树无风自摇岂不可怕？要是野草长得比树还高，八成是发生了核泄漏——听说切尔诺贝利附近有这现象。"

由老柏树的"柔弱"，他写到世风的喧嚣，他说："惟柔弱是爱愿的识别，正如放弃是喧嚣的解剂。"之所以由"柔弱"写到"喧嚣"，还是要写地坛，因为地坛曾经可以是销蚀喧嚣回归宁静的一块宝地，一个解剂，"我是说当年的地坛"，他特意补充道。

于是，他由"柔弱"到"喧嚣"，又回到"安静"："回望地坛，回望它的安静。"而如今的"安静"只能回望了，正如地坛只可以想念一样了。因为如今的地坛已经和我们一起卷入喧嚣的旋涡。

可以看出，人生的悖论，世风的无奈，以柔弱对抗喧嚣，以想念回归安静，这是一种怎样的哲思！对于写作，他比我们纯粹；对于生活，他比我们单纯；对于世界，他比我们深入。无论什么样的现实，无论什么样的命运，他利钝不计，操守不易，明不规暗，直不辅曲，一直以这样的心智，和我们，和这个世界对话。

在这篇文章最后，他写道："靠想念去迈过它，只要一迈过它便有清纯之气扑面而来。我已不在地坛，地坛在我。"这两句话，特别是最后一句"我已不在地坛，地坛在我"如一支沉稳的铁锚，将地坛如一艘古船一样牢牢地停泊在新时期文学的岸边，和不止一代读者的心里。

第五章　春天去看肖邦

春天去看肖邦

　　说来真巧，去肖邦故居那天，正好赶上是春分。

　　肖邦故居位于华沙市区五十公里外一个叫作沃拉的幽静小村。车子驶出市区，便是一片开阔的原野，平坦的土地大部分裸露着，还没有返青，到处是一丛丛亭亭玉立的白桦树、一片片的苹果树和樱桃树，油画一样静静地站立在湛蓝的天空之下。再晚一个多星期，田野就绿了，果树都会开花，那样的话，肖邦会在缤纷的花丛中迎接我们了。

　　老远就看见了路牌：WOLA，虽然是波兰文，拼音也拼出来了，就是我梦想中的沃拉。

　　肖邦故居的门口很小，里面的院子大得出乎我的想象。虽还是一片萧瑟，但树木多得惊人，深邃的树林里铺满经冬未扫的厚厚树叶，疏朗的枝条筛下雾一样飘曳的阳光，右手的方向还有条弯弯的小河（肖邦九岁时在这条小河里学会游泳），宁静得如同旷世已久的童话，阔大得如同一个贵族的庄园。肖邦的父亲当时只是参加反对沙皇的武装起义失败后跑到这里教法语的一个法国人，落魄而贫寒，怎么可能买得起这么大的庄园？我真是很怀疑，无论是波兰人还是我们，都很愿意剪裁历史而为名人锦上添花，心里便暗暗地揣测，会不会是在建肖邦故居时扩大了地盘？

　　我想起一八九一年的秋天，也就是在肖邦逝世四十二年之后，俄罗斯的音乐家巴拉基耶夫建议在沃拉建立一座肖邦纪念碑，曾经专门请假到这里来过，但是他已经寻找不到哪里是肖邦的故居了，问遍村里的人，他们甚至不知肖邦是谁。肖邦怎么可能有这么大的园子？真有这么轩豁显赫的园子，村里的人会不知道住在热拉佐瓦·沃拉的人是谁吗？

如今，肖邦纪念碑就立在小河前不远的地方，和故居的房子遥遥相望。那是一座大理石做的方尖碑，非常简洁爽朗。上面有肖邦头像的金色浮雕，浮雕下面有竖琴做成的图案，两者间雕刻着肖邦的名字和生卒年月。

那幢在繁茂树木掩映下的白色房子，就是肖邦的故居了。房子不大，倒很和肖邦当时的家境吻合。如果房前没有两尊肖邦的青铜和铁铸的雕像，它和村里其他普通的房子便没有什么两样。它中间开门，左右各三扇窗子，各三间小屋，分别住着他的父母和他的两个妹妹。如今成了展室，展柜里有肖邦小时候画的画，他在绘画方面很有天分，还有他送给父亲的生日贺卡，是他自己亲手制作的。墙上的镜框里陈列着一八二一年肖邦十二岁时创作的第一首钢琴曲的手稿——《降A大调波罗乃兹》。五线谱上的每一个音符都写得那样清秀纤细，让我忍不住想起他的那些天籁一般澄清透明的夜曲和他那被做成纤长而柔弱无骨一般的手模。

最醒目的，莫过于刚进去在右面屋子里摆放着的一架三角钢琴，节假日，特别是在夏天的节假日里，房间所有的窗户会打开，人们可以坐在它旁边弹奏，听众就坐在外面的草地或树丛中聆听。可惜，我们来得不是时候，只能想象那样美妙的情景，一定是人们和肖邦最亲近的时候。

客厅的一侧，有一个拱形的门洞，但没有门框、门楣和房门，空空地敞开着，门洞的后面是一扇窗，明亮的阳光透过窗纱洒进来，将那里打成一片橘黄色的光晕。走过去一看才知道，那里就是肖邦出生的地方，竟然只是一块窄窄的长条，长有五六米，宽度却连一米都不到，因为中间放着一个大花瓶就把横向的位置占满了。靠窗户的墙两边分别挂着肖邦的教父和教母的照片，墙外面一侧挂的镜框里放着圣罗切教堂出具的肖邦的出生证和洗礼记录，另一侧镶嵌着一块汉白玉的牌子，上面刻着三行手写体的字母：弗雷德里克·肖邦于一八一〇年二月二十二日出生在这里（另一说肖邦出生于一八〇九年三月十日，现在的错误源于当年巴拉基耶夫在这里建立的肖邦纪念碑上生卒日期刻错了，以致此后以讹传讹。关于肖邦的生日，一直争论不休）。

实在想象不到肖邦竟然出生在这里，家里还有别的房间，为什么他的母亲非要把他生在这样一个憋屈的角落里？命定一般让肖邦短促的一生难逃命运多舛的阴影。

肖邦只活了三十九岁，命够短的。在这三十九年里，只有前九年的时光，肖邦生活在沃拉这里，那应该是他最无忧无虑的时候。以后的岁月里，疾病和情感的折磨，以及在异国他乡的颠沛流离，一直影子一样苦苦地跟随着他，直至最后无情地夺去他的生命。肖邦传记的权威作家美国人詹姆斯·胡内克，曾经这样描述襁褓中的肖邦："听不到音乐就会哇哇大哭，就像莫扎特儿时对小号的旋律出奇地敏感。"

肖邦的母亲是纯粹的波兰人，富有教养，弹得一手好钢琴，给予他小时候最温暖的爱和最良好的音乐启蒙。据说,乔治·桑最为嫉妒肖邦的母亲，她曾经断言，母亲是肖邦"唯一的爱"，因此心里一直非常的不平衡。

肖邦就是在这里和瑞夫纳老师学习钢琴，那一年，他才六岁。八岁的时候，他在华沙登台演奏钢琴，引起轰动，被称为"第二个莫扎特"。瑞夫纳说他已经没有什么可再教他的，建议他去华沙。他去了华沙，和华沙音乐学院的院长约瑟夫·埃尔斯纳系统地学习音乐，又是埃尔斯纳建议他去巴黎，他去了巴黎，开创了新的音乐道路。这样两个对他来说至关重要的老师，为什么没有在他的故居里见到他们的照片、画像或其他一些印记呢？也许，是我看得不仔细。

在肖邦故居里迎风遥想肖邦的往事，别有一番滋味在心头。一个那么弱小而疾病缠身的人，竟然可以让整个欧洲为之倾倒，让所有的人对波兰当时一个那么弱小一直被人欺侮的国家与民族刮目相看，该是多么了不起。音乐常常能够超越某些有形的东西而创造历史。

走出故居，沿着它的侧门走去，下一个矮矮的台阶，那里草木丛生，尤为漂亮而幽静。前面不远处就是那条小河，如一袭柔软的绸带，弯弯地缠绕着整个故居，淙淙地流淌着舒缓的音符。忽然，传来一阵钢琴声，听出来了，是肖邦的《G 小调第一钢琴叙事曲》，是从肖邦故居里传出来的。明明知道播放的是唱片，却还觉得好像是肖邦突然出现在他的故居里，推开了放置钢琴的那个房间的窗子，特意为我们演奏的。

贝多芬肖像画

　　这是亚当·李斯特最后一次走进自己的老屋。他已经把该卖的东西都变卖光了。今天，他就要带着儿子弗朗茨·李斯特离开他祖辈几代人居住的这个叫作莱丁的小村子，到维也纳去了。

　　他在老屋四周看了看，屋里已经四壁如洗，除了地上散落着的一些破烂，所有的家具，包括家里最值点儿钱的那架钢琴，都卖掉了，他没有什么可留恋的了。

　　小李斯特站在门外等着父亲，身边停着一辆马车，上面装着简单的家当，母亲正坐在车上淌着眼泪，止不住哭泣着。她当然知道，亚当的这个破釜沉舟的决定是为了孩子，但是，就这样说走就走，离开老家了？心里总有些伤心和隐隐的担忧。她只想安安稳稳地在莱丁过一辈子，亚当肯定是走火入魔了，脑子里尽是些非分之想，非要到维也纳那样一个光是大就让自己害怕的城市去闯荡。

　　小李斯特茫然地望着母亲，又不住回过头望望老屋，父亲还不出来！他自己也不清楚，父亲这个果断得让母亲格外伤心的决定，会有什么样的结果？迎接他的会是什么样的命运？

　　这是一八二二年五月八日。这一年，小李斯特还不到十岁。

　　虽然已经进入五月了，莱丁的天气还很冷，有的人还没有脱下棉衣，远处的山上，树没有发绿，近处的田野里，草也没有返青。

　　亚当的心里也有些依依不舍，毕竟是自己祖辈居住的老家呀，在这个简陋的屋子里，他和妻子结婚；小李斯特出生，长大，第一次听自己弹钢琴；又第一次自己教小李斯特弹钢琴……真的是一草一木总关情，每一个角落里，都能够看到逝去日子的影子在跳跃着，都能够听到儿子那钢琴声悦耳地荡漾着。

父亲迟迟没有走出屋，让小李斯特等得都有点儿急了，他实在不忍心看着母亲总这么哭，他希望父亲赶紧出来劝劝母亲。

小李斯特刚刚落生的时候，是个身子多病而虚弱的孩子，母亲常常到教堂里替儿子祷告，祈求上帝保佑他消灾祛病，平安长大。作为母亲，心里想的是：没灾没病就是福。但是，村里的人不这样想，他们对亚当说：你的孩子和别的农家的孩子长得可不一样，他命中注定是不属于这里的，他早晚得离开咱们莱丁村！这话，妻子不相信，但亚当当了真，因为在他弹奏钢琴的时候，妻子不爱听，小李斯特却眯缝着眼睛听得那样聚精会神。那时，他才多大呀，踮着脚还够不着键盘呢，钢琴上肯定有神灵在神不知鬼不觉地牵动着儿子的魂儿。或许，儿子真的像村里人们说的那样不同凡响，他兴许能够实现自己一直惦记着的音乐梦想呢。亚当曾经读过一年的大学，而且在一个宫廷小乐团里当过中提琴手，本来实现音乐梦想是能够指日可待的，就是因为穷，他只好退学回到了莱丁村，给一个贵族当一个管理羊圈的账房先生。

亚当几次提出搬家离开莱丁，妻子都坚决地反对：你是一个小孩子怎么着，怎么可以相信这样巫神一样根本没谱儿的话呢？他想想，也是，只好打消了这个念头。

但这个念头却像蛇一样，总钻出来咬噬着他的心。一直到小李斯特六岁的那一年，亚当在自己的这架钢琴上弹奏里斯[①]的《C大调协奏曲》的时候，他发现小李斯特一直趴在钢琴旁听得入神。吃晚饭的时候，儿子竟然情不自禁地哼哼起这首协奏曲的旋律。这让亚当非常吃惊，他认定儿子的

① 里斯：费迪南德·里斯，生于一七八四年，卒于一八三八年。德国作曲家、钢琴家，贝多芬的学生和助手。

身上一定有着自己的遗传，音乐的细胞从自己的血液里流淌到儿子的身上。这个发现让他有些吃惊，他决心用这架钢琴教儿子弹琴。

虽然，他一直非常穷，但结婚的时候，他还是咬牙买下了这架小钢琴，只有他自己的心里清楚，这架小钢琴藏着自己一直并不甘心的梦想啊。现在，他忽然看清楚了，这个梦想要由他的儿子小李斯特来帮他实现了。短短两年多一点的时间，儿子的钢琴进步快得让他难以相信。去年秋天，也就是小李斯特刚刚九岁的时候，在肖普朗城里举办了一场钢琴音乐会，获得了意想不到的成功。亚当知道，他已经教不了儿子了，他必须给他找一个老师，否则，会耽误儿子的前程的。不管妻子怎么哭，怎么闹，他坚定了要离开家乡去维也纳的决心。

小李斯特看着母亲一直不停地哭，等得实在有些急了，他跑进屋里，叫道："爸爸，快点儿走吧！"

可是，父亲只给了他一个背影，并没有应声。

他看见父亲正望着墙上的一幅画像发呆，那是一幅贝多芬的肖像画，从小就看它，一直贴在钢琴上方的墙上，小李斯特太熟悉这幅肖像画了。他听父亲说过，这幅肖像画是父亲买那架钢琴时一起请回家的，因为是印刷品，没有几个钱，老板没要钱奉送给了他。日子有些久了，画像已经破旧不堪，贝多芬的脸上落满了尘土，显得有些苍老。

忽然，他看见父亲踮起脚，把这幅画像摘了下来，回过头递在小李斯特的手里，叫着他的小名说："茇茇，替我把它收好，让贝多芬保佑保佑咱们，如果这次去维也纳能够见到贝多芬，拜他为师就好了！"

说这些话，小李斯特不清楚，亚当知道只是安慰自己，给自己打气而已，因为无论见贝多芬还是拜贝多芬为师，都是绝对不可能的事情了。那时候，贝多芬确实居住在维也纳，年龄不大，才五十二岁，但因为身体状况极其糟糕，加上双耳失聪，基本已经不怎么露面，更不要说教人弹钢琴了。

可以说是倾家荡产，破釜沉舟，在母亲一路不停的啜泣和埋怨中，亚当义无反顾地带着儿子离开家乡。好在莱丁村在匈牙利的西部边境，紧紧靠着奥地利，离维也纳很近，不算太费劲，他们来到了维也纳。

维也纳确实如母亲说的那样，大得有些晃眼睛，让人害怕。哈布斯堡王朝的夏宫，环形大道两旁的哥特式、罗马式和巴洛克式的建筑，圣斯提凡大教堂辉煌的尖顶，还有父亲一直念叨的皇家歌剧院……在此之前，小李斯特只去过一次肖普朗城。他像一只啄破了蛋壳的小鸟一样，好奇也有些忐忑地望着眼前父亲为他打开的这片崭新却也陌生的天地。

他发现父亲来到这里之后一下子焕发出新的精神和面貌，维也纳仿佛对他施展了什么魔力，让他变成了一个新的人。他像是一只没头的苍蝇，带着儿子乱闯乱撞；又像是一只巨大的鸟，始终把自己温暖的羽翼遮挡在小李斯特的身上，并用这样坚强的翅膀驮着小李斯特四处起飞，漂泊在他们父子共同向往的音乐圣地。

那时候，父亲的翅膀上空还没有出现阳光灿烂，而尽是凄风苦雨。他找了一份零工，全家勉强糊口。母亲实在忍受不了这样动荡的生活，说死说活，不管父亲怎么劝说，还是回家乡莱丁去了。母亲走的那一天，父亲对小李斯特说："芨芨，别怕，有爸爸我呢，我们得坚持下去！说什么也得坚持下去！有些事情是必须坚持下去的！你懂吗？"

就这样在维也纳闯荡了大约半年之后，小李斯特终于在父亲的带领下，叩响了车尔尼先生的家门。车尔尼是贝多芬的学生，他几乎能够背下贝多芬全部的钢琴乐曲的曲谱，在整个维也纳是赫赫有名的。这是亚当计划好的，他知道无法带儿子拜贝多芬为师，就退而求其次，一定得找贝多芬的学生当老师。他认定了名师才能出高徒，这是带领儿子走向成功关键的第一步。

车尔尼当时在维也纳乃至全欧洲，都是最好的钢琴教师之一，门庭若市，来他这里求学拜师的人很多。虽然叩响了他的家门，亚当的心里知道还是命运未卜，但咬咬牙，做好了充分的准备，也得闯过这第一关。车尔尼打开了房门，但眼睛在眼镜片后面闪烁着冷漠的光，让亚当的心里还是哆嗦了一下。他刚要张嘴，车尔尼先开口下了逐客令："对不起，我没有时间，不再招收新学生了！"

　　小李斯特感到异常的尴尬，来前父亲告诉过他，一定不要说话，一切听父亲的。只听父亲一再卑躬地央求："我们是从匈牙利来的，很远的一个叫莱丁的地方，专门来的，您哪怕只是先听听我们的小茇茇弹奏一曲呢……"

　　车尔尼根本没听父亲的诉说，转身离开门廊走进了客厅，小李斯特看见父亲像影子一样紧紧地跟在车尔尼的身后，也走了进去。车尔尼回过头发现来客还没走，脸上掠过一丝不快。趁着他还没有发作，父亲紧跟着说："请您允许我们的茇茇弹一支小曲吧，没准您听了就会愿意收下这个学生的。您一定不会后悔这个选择的。"

　　车尔尼微微地皱了皱眉头，不过，他还是把已经顶到嗓子眼的火压了下去，用手指着客厅里一架打开盖子的钢琴，有些不大耐烦地说了句："那好吧，就弹奏一小曲。"显然，这是无奈之中想赶紧打发走他们的一种应付。

　　父亲却如获至宝，赶紧回身向还站在大门口的小李斯特打了一下招呼。小李斯特忙跑进了客厅，一屁股坐在钢琴前的矮凳上。父亲紧跟着走到钢琴旁边，轻声地嘱咐道："快，给老师弹奏一段你拿手的。"

　　车尔尼走了过来，从钢琴架上拿起一本乐谱，随手翻开一页，对小李斯特说："视谱弹奏。"

　　这对于小李斯特不是什么难事，他照着乐谱飞快地弹奏起来。刚刚弹奏了一会儿，车尔尼让他停下。小李斯特有些奇怪地望望这个没有父亲年龄大却严肃得像个小老头的老师，听候他的发落。只听见他说了句："弹得到处都是毛病。"而在此之前，小李斯特听到的都是赞扬。他的屁股从矮凳上抬了起来，像条挨了打的小狗一样，耷拉下脑袋，无所适从地站在那里。

　　"谁是这孩子的老师？"车尔尼问父亲。

　　"是我。"父亲回答，脸红得也像是一个犯错的孩子。

　　那一刻，小李斯特和父亲都觉得没希望了。他们像是两条垂头丧气的狗，走出门外，没有想到背后传来这样的说话声："明天早晨来上第一次课。"他们回头一看，车尔尼先生竟然把他们送到了门外。

　　李斯特父子两人都没有料到，车尔尼刚才是那样喜欢小李斯特节奏混乱毫无和声知识却是那样狂放无羁的天才释放的演奏。

一年多之后，车尔尼对亚当说："亚当先生，你的芨芨真的非常出色，简直就是个天才！他的钢琴技巧完全过关了，我已经没有什么可以教给他的了。他已经长成一棵树了，他可以开他的钢琴独奏音乐会了！"

这一年的年底，在车尔尼等人的帮助下，在维也纳国会音乐厅，小李斯特举办了他的钢琴独奏音乐会。亚当知道，含辛茹苦的一切，得到了上苍的回应，他的芨芨终于迈出了成功的第一步，这是小李斯特闯荡维也纳以来的第一场音乐会。

为准备这场音乐会，小李斯特常常回家很晚，都是父亲一直在他的身边陪着他。拖着疲惫不堪的步子回到住处，父亲和他都累得一头倒下就呼呼地睡着了。第二天早晨，又是父亲把他叫醒，而且为他做好了早餐。看见父亲无论怎么累，也是精神焕发的样子，他也就立刻抖擞起了精神。父亲开玩笑地对他说："我就是一只打鸣的公鸡，专门在早晨为了叫你不要睡懒觉的！"说这句话时，父亲总会伸长脖子，做出公鸡打鸣的样子，逗得父子俩一起哈哈大笑起来。

有一天，小李斯特还在睡梦中，忽然被一阵喃喃细语声惊醒，睁开眼睛一看，天已经亮了，大概是父亲想让他多睡会儿，没有舍得叫醒他。他看见父亲正跪在墙前，墙上有来到维也纳就贴上去的那幅破旧的贝多芬肖像画，父亲正对着画像嘟囔着什么，像是在祷告，又像是在喃喃自语。

小李斯特从床上爬起来，走到父亲身后，奇怪地问道："爸爸，你在念叨什么呢？这么神秘兮兮的。"

父亲告诉他："我在对着贝多芬的这幅画像说，要是贝多芬能够来参加你的这第一场音乐会，那该多好啊！"

同样的话，他在前两天对车尔尼已经说过一遍，只是车尔尼听后没有说话。

这当然也是小李斯特的愿望。但是，他不抱这种幻想，毕竟贝多芬病情很重了，他基本不在社交场合中露面了。在这一点上，父亲显得比自己还要一厢情愿地天真。

小李斯特的第一场音乐会获得了意想不到的成功。父亲唯一的遗憾，是梦想中的贝多芬没有出席这场音乐会。

但是，亚当和小李斯特都没有料到，在四个月后举办的小李斯特的第二场音乐会中，贝多芬突然出现在音乐厅第一排的座位上。此刻，亚当和小李斯特都不会知道，这是车尔尼的努力，才说服了贝多芬拖着病重的身子来到了音乐厅。虽然贝多芬听不见琴声，但是，他能够看得见，更能够感受得到，小李斯特那细长的手指在琴键上的龙飞凤舞，那种水银泻地的韵律，那种神采飞扬的气势，那种百鸟闹林般的声响……都在贝多芬的心里回荡着。

音乐会结束的时候，贝多芬第一个站起来鼓掌。他颤颤巍巍地走到台上，小李斯特站在钢琴旁望着正向自己走来的大师，有些看呆了，激动得一时不知如何是好。他的父亲亚当在台下更是惊呆了，禁不住热泪纵横，一个劲儿地冲身边的车尔尼先生说道："天啊，这是真的吗？这是真的吗？"那一刻，全场屏住了呼吸一般，安静得出奇，所有人的目光聚光灯似的都聚集在台上，看着贝多芬走到小李斯特的身边，一把把他揽进怀中，在小李斯特的额头亲吻了一下。这时候，全场爆发出雷鸣般的掌声。

四年之后，一八二七年三月二十六日，贝多芬逝世。

同样的四年之后，一八二七年八月二十八日，小李斯特的父亲亚当·李斯特逝世。那一年，小李斯特刚刚十六岁。那天早晨，他以为父亲还会和往常一样，只不过是太累了，一会儿就会醒过来，醒来之后就又像往常一样精神焕发，从床上爬起来，公鸡打鸣一样把他从床上叫醒："茇茇，快起来，咱们走！"然后像一只老鸟，用他坚强的翅膀驮着自己四处飞翔，走南闯北。但是，这一次，父亲再也起不来了。父亲还不满五十岁，他知道父亲是活活为自己累死的。

父亲被葬在巴黎郊外布洛涅的圣达姆扬公墓。下葬的时候，小李斯特把那幅贝多芬的肖像画放在了父亲的身旁，随着棺椁深深地埋进土里，小李斯特的心也在沉沉地坠落。

谁打翻了莫奈的调色盘

想念吉维尼已经很久。吉维尼是一个小村子，那里有莫奈的故居，人们都叫它吉维尼花园。那是莫奈四十三岁那年买的一块地，他在那里住了四十三年，住了人生的整整一半，八十六岁那年在他的花园里去世，可以说死在他的花丛中。

莫奈买下吉维尼这块地的时候，他的妻子卡米尔刚去世不久，那时，他的画卖得并不好，他只是把这块地种成了花园。有意思的是，他的赞助商破产，赞助商的老婆却成了他的续弦。我没有研究过莫奈的生平传记，心里猜想大概她看中了莫奈的才华，对莫奈有底气。果然，莫奈住进吉维尼不久，画一下子卖得好了起来，声名鹊起，财源滚滚。莫奈便又买了花园边上的另一块地，把它改造成了池塘，种了好多的睡莲，建起了那座有名的日本式的太古桥。他还成功地把流经吉维尼村外的塞纳河水引进他的池塘。而这一切都需要钱来作支撑的。莫奈的吉维尼花园渐渐地和他的画一样有名。

再次到达巴黎，当天下午我就驱车去了吉维尼，弥补上次来巴黎没有去成的遗憾。那里距巴黎七十多公里，不算远，但已经不属于巴黎的郊区，属于诺曼底。一路林深叶茂，浓郁的绿色，将天空都染得清新透明。过塞纳河右岸不远就应该到了，但我们却在乡间小道上迷了路。僻静的乡村，找不到一个人，玫瑰花开得格外艳，樱桃树上的小红果结得那样寂寞。来回跑了好多冤枉路，终于找到莫奈故居的时候，天已近黄昏，依然游人如织。

249

窄小的入门处，如一个瓶口，进入里面，立刻轩豁开朗，如潘多拉魔瓶水银泻地一般，展现在眼前的是莫奈的花园，姹紫嫣红，铺铺展展，热闹得像一个花卉市场。据说所有的花都是莫奈亲自从外面买来，品种繁多，色彩缤纷，叫都叫不出名字。其中最引人注目的是花朵硕大的虞美人和鸢尾花，那曾经是莫奈最爱的花。不过说实在的，和我想象的不大一样，和莫奈画过的花园也不大一样，眼前的花园显得有些杂乱无章。就像并不懂园艺的一个农人将种子随便那么一撒，任其随风生长，花开得虽然烂漫，却没有什么章法，各种颜色交织在一起，像一匹染得串了色的花布。

也许，我对比的是法国凡尔赛、枫丹白露宫，或舍农索城堡的皇家花园，那里的花园整体如同几何圆规和三角板的切割，和裁缝手中胸有成竹的剪裁。而莫奈要的是像风一样的自由。

不过，说实在的，莫奈故居的那座主体建筑的二层小楼外墙面上涂的是嫩粉颜色，窗户和外走廊栏杆、阶梯涂的都是翠绿的颜色，可真是让人觉得有些怯，心想这不该是最懂得并最讲究色彩的莫奈选择的颜色呀。这应该是还没有度过童年的小公主愿意涂抹的颜色，哪里是一个老头子的选择呀？没办法，再伟大的画家也有世俗的一面，面对自己的选择有时也会马失前蹄。

最漂亮的，要我说，是花园后面的池塘。通往池塘的小径，一边有小溪环绕，一边是树木葱茏，花开得浓烈，如同热情好客的向导，一路逶迤引你走去。有几座小桥和花拱门可以进得池塘，一碧如洗的水上，睡莲的叶子静静地躺着，和花园的喧闹有意做了对比似的，一下子安静了下来，让心滤就得澄净透明。还没到睡莲开花的季节，亭亭的叶子，大大小小，圆圆的如同漂亮的眼睛，紧贴在水面上，似乎枕在那里还在蒙眬而湿漉漉的睡梦当中。那座被莫奈不知道画了多少遍的日本太古桥，就在对面的柳枝摇曳掩映中矗立，和莫奈故居窗户和栏杆的颜色一样，也是翠绿色，在这里却格外和谐。有绿树和绿水的呼应和相互映衬，桥的绿色像是彼此身上亲密无间蹭上去的一样，那样亲切和快乐，那样的浑然一体，妙趣天成。

我看到过二十世纪二十年代晚年莫奈在池塘边和太古桥上的照片，对照眼前的池塘和太古桥，没什么变化，特别是没有添加一点儿别的东西。这是非常重要的，既然是故居，一切如旧，就是最好，也是最难保持的。在故居的保护方面，做新容易，持旧却难，但唯有持旧，才能够让我们在故居这样特定的环境中，感觉时光倒流，昔日重现，还能有和莫奈在这里邂逅的冲动和错觉。

池塘是莫奈晚年最爱流连的地方，这里的睡莲大概是莫奈用过的比他的前妻次数还要多的模特，被莫奈不厌其烦地一遍遍地画。莫奈爱选择在不同时间坐在池塘边画睡莲，他会比我们所有人都更能感受到细微的光线的变化，而这些光线就是莫奈的另一支画笔和另一种色彩，帮助他完成了那一幅幅的睡莲。只有站在这里，才会明白莫奈对于睡莲的感情。我们古代画家讲究梅妻鹤子，即把梅花和仙鹤拟人化和神圣化，当成自己的妻子和孩子一般。莫奈其实也是把睡莲内化成他的生命一样，睡莲也是他自己身心的一种外化。

记得莫奈的老师欧仁·布丹曾经这样教导过莫奈："当场直接画下来的任何东西，往往有一种你不可能在画室里找到的力量和用笔的生动性。"这个教导对莫奈很重要，让他一生受益。莫奈坚持室外写生，这里的池塘便是他的老师的化身。我们特别愿意把莫奈当成印象派画家，以为他完全可以靠印象肆意去画，殊不知面对池塘和睡莲，有他的梦幻，更有他的心情，和他写生的一丝不苟的认真和铁锚一般沉稳的持久。他并不完全凭仗印象，他同时相信室外写生时的力量和用笔的生动性。而这力量和生动性是池塘和睡莲给予他的，正因如此，他才在大自然的万千变化中找到了艺术鬼斧神工的魅力，找到了属于他自己神性的睡莲。

环绕池塘漫步了一圈之后，我在想，人的一生真的是充满了偶然性，画家也不例外。如果没有这里绣满睡莲的池塘，莫奈可以到别处写生，也可以写生别的，但还会有那一幅幅让他声名大振的睡莲吗？看莫奈的画，画得最多的，也是最好的，还得数睡莲。相同的睡莲，让他画出了千般仪态、万种风情，画出了心，画出了梦，画出了无数精灵，真的是哪一位画家都赶不上的。

站在池塘边，想到在巴黎橘园里看到莫奈画的那环绕四面墙的巨幅睡莲，想到在纽约大都会博物馆看到莫奈画的占据了整面墙的长幅睡莲，能够感受到那里的每一朵睡莲都来自这里，这里的池塘成就了莫奈。莫奈和他的睡莲，和这里的池塘，彼此辉映，成就了一个时代的辉煌。

忘记了曾经在哪一本书上看到过这样的一句话：吉维尼是晚年莫奈的调色盘。我喜欢这句话，当时以为是花园和池塘缤纷的色彩打翻了莫奈的调色盘。现在想来，这个调色盘，调的不仅仅是挥洒在画布上的颜色，也应该是艺术和人生的颜色。

小溪巴赫

科学家爱因斯坦曾经说过："对于巴赫（Bach），只有聆听、演奏、热爱、尊敬，并且不说一句话。"巴赫确实太伟大了，太浩瀚了。他的音乐影响了三百年来人们的艺术世界，也影响了人们的精神世界，无以言说，难以描述。

巴赫，德文的意思是指小小溪水，涓涓细流却永不停止。似乎这个德文的原意一下子破译了巴赫的一切，让我豁然开朗。

真正有价值的音乐，即使看来再弱小，只是潺潺的小溪，也是埋没不了的。不仅不会因时间久远而苍老，相反却能常青常绿。

小溪，涓涓细流，就那样流着，流着，流淌了三百年，还在流着，这条小溪的生命力该有多么旺盛。在我们没有发现它的时候，其实它就是这样永不停止地流着，只不过那时被树荫掩映，被杂草遮挡，被乱石覆盖，或在那高高的山顶，我们暂时看不见它罢了。

大河可能会有一时的澎湃，浪涛卷起千堆雪。但大河也会有一时的冰封、断流，乃至干涸。小溪不会，小溪永远只是清清地、浅浅地流着，永远不会因为季节和外界的原因而冰封、断流、干涸。我们看不见它，并不是它不存在，而是因为我们的眼睛有问题：近视、远视、弱视、色盲、白内障、失明，或只是俯视浪涛汹涌的大河，或只是愿意眺望飞流三千尺的瀑布，根本没有注意到小溪的存在罢了。而小溪就在我们的身旁，很可能就在我们的脚下。它穿过碎石、草丛，隐没在丛林、山涧，行走在无人能到达，连鸟都飞不到的地方。

在险峻的悬崖上，它照样流淌；在偏僻的角落里，它照样流淌；在阳光、月光的照耀下，它照样流淌；在风霜雨雪的袭击下，它照样流淌……小溪的水流量不会恣肆狂放、激情万丈得让人震撼，但它是持久的，不会一曝十寒，不会"繁枝容易纷纷落"，不会"无边落木萧萧下"，而总是一如既往地水珠细小却清静地往前流淌着。它拥有着巴洛克①特有的稳定、匀称、安详、恬静、圣洁和旷日持久的美。它的美不在于体积而在于它渗透进永恒的心灵和岁月里，就像刻进树木的年轮里。它不是一杯烈酒，让你吞下去立刻就烟花般怒放、烈火般燃烧；它只是你的眼泪，在你最需要的时候，珍珠项链般的挂在你的脖颈上，或悄悄地湿润着你的心房。

这才是小溪的性格和品格。

这才是巴赫的性格和品格。

有人说巴赫伟大，称巴赫为"音乐之父"，说在巴赫以后出现的伟大音乐家中，几乎没有一个没受过他的滋养。贝多芬、舒曼、里姆斯基－科萨科夫、雷格尔、勋伯格、肖斯塔科维奇……

伟大不见得都是巍巍乎、昂昂乎如庙堂之器哉。伟大可以是高山，是江河，但伟大也同样可以是溪水。巴赫就是这样清澈的小溪。

当世事沧桑，春秋代序，高山夷为平地，江河顿失滔滔，大河更改河道，小溪却一如既往，依然在涓涓地流，清清地流，静静地流。这就够了，这就是小溪的伟大之处。

听巴赫的音乐，你的眼前永远流淌着这样静谧安详、清澈见底的小溪水。

在宁静如水的夜晚，巴赫的音乐（那些弥撒曲和管风琴曲），是孔雀石一样蓝色夜空下的尖顶教堂，正沐浴着皎洁的月光。教堂旁不远的地方

---

① 巴洛克：一六〇〇年至一七五〇年间在欧洲盛行的一种艺术风格。巴洛克艺术代表整个艺术领域，包括绘画、音乐、建筑艺术等。其最基本的特点是打破文艺复兴时期的严肃、含蓄和均衡的特点，崇尚气派，注重强烈情感的表现，具有动人心魄的艺术效果。用在此处似乎不够准确，也许作者对巴洛克艺术有自己的理解。

流淌着这样的小溪水，九曲回肠，长袖舒卷，蜿蜒地流着，流向夜的深处。溪水上面跳跃着教堂寂静而瘦长的影子，跳跃着月光银色的光点……

在阳光灿烂的日子，巴赫的音乐（那些康塔塔[①]和圣母赞歌），是无边的原野，青草茂盛，野花芬芳。暖暖的地气在氤氲地袅袅上升，一群云一样飘逸的白羊，连接着遥远的地平线。从朦朦胧胧的地平线那里，流来了这样一弯清澈的小溪，溪水上面浮光跃金，却带来亲切的问候和梦一样轻轻的呼唤……

[①]康塔塔：指多乐章的大型声乐套曲。起源于意大利，后在德国盛行。由管弦乐队演奏，各乐章具有一定的连贯性。包括独唱、重唱及合唱的作品。内容既有宗教题材，也有世俗题材。

孤独的普希金

　　来上海许多次，没有去岳阳路看过一次普希金的铜像。忙或懒，都是托词，只能说对普希金缺乏虔诚。似乎对比南京路、淮海路，这里可去可不去。这次来上海，住在复兴中路，与岳阳路只一步之遥。推窗望去，普希金的铜像尽收眼底。大概是缘分，非让我在这个美好而难忘的季节与普希金相逢，心中便涌出许多普希金明丽的诗句，春水一般荡漾。

　　其实，大多上海人对他冷漠得很，匆匆忙忙从他身旁川流不息地上班、下班，看都不看他一眼，好像他不过是没有生命的雕像，身旁的水泥电杆一样。提起他来，绝不会有决斗的刺激，甚至说不出他哪怕一句短短的诗。

　　普希金离人们太遥远了。于是，人们绕过他，到前面不远的静安寺买时髦的衣装，到旁边的教育会堂舞厅跳舞，到身后的水果摊、酒吧间捧几只时令水果或高脚酒杯。

　　当晚，我和朋友去拜谒普希金。天气很好，四月底的上海不冷不燥，夜风吹送着温馨。铜像四周竟然杳无一人，散步的、谈情说爱的，都不愿到这里来。月光如水，清冷地洒在普希金的头顶。由于石砌的底座过高，普希金的头像显得有些小而看不清楚。我想更不会有痴情又耐心的人抬酸了脖颈，如我们一样仰视普希金那一双忧郁的眼睛了。

　　教育会堂舞厅里正音乐四起，爵士鼓、打击乐响得惊心动魄。红男绿女出出进进，缠绵得像糖稀软成一团，偏偏没有人向普希金瞥一眼。

　　我很替普希金难过。我想起曾经去过的莫斯科阿尔巴特街的普希金故居。在普希金广场的普希金铜像旁，即便是飘飞着雪花或细雨的日子里，那里也会有人凭吊。那一年我去时正淅淅沥沥下着霏霏雨丝，故居前，铜像下，依然摆满鲜花，花朵上沾满雨珠宛若凄清的泪水，甚至有人在悄悄背诵着普希金的诗句，那诗句便也如同沾上雨珠无比温馨湿润，让人沉浸在一种远比现实美好的诗的意境之中。

而这一个夜晚，没有雨丝，没有鲜花，普希金铜像下，只有我和朋友两人。普希金只属于我们。

第二天白天，我特意注意了下这里，除了几位老人打拳，几个小孩玩耍，没有人注意普希金。铜像孤零零地站在格外灿烂的阳光下。

朋友告诉我：这尊塑像已是第三次塑造了。第一尊毁于日本侵略者的战火中，第二尊毁于我们自己的手中。莫斯科的普希金青铜像屹立在那里半个多世纪安然无恙，我们的普希金铜像却在短时间之内连遭两次劫难。

在普希金铜像附近住着一位现今仍在世的老翻译家，一辈子专事翻译普希金、莱蒙托夫的诗作。在"文化大革命"中目睹普希金的铜像是如何被红卫兵用绳子拉倒，内心的震动不亚于一场地震。曾有人劝他搬家，避免触目伤怀，老人却一直坚持住在普希金的身旁，相看两不厌，度过他的残烛晚年。

老翻译家或许能给这尊孤独的普希金些许安慰？许多人淡忘了许多往事，忘记当初是如何用自己的手将美好的事物毁坏掉，当然便不会珍惜美好的失而复得。年轻人早把那些悲惨的历史当成金庸或琼瑶的故事书，怎么会涌动老翻译家那般刻骨铭心的思绪？据说残酷的沙皇读了普希金的诗还曾讲过这样的话："谢谢普希金，为了他的诗感发善良的感情！"而我们却不容忍普希金，不是把他推倒，便是把他孤零零地抛在寂寞的街头。

有几人能如老翻译家那样理解普希金呢？过去只成了一页轻轻揭去的日历，眼前难以抵挡春日的诱惑，谁还愿意在凛冽风雪中去洗涤自己的灵魂呢？

离开上海的那天上午，我邀上朋友再一次来到普希金的铜像旁。阳光很好，碎金子一般缀满普希金的脸庞。真好，这一次普希金不再孤独，身旁的石凳上正坐着一个外乡人。我为遇到知音而兴奋，跑过去一看，失望透顶。他手中拿着一个微型计算机正在算账，孜孜矻矻①，很投入。大概是在大上海的疯狂采购有些入不敷出，他的额头渗出细细的汗珠。我们又来到普希金像的正面，心一下子被猫咬一般难受。石座底部刻有"普希金（1799～1837）"的字样，其中偏偏"金"字被黄粉笔涂满。莫非只识得普希金中的"金"字吗？

我们静静地坐在普希金铜像旁的石凳上，什么话也说不出来。阳光和微风在无声地流泻。我们望着普希金，普希金也望着我们。

---

① 孜孜矻矻（zīzīkūkū）：形容勤勉不懈怠的样子。

寻找贝多芬

有一段时间，我突然不喜欢贝多芬。我觉得世人将贝多芬那"命运的敲门声"过分夸张，几乎无所不在，现代轻音乐队也可以肆意演奏他的《命运交响曲》。强烈的打击乐莫非也能发出"命运的敲门声"吗？贝多芬虽非指路明灯那样的思想家，也不能通俗得如同敲打不停的爵士鼓。

有一段时间，我如这些浅薄的人一样，对贝多芬所知甚少。其实，他所拥有的，不只是《命运交响曲》和《英雄交响曲》。

一个闷热无雨的夏夜，我忽然听到美国著名小提琴家雅沙·海菲兹演奏的小提琴。那乐曲荡气回肠，一下子把我带入另一番神清气爽的境界，让我深深感受到天是那样蓝，海是那样纯，周围的夜是那样的明亮、深邃、清凉、沁人心脾……

后来，我知道，这是贝多芬的乐曲《D大调小提琴协奏曲》。

贝多芬原来也有这样近乎缠绵而美妙动听的旋律。我还知道，正是创作这支协奏曲的那一年，贝多芬与匈牙利的伯爵小姐苔莱丝·勃伦斯威克订了婚。他将他的爱情心曲融进了七彩音符中。

贝多芬不是完人，却是一位巨人，当我更多地接触了一些他的音乐作品，才深感自己面对的是一座高山一片森林，原来却被一石一叶障目，远远没有接近这座山这片林。贝多芬并不是夏日流行的西红柿和冬天储存的大白菜。他不能处处时时为你敲门，也不会恋人般无所不在地等候与你相逢。他需要寻找，用心碰他的心。

春天，我从海涅的故乡杜塞尔多夫出发，到科隆，然后来到波恩，我是专门来寻找贝多芬的。那一天到达波恩已是黄昏，天空正下着蒙蒙细雨，沾衣欲湿，丝丝缕缕。踏上通往波恩小巷的碎石小道，我心里很为曾经对贝多芬的亵渎而惭愧。对一个人的了解是世上最难的事，对音乐的认识，我还真的只是处于识简谱阶段。此行，算是我对贝多芬真诚的歉疚。

不管别人如何理解贝多芬，我心中贝多芬的形象，绝不同于街头批量生产的那种贝多芬的石膏头像。我懂得，他所经历的痛苦远远比我们一般人多得多，但他绝不仅仅是一个天天咬着嘴角、皱着眉头、忧郁而愤恨的人。正因为他对痛苦的经历与认识比我们多，所以他对爱与欢乐的意义才比我们理解得更为深刻，对爱与欢乐才更加渴望，更为刻骨铭心而一往情深。他不是那种以写实为主的再现主义作曲家，而是注重用自己的情感、自己的心和灵魂进行创作的表现主义音乐家。我想，正因为这样，在他创作的最后一部作品《第九交响曲》中，才会既有庄严的第一乐章的快板，也有如歌的第三乐章的慢板，更有第四乐章那浑然一体高亢而又深情的《欢乐颂》。听这样的音乐实在是灵魂的颤动，是心与心的碰撞，是情感世界的宣泄，是人与宇宙融为一体的升华。

小巷不长，很快便到了一座并不高的小楼前。可惜，我来晚了，早过了参观时间，贝多芬故居的门已经紧闭。无法亲眼看看贝多芬儿时睡过的床、弹过的琴，和他那些珍贵的手稿。我只有默默地仰望着二楼那扇小窗，幻想着这一刻，贝多芬能够从中探出头来，向我挥挥手，或者从那窗内飘出一缕琴声，伴随着他那一阵阵咳嗽声……

在德国波恩市政大厅前宽敞的广场上，我看见了贝多芬。他穿着破旧的大衣，手搭在胸前，双眼严峻却不失热情地望着我。那是屹立在那里的一座贝多芬雕像。在这里，即使没有雕像，贝多芬的影子也会处处闪现，他的音乐日夜不息地流淌在波恩小巷乃至整座城市上空，然后顺着莱茵河一直飘向远方。

广场旁传来一阵六弦琴声，那是在一个商店的屋檐下，一位流浪歌手正在演奏。在杜塞尔多夫，在科隆，我都曾经见过他。他似乎只管耕耘不问收获，每次不管听众有几个，也不管有没有人往他甩在地上的草帽里扔马克,他一样满怀激情而忘我地演唱或演奏。这一天，同样没有几个人在听，他同样认真而情深意长地弹着他的六弦琴。

我听出来了，那是贝多芬的《致爱丽丝》。

兹罗尼茨的钟声

兹罗尼茨①是离布拉格不远的一个小镇。十三岁那年，德沃夏克从家乡尼拉霍柴维斯②村来到了这里。虽然，这里离尼拉霍柴维斯村很近，只需走个把钟头就可以走到，但是，眼前的一切还是让德沃夏克感到很陌生。小的时候，父亲曾经带他来过这里，不过，他已经没有任何印象了。大一点儿，懂事之后，这是他第一次来到兹罗尼茨。

他到兹罗尼茨是来学杀猪的。

这可不是他愿意干的活儿，可是，没有办法。那天，他正在上课，老师把他从教室里叫了出来，在教室门外的走廊口，他看见父亲一脸严肃地站在那里。阳光在门外跳跃，父亲站在阴影里，沉郁的感觉，不像是什么好征兆。跟着父亲走回家的半路上，父亲告诉他，已经在兹罗尼茨给他找好了活儿，让他去那里给一个屠夫当学徒。

父亲自己就是一个屠夫，不让儿子给自己当学徒，却把儿子送到兹罗尼茨，德沃夏克不明白这是为什么。他只知道，家里的日子一直很穷，父亲一个人要养活八个孩子，母亲最近又病了，父亲实在有些力不从心。谁让自己是老大呢！他知道，到了自己替父亲担担子的时候了。他什么话也没有说，回到家，把书包挂在墙上。他知道书包要换成杀猪刀，彻底和他告别了，他觉得书包和他的脸色一样，都显得有些忧郁。书包边的墙上，

---

① 兹罗尼茨：现译为"兹洛尼斯"。
② 尼拉霍柴维斯：现译为"内拉霍奇夫斯"。

挂着一把齐特尔琴①，一样显得那么伤感和无奈。

　　临离开家的时候，他又望了一眼墙上的那把齐特尔琴。这是一把小齐特尔琴，可以抱在怀里演奏，传说是从巴伐利亚传来的，现在成了波希米亚人最常见的民族乐器。父亲特别喜欢弹奏这把琴，德沃夏克小的时候，父亲手把手教会他弹奏这把琴。琴上的琴弦很多，要用空弦伴奏，用乐弦弹拨旋律，还得用手指按琴头的指板打节奏，常常弄得小德沃夏克手忙脚乱。但他学得很快，很快就能够为客人演奏曲子了，常常得到父亲和客人的赞扬。

　　德沃夏克希望父亲能够允许自己带走这把琴，父亲从他的眼神中明白了他的心意，却只是对他说了句："还是好好学杀猪吧，以后好有个饭碗。"之后就拉着他的手，走出了家门。

　　十三岁的德沃夏克，像只耷拉着尾巴的小狗一样，跟在父亲的屁股后面来到了兹罗尼茨。

　　那个屠夫是父亲的老朋友，一个满脸长满硬刷子一样胡须的壮汉，他拥抱着德沃夏克，在他的脸上亲吻了一下，胡子扎得德沃夏克脸上火燎一般生疼。第二天清早，他用那跟熊掌一样肥厚的手掌，拍了拍德沃夏克的肩膀，笑着递给他一把杀猪刀。那把刀明晃晃的，比父亲常使的刀还要沉，还要大。德沃夏克知道，学徒期两年，两年之后，这就是自己手里闯荡江湖的家伙了。从此，这家伙将彻底取代齐特尔琴。

　　一天的活儿忙得他马不停蹄，只有吃过晚饭，才可以喘口气，歇一歇。这时候，德沃夏克经常到小镇上走一走，散散心。他不大喜欢这个小镇。其实，兹罗尼茨很漂亮，四周被绵延的波希米亚森林包围，层层叠叠的树木，放眼望去，是一片绿意葱茏。只是德沃夏克觉得它没有家乡的那条伏尔塔瓦河，是最大的缺憾。美丽的伏尔塔瓦河就从他家门前流过，从他家的二楼窗户能看见伏尔塔瓦河浮光跃金，唱着歌流向远方。

----

①齐特尔琴：奥地利古代的一种拨弦乐器，号称是奥地利最古老的乐器。外形有点像中国的古琴或扬琴，有五根旋律弦和三四十根和声弦。价格昂贵。

一天黄昏，他在小镇上走着，忽然看见一座教堂，这让他有些兴奋。因为就在他家的对面，伏尔塔瓦河畔上，也有一座和它颇为相似的圣安琪尔教堂，从那里面传出来的唱诗班唱的赞美诗，他伏在窗台上都能够清晰地听见。德沃夏克就是在那里受洗的，他的教名，也是在那里起的。兹罗尼茨的这座教堂给了他很大的安慰，让他找到了和家乡相近的感觉，聊慰他落寞的乡思。

那一天，因为不是礼拜日，教堂里没有一个人，非常安静。德沃夏克走了进去，夕阳透过高高的彩色玻璃窗洒进来，光线被裁成一缕一缕的，变得像是从空中垂下来的丝绸穗子一般，格外的柔和而迷离。德沃夏克一眼就看见，在教堂最前面台上靠边的一侧，放着一架管风琴。他径直走到台上，走到那架管风琴前。他已经好多天没有摸过琴了，在尼拉霍柴维斯村，不管日子过得再怎么艰苦，琴总是要弹的；不管是自己家里的齐特尔琴，还是学校里的管风琴，德沃夏克弹的琴，总会受到人们的赞扬。

德沃夏克的手有些痒痒，他轻轻地抚摸了一下一尘不染的琴盖，琴盖仿佛一只敏感的小鸟轻轻地跳了一下，一种轻柔的旋律，如同带着花香的微风一样，在琴上也在他的心头掠过。他不由自主地掀开了琴盖，屁股像被吸铁石吸住一样，一下子就坐在了琴凳上面。当他的手指在键盘上流水一般滑过的时候，他忘记了身在何处。家的那座二层小楼和小小的后花园，门前美丽的伏尔塔瓦河和圣安琪尔教堂，都纷至沓来，涌到了面前。他弹得有些忘情，灵动的小手像是小鸟一样上下翻飞，琴键上跳跃着他少年的心。

当他一曲弹奏完，长长地舒了一口气的时候，才发现身后站着一位长者。

德沃夏克立刻站了起来，为自己的私自闯入而歉疚，他很不安地望着这位长者，等候着发落。

这位长者并没有责怪他的意思，只是问他："你叫什么名字？是从哪里来的？"

德沃夏克还是有些忐忑，告诉他："我叫安东尼·德沃夏克，我是从尼拉霍柴维斯村来的。"

长者伸出了他的手，握住德沃夏克的手说道："我也叫安东尼，我是安东尼·李曼，这座教堂的乐长，也是兹罗尼茨音乐学校的校长和管风琴老师。很高兴认识你！"

德沃夏克的小手握着这只温暖的手，简直不敢相信眼前发生的一切。

李曼对他说："我刚才听了你的弹奏，你弹奏得很好，能够告诉我你是跟谁学的吗？"

德沃夏克告诉他："我爸爸教我弹的琴。"

李曼"哦"了一声，点点头。然后，他问道："亲爱的德沃夏克，你愿意到我们教堂的唱诗班里唱歌弹琴吗？当然，如果你愿意到我的音乐学校里学习管风琴，我更是非常欢迎你的！"

德沃夏克听得有些恍惚，他愣愣地望了李曼先生一会儿，才像醒过来一样，摇了摇头："对不起，谢谢你的好意，但是恐怕我不能来。"

"为什么？你是很有天赋的呀。你到我这里来，我会很好地教你的，会比你父亲教得正规。"

德沃夏克再一次道谢之后，告诉他："李曼先生，我到兹洛尼茨不是来玩的……"他停顿了一下，悄悄地望了望面前的李曼先生，然后垂下头，有些不好意思地说："我是来学徒的，学杀猪的。每天都要干活儿，没有时间。"

"是这样。学杀猪。"李曼先生的目光紧紧地盯住他，沉吟了一会儿，又说，"学杀猪，真的是非常可惜。不过，学杀猪，礼拜天也总是要休息的吧？你就先礼拜天到我这里来好吗？"

李曼先生的目光热切而肯定，德沃夏克还没有来得及点头，李曼先生就摸着他的头果断地说："那就这样定下来了好吗？这个礼拜天，你就来，我等着你。"

来到兹罗尼茨这些天来，德沃夏克从来没有像今天这样兴奋。向李曼先生道过谢后，他几乎是跳着蹦着跑出了教堂。晚霞正烧红了半边天，落日的余晖温暖地洒满小镇，跑了老远，他禁不住回头，望了一眼那座对于他显得有些意外和神奇的教堂。这时候，教堂里正敲响晚祷的钟声，悠扬的钟声像水面上荡漾开来的涟漪，在整个兹罗尼茨轻轻地回荡着。

德沃夏克的师傅，那个满脸长满硬刷子一样胡须的屠夫，感到有些奇怪，来到他这里一直闷闷不乐的德沃夏克，这几天突然在舞动着杀猪刀的时候，居然情不自禁地哼起了轻快的小调。

兹罗尼茨教堂的唱诗班，给德沃夏克带来了快乐。音乐，让他重返童年无忧无虑的时光，带给他无限的向往。坐在管风琴前，手指触摸琴键的感觉，毕竟和手持杀猪刀面对一群黑乎乎的猪的感觉完全不同。德沃夏克心里想，有音乐陪伴，再枯燥艰苦的学徒日子，也能够熬过去了。

在一个礼拜天，唱诗班的活动结束后，李曼先生让德沃夏克等他一会儿。他对德沃夏克说："你能不能够捎信叫你的父亲来兹罗尼茨一趟？我想见见老德沃夏克先生。"

德沃夏克不知李曼先生找父亲有什么事情，心里有些不安。李曼先生拍拍他的肩膀，笑着对他说："我是想劝说你的父亲，不要让你再学什么杀猪了，那样会耽误你的，还是让你到我的音乐学校来学音乐吧。我会免收你的学费的。"

德沃夏克太高兴了。

但是，他高兴得太早了。当他带着这个喜帖子回家，告诉父亲，请父亲去一趟兹罗尼茨找李曼先生的时候，父亲冷冷地对他说："音乐好听，能够当饭吃吗？我弹了一辈子齐特尔琴，怎么样呢？不还是杀猪吗？会弹琴的，比会杀猪的人还多。别异想天开了，是什么虫子就得爬什么树，还是老老实实地学杀猪吧，好歹那是一门混饭吃的手艺。"

父亲不肯来兹罗尼茨见李曼先生。德沃夏克见到李曼先生，非常不好意思。李曼先生没有说什么，只是轻轻地叹了口气。

下一次再回家的时候，父亲把垂头丧气的德沃夏克叫到自己的屋子里，上上下下打量了一番，看得他有些发毛，以为自己这个学徒哪儿出了毛病，让那个满脸长着硬刷子毛一样胡须的师傅告了状。

父亲对他说："我还真看不出来，你小子哪儿藏着音乐天分。会弹个齐特尔琴和管风琴的人多啦！"然后，他对德沃夏克说，"行啦，别再跟你师傅学杀猪了。前两天，你的那个李曼先生亲自来咱家，把你夸得像朵花，真跟天才似的，还不要你一分钱的学费。人家那样心诚，我要是再不同意，就太不识抬举了。明天，你就去他的音乐学校吧。不过，你得好好地学，别辜负了人家李曼先生的一番好意！"

德沃夏克这才知道，李曼先生亲自跑到家里，终于把父亲说动了心。但是，那时他还太小，他还不知道，这将是他人生道路上的一个重要的转折点。是李曼先生帮助他乌鸦变凤凰，从一个屠夫的学徒变成一名音乐家，迈出了点石成金的关键的第一步。

李曼先生的音乐学校是一所寄宿制学校，在那里，李曼先生不仅管他吃住，还教他学习钢琴、管风琴和作曲理论。可以说，这是德沃夏克有生以来第一次得到正规的音乐教育，让他像小鸡啄破蛋壳一样，看到了一片更广阔的天空。

他在这里学习了整整三年时光。三年之后，德沃夏克十六岁，李曼先生再次说服了德沃夏克杀猪的父亲，家里再难，砸锅卖铁也要送孩子进布拉格的管风琴学校学习，那里是全捷克最好的管风琴学校。这一次，老德沃夏克的心已经被李曼先生和儿子一起点燃，他听从了李曼先生的建议。

德沃夏克以优异的成绩考入了布拉格管风琴学校。离开家乡前，他特意去了一趟兹罗尼茨，和李曼先生告别。他深深地感激李曼先生，李曼先生是他音乐生涯的第一个老师，他知道，如果没有李曼先生，就没有他的今天，也没有他的未来。

那一天，李曼先生非常高兴，带着他从音乐学校走到了教堂里，一直走到台上那架管风琴前面，对他说："再弹奏一曲吧，我就是在这里第一次看见你的。"

多年过后，德沃夏克忘记了当时他弹奏的是什么曲子，但是，他永远不会忘记的是，那天的分别，李曼先生一直送他到了小镇外面通向尼拉霍柴维斯村的道上。正是黄昏时分，落日像一个火红的大灯笼挂在天边，一点点地垂落。远处传来了悠扬的钟声，那是兹罗尼茨教堂晚祷的钟声，每一声都在他的心中荡漾起清澈的回声。

德沃夏克对李曼先生一直充满感激之情。二十四岁那一年，德沃夏克特意创作了他的第一交响乐，取名叫作《兹罗尼茨的钟声》。

马勒是我一生的朋友

马勒（G. Mahler，一八六〇至一九一一）逝世百年时，国家大剧院特意组织了马勒第一到第十交响曲的演出季，从七月到十一月，历时五个月，规模浩大。我听了其中第一、第四、第七和第十交响曲，连同在费城听过的第五交响曲，整整听了马勒交响曲的一半，心里很是宽慰和感动。

"我们从哪儿来？我们准备到哪儿去？难道真的像叔本华说的那样，我们在出世前注定要过这种生活？难道死亡才能最终揭示人生的意义？"

可以说，马勒一生都在不停地追问着自己这样的话。他到死也没弄明白这个对于他来说一直乌云笼罩的人生意义的难题。他便将所有的苦恼和困惑、迷茫和怀疑，甚至对这个世界无可奈何的悲叹和绝望，都倾注在他的音乐之中。

从马勒的音乐中，无论从格局的庞大、气势的宏伟上，还是从配器的华丽、旋律的绚烂上，都可以明显感觉出来自他同时代瓦格纳和布鲁克纳过于蓬勃的气息、过于丰富的表情，以及来自他的前辈李斯特和贝多芬遗传的明显胎记。只要听过马勒的交响乐，就会很容易找到他们的影子。比如从马勒的"第三交响曲"，我们能听到布鲁克纳的脚步声。从马勒的"第八交响曲"，我们更容易轻而易举地听到贝多芬的声音。

在我看来，世界上的古典音乐有这样的三支，一支来源于贝多芬、瓦格纳，还可以上溯到亨德尔；一支则来源于巴赫、莫扎特，一直延续到门德尔松、肖邦乃至德沃夏克和格里格。我将前者说成是激情型的，后者是感情型的。而另一支则是属于内省型的，是以勃拉姆斯为代表的。其他的音乐家大概都是从这三支中衍化或派生出去的。显然，马勒是和第一支同宗同祖的。但是，马勒和他们毕竟不完全一样。不一样的根本一点，就在于马勒骨子里的悲观。因此，他可以有外表上和贝多芬相似的激情澎湃，却难以有贝多芬的乐观和对世界充满信心的向往；他也可以有外表上和瓦格纳相似的气势宏伟，却难有瓦格纳钢铁般的意志和对现实社会顽强的反抗。

这种渗透于骨子里的悲观，来源于对世界的隔膜、不认同、充满焦虑以及茫然的责问与质疑。马勒曾经说过自己"三度地无家可归……一个生活在奥地利的波希米亚人，一个生活在德国人中间的奥地利人，一个在全世界游荡的犹太人。无论在哪里都是一个闯入者，永远不受欢迎"。

马勒逝世之后，他的学生、指挥家布鲁诺·瓦尔特，在二十世纪三十年代，开始进行马勒交响曲的挖掘和重新阐释演绎，马勒在欧洲的影响与日俱增，如今成为全世界的热门音乐家，其交响曲的地位堪比贝多芬。越来越多的人，感受到马勒不仅属于彼时，也属于此时。他对人生深邃的追寻，对世界乃至充满悲剧意识的叩问，和今天人们心里的困惑越来越接近。聆听并理解马勒的交响曲，便成为认识和走近马勒的必由之路，我们也由此和马勒在他的交响乐中有了交响似的交织乃至共鸣。

我赞同这次参加我国举办的马勒百年纪念演出的瑞士苏黎世市政厅管弦乐团指挥大卫·津曼的观点："对于马勒，先是他的声乐套曲，然后才是他的交响乐。"他曾经录制过两套马勒的交响曲的全集，对马勒有过专门的研究。这是知音之见。和他见解相同的还有我国著名小提琴曲《梁祝》的作者、作曲家陈钢，他说："歌曲是马勒交响曲的种子和草稿。"

这确实是走近马勒音乐的一条路径，也是打开马勒内心的一扇门。

马勒的十部交响曲，可以分为这样三部分，分别和他的声乐套曲彼此联系，互为镜像——

第一部分，"第一交响曲"到"第四交响曲"。应该和马勒的声乐套曲《少年魔角》与《流浪者之歌》一起来听。特别是"第一交响曲"，是马勒交响曲的序幕，马勒说自己的"第一交响曲"是"青年时期的习作"。比起以后特别是"第五交响曲"后，他的交响曲庞大的构制，复杂的心绪，以及浓郁的悲剧意识，"第一交响曲"的单纯、明快，乃至第三乐章的葬礼进行曲，幽哀的死亡，也被他们演奏得如怨如慕，带有伤感的童话色彩。

勋伯格说得对："将要形成的马勒特性的任何东西，都已经显示在'第一交响曲'中了。这里，他的人生之歌已经奏鸣，以后不过是将它加以扩展和呈现到极致而已。"我理解勋伯格在这里说的"马勒的特性"，既指他的交响曲创作，也指他的人生命运的端倪。

这支乐曲，和几年前马勒二十五岁时创作的声乐套曲《流浪者之歌》，同样映衬青春的心情和心境。其叙事性和歌唱性特征极为明显，这也是马勒交响曲与众不同，特别是和浪漫派鼎盛时期交响乐不同的特点之一。其中歌唱性不仅表现在以后越来越多的独唱和大合唱中，同时也表现在他的旋律之中。

那种感时伤怀的叙事性，和旋律一起自如挥洒。第一乐章的大提琴，第二乐章的圆舞曲，第三乐章的小号和单簧管，特别是末乐章大钹敲响之后，铜管乐、木管乐、弦乐、打击乐，还有竖琴，交相辉映，此起彼伏，山呼海啸，错综复杂，音色辉煌，交响效果很好，显示了令人羡慕的青春活力。尤其是一段小提琴抒情连绵的演奏后，大提琴和整个弦乐的加入，几次往返反复和管乐的呼应，层次很丰富，舞台上如同扯起了袅袅飘舞的绸布，真的是风生水起，摇曳生姿。最后的高潮部分，八支法国号站起来，可以说是青春期马勒的一种象征。

第二部分，"第五交响曲"到"第七交响曲"。与之相对位的声乐套曲是《亡儿之歌》。从声乐套曲就可以感受到其悲剧意味已经显现。"第六交响曲"的别名就叫"悲剧交响曲"。

特别值得一听的是"第五交响曲"。这部作品明显有贝多芬"命运交响曲"的影子。开头小号的独奏,和贝多芬"命运交响曲"开头的那种"命运动机"一样先声夺人。震撼的弦乐随之而上，景色为之一变，小号后来的加入，一下子回环萦绕起来，阅尽春秋一般，演绎着属于马勒对于生死的悲痛与苍凉。和马勒的前几部交响曲的意味大不相同。

有了这第一乐章的对比，第四乐章的到来，才显得风来雨从，气象万千。对比悲怆之后的甜美与温暖，才有了适得其所的价值。如同鸟儿有了落栖的枝头，这枝头让马勒谱写得花繁叶茂、芬芳迷人，而这鸟儿仿佛飞越过暴风雨的天空，终于有了喘息和抬头望一眼并没有完全坍塌的世界的瞬间。有竖琴，有法国圆号，有小提琴、中提琴和大提琴的此起彼伏，交相辉映，层次那样丰富，交响的效果那样浑然天成，熨帖得犹如天鹅绒般的轻柔微风抚摸着你的心头。

第三部分，"第八交响曲"到"第十交响曲"，包括《大地之歌》。其中"第八交响曲"因有两个混声合唱队和一个童声合唱队，还有八名独唱歌手，阵势空前，号称"千人交响曲"。与马勒的声乐歌曲的关系更为密切，声乐与器乐的结合，令贝多芬时代望尘莫及，是马勒交响乐的辉煌巅峰。第九和第十交响曲的浓重的悲剧意识，弥漫在马勒的心灵与音乐世界的整个空间，更是达到了一个前所未有的高度。

应该特别指出马勒交响曲慢板中的弦乐，真的很少有像马勒这样把它们处理得如此柔美、抒情得丝丝入扣，又这样丰富得水阔天清。即使在浓重悲观情绪的笼罩下，马勒也要让它们出场，抚慰一下苍凉的浮生万物，给我们一些安慰和希望。在谈论马勒的交响曲时，如今更多愿意说他思想的复杂性与悲观性，作曲方面对古典传统技法的发展变化，以及对未来世界的预言性，却忽略了马勒对传统的继承。在这一点上，马勒对慢板的处理，最显其独到之处。其实，他的老师布鲁克纳对慢板的处理，也是如此。那些动人的旋律，马勒得其精髓，可以看出彼此的传承。

我特别喜欢"第五交响曲"中有一段最动人的慢板，这与他的《吕克特诗歌谱曲五首》中的《我在世上已不存在》的关系密切。这首歌唱道："我仅仅生活在我的天堂里，生活在我的爱情和歌声里。"从中我们可以触摸到马勒的心绪，即使在死亡垂临的威迫之下，他依然乐观的原因，是他相信爱情和音乐。这也是马勒音乐的另一重具有现实意义的价值，因为如今不少人不要说不再相信爱情和音乐，其实是什么都不再相信。

对于欣赏和了解十九世纪末二十世纪初后浪漫派音乐之尾声，作为衔接新的时代面临变革的古典音乐代表的庞然大物——交响曲，马勒创作的交响曲的历史意义与现实意义，无论对于乐者还是爱乐者，如今都显得越发醒目。

作为马勒继承人的勋伯格，曾经预言：马勒所创作的作品属于未来。这个预言在今天得到了验证。我以为，马勒音乐属于未来的价值在于两方面：一是他的音乐的内容振聋发聩的精神重量，一是他的音乐新的语汇别出机杼的形式质量。

在内容方面，马勒音乐对于当时流行的约翰·施特劳斯注重享乐的唯美圆舞曲的批判性，马勒音乐对于生与死的悲悯情怀，对于底层人残酷命运的关注并将其推向生与死的边缘，进行追索和探究以及体验和表现，呈现出了今天新时代悲剧矛盾的投影，确实具有不可思议的前瞻性，成为今天人们对待现实世界的一种精神资源和抗衡力量。

形式方面，曾经为马勒写过传记的英国音乐家德里克·库克（他亦是马勒未完成的"第十交响曲"总谱的整理者），有过详尽的分析："马勒对于瓦格纳的《特里斯坦》中调性和声的边缘崩溃，进一步朝勋伯格早期无调性音乐方向推进。更进一步来说，他的'固定变奏方法'展望着序列主义音乐；发生在'第九交响曲'中的 Rondo-Burleske 乐章中线性对位预示了亨德米特；音乐中尖锐、迅速的转调预示了普罗科菲耶夫。马勒是那个时代转折点上的人物：他加快了浪漫主义心理紧张的速度，直到它探索进入'我们的新音乐'（科普兰语）的激烈形式。"

后浪漫主义时期的音乐，如果说保守派是以勃拉姆斯为代表的话，那么，激进派肯定是以布鲁克纳和马勒为代表。布鲁克纳以自己的谦恭引领桀骜不驯的马勒出场。作为后浪漫主义时期音乐的最后一人，马勒结束了一个时代，为现代音乐的新人物勋伯格的新时代的到来，铺垫好了出场的红地毯。就像十八世纪末十九世纪初的贝多芬是通往浪漫主义的桥梁一样，马勒是通往二十世纪音乐的桥梁。喜欢音乐的人，虽然热热闹闹的马勒百年纪念演出过去了，但是，马勒的音乐不是即时性的，非常值得常听。他是我一生的朋友。

巴托克的启示

曾经有一位英国的学者，论述巴托克（B. Bartok，一八八一至一九四五）时这样说他的音乐："拒绝为了美或放纵情感的利益而破坏其逻辑性。""如果有人坚持音乐必须是悦耳动听的，那他就无法欣赏巴托克的音乐。"

巴托克的音乐到底是什么样子的呢？真的不美不动听吗？这倒引起我对他的兴趣。

我买了一盘迪卡公司出品的巴托克作品集，布列兹指挥，美国芝加哥交响乐团演奏，里面包括巴托克最享有盛名的弦乐《交响协奏曲》，还有四首为管弦乐队创作的小品。主要想听他的《交响协奏曲》。

实在说，巴托克和他以前的古典和浪漫时期的音乐家的作品不尽相同，同他热爱的理查·施特劳斯、勃拉姆斯，也不尽相同。他们的作品还在一定的规矩方圆中舞蹈，古典和浪漫的内核，还是包容在内容和形式之中。巴托克是想标新立异，突破古典音乐尤其是新浪漫主义音乐的规矩，于是他将两种现成的东西都置于自己的对立面：上溯历史的渊源，下数眼前的潮流，他太想横扫千军如卷席，独树一帜。这在他早期的几首弦乐四重奏中就可以明显地看出来，在我买的这张唱片中为乐队所作的四首小品中也可以看出。他的音乐创作方法和音响效果都和以前不完全一样，他注重出奇制胜的效果，讲究一泻千里的气势，有点光怪陆离。但和勋伯格还是不一样，他并没有如勋伯格走得那样远，没有完全抛弃调性。显然，他走的

275

不是跟古典与浪漫派音乐相同的路，也不是如勋伯格那样完全现代派的路。他走的到底是怎么一条路呢？难道他能走出两者之间的一条中间道路吗？

在听巴托克音乐的时候，在捕捉巴托克的音乐品格和性格的时候，我的思想常常开小差，飘移到巴托克的音乐之外。原因是我一边听一边总是忍不住在想，在巴托克所在的二十世纪的初期，不仅音乐是如此活跃，出现了连同巴托克在内的不同流派不同追求却同样在努力探索的音乐家，如德彪西、马勒、勋伯格、理查·施特劳斯、斯特拉文斯基、艾弗斯，等等，呈现出一种百花齐放的局面，是如此的缤纷热闹，如同此起彼伏的浪涛奔涌；是如此互相攻击着，又互相鼓励着；是你花开罢我花开，而不是我花开时百花杀。而且，在其他艺术和非艺术领域，一样都出现了如此美不胜收的烂漫似锦的场面，比如文学就有普鲁斯特浩瀚的长篇巨著《追忆似水年华》占据春光，心理学有弗洛伊德的《梦的解析》一鸣惊人，美学有克罗齐的《美学》问世，科学有爱因斯坦的相对论的诞生，还有莱特兄弟发明的人类第一架飞机上天……就是在我们国家，也可以如数家珍一样，数得出许多各界的豪杰，如鲁迅、胡适、蔡元培、熊十力、马一浮……足以光耀后人。

为什么在一个世纪之前的二十世纪的初期，这个世界会出现如此欣欣向荣的局面？英雄是如此辈出，大浪淘尽千古风流人物，新人层出不穷，后浪推前浪，让我们这些后辈如同仰望漫天的星辰感到如此璀璨耀眼？如今，一个新的世纪又来到了，在二十一世纪的初期，我们还能看到这样的局面和场面，看到这样的星辰这样的天空吗？说实话，真让我背气。在一个世无英雄，遂使竖子成名的时代，城头频换大王旗，冠以"著名"的这家那家遍地都是，却是同评定的高级职称在日益贬值一样，不过大多是荒草丛生罢了。

我们还是回过头来看看巴托克吧，他还能给我们一些安慰。

巴托克既没有走一条古典和浪漫派或新浪漫派的老路，也没有走现代派的新路，他一直在孜孜探索自己的路。他走的是民间的路。有音乐史专家说："巴托克全部创作的一根导线是熔民间音乐精髓与西方音乐艺术为一炉，技艺精湛，丰富多样。巴托克主要不搞革新，他像亨德尔那样兼收并蓄古今之精粹，雄辩地加以综合。"这话说得非常有见地，讲出了民间音乐和正统音乐、古典音乐和现代音乐、继承和创新、吸收和改造、东方和西方的诸多种关系。这些关系的处理方式和取决的态度，表现着音乐家的创作走向和性格轨迹。对于民间音乐，并非巴托克一个人情有独钟，许多音乐家都曾对民间音乐痴迷，勃拉姆斯就曾经改编过匈牙利舞曲，德沃夏克改编过斯拉夫舞曲，而西贝柳斯和格里格也曾经把芬兰、挪威本国的民间音乐元素，移植到自己的音乐创作中来。但是，有像巴托克这样把自己音乐的根深扎在民间音乐之中的音乐家吗？

曾经在一本书中看到过这样一幅照片，是巴托克的老友也是匈牙利的音乐家柯达伊（Kodaly Zoltan）为他拍的：巴托克在特兰西瓦尼亚山村，用一个旧式的圆筒录音机在录制当地的民间音乐，很像我们现在热门出版的一些老照片的书上的照片。上面那些偏远山村的村民笔直地站立着，面容表情都有些呆滞，巴托克在认真地鼓捣着那架录音机。这幅照片让我感受到一个世纪之前的生命气息和艺术气息，那个时代人们对艺术的真诚和投入，执着得带有孩子似的天真，不惜踏遍千山万水也要寻求一种真理般的渴望，真是让我感动。我们现在还能出现这样的场面吗？我们的许多音乐翻录别人现成的带子（俗称"扒带子"）就马到成功了，谁还愿意那样千里迢迢地去采风？

据说，巴托克不满意自己早期简单模仿的作品，而他企图成立新匈牙利音乐学会也惨遭失败，他离开了大都市，离开了音乐的中心，跑到了深山老林，带着他的老式圆筒录音机，采风收集了两千多首民间乐曲，其中包括匈牙利本土，也包括罗马尼亚、南斯拉夫，还包括北非和东方。同时，巴托克还撰写了大量论述民间音乐的论著。世界音乐史上是否还有如他一样热情而如此多地采集民间乐曲的音乐家？不知道。我猜想，如他一样热情的有，如他那样蜜蜂不停地采蜜般采集两千多首之多的少见了。巴托克惊异地发现了民间音乐尤其是匈牙利的民间音乐充沛的活力和新颖的生命力，并把它们带入他的音乐，拓宽了音乐本身的疆域。

巴托克对民间音乐的钟情和付出的努力，在音乐家中是少有的。早在一九〇六年他二十五岁的时候，有一次和神童小提琴家费伦茨·威切依到西班牙去演出的机会（当时巴托克为其伴奏），演出结束回匈牙利前，他去了葡萄牙，然后去非洲，采集民歌。一九一三年，他再次重游非洲采风，竟然很快学会了当地的语言。他对那些非洲民间音乐爱不释手，说那是埋藏在这些国家地下最珍贵的财富、最纯洁的宝藏。对于有人说有些民歌是粗俗的甚至是色情的，难登大雅之堂，他回应说："最粗鄙的字眼就是这个'大雅之堂'，这个词叫我头疼。在出版美丽的民歌，特别是美丽的民歌歌词时，我吃够了它的苦头。这种民歌都是在精神和肉体亲切温存的情境中产生，或者在深切需要快乐和幽默以调剂一下单调生活时创造的。"

整日奔波在这些偏僻的山村，尤其是看到那些平日里沉默寡言的村民唱起民歌忘记了羞怯，脸上呈现出的喜怒哀乐，和民歌所要抒发的感情完全融为一体的时候，他越发感受到什么才是他所需要的民间音乐。这些真正地道的民间音乐，彻底地改变了他和他的音乐。他像是从一头关在城市里的动物，变成了一只飞出笼子的鸟，发现了一片无限自由的天空。那时他说过许多关于民间音乐的话，现在来听听是很有意思的。比如，他曾经无情地批评过那些伪民歌："国内外以为是匈牙利音乐精神的东西，不是真正的匈牙利民歌，却是些没有根基的、拼拼凑凑的仿制品，加上吉卜赛乐队的雕琢风格。"他同时还说："那些所谓的歌曲，一年又一年地大批生产，潮涌般的不断向人们灌输。你稍不戒备，就会失去免疫力，久而不闻其臭。每个历史时期都有这类弄虚作假的'天才'，信口雌黄，歌词从头到尾都是些陈词滥调，也只配得上那些叫人恶心的音符——我才不把这种东西叫作音乐呢。"这样的话，对于我们今天仍然有着警醒的启示意义，我们的伪民歌，我们的陈词滥调，实在太多。

关键，那时巴托克不仅生活艰难，而且已经染上了不治之症白血病。

虽然民间音乐并没有成为令他起死回生的一剂良药，但毕竟让他的生命充实，让他的音乐为之耳目一新。

都说巴托克的音乐不大悦耳，这是一种误解，准确地说他的有些音乐不悦耳。这支弦乐《交响协奏曲》的开头就很好听，不同乐器的渐渐加入，将乐曲的层次谱就得那样精致细微又色彩分明，整体的弦乐如同从湖面上掠过的一阵阵清风，带有花香，带有鸟鸣，也带有嘹亮的呼叫。巴托克自己声称第一乐章为严峻，第二乐章为悲哀，末乐章为对生命的肯定。听第二乐章的感觉，一样很美，开头笼罩着哀婉的情绪，在长笛和单簧管交错的呼应之下，显得格外迷人。竖琴的颤动，合着弦乐的摇摆起伏，间或弦乐和长笛的几声尖厉的鸣叫，如鹤唳长天，大多时候弦乐如银似水般荡漾，十分抒情。圆舞曲的旋律，回旋着曳地长裙，也回旋着天空中的袅袅白云，完全是古典主义的情致。末乐章里的民间音乐元素最为明显，那种民间乐曲的粗犷，充满野性的张力，山洪暴发般一泻千里。说《交响协奏曲》是巴托克最为出色的作品，一点儿也不为过。

如果我们知道这支《交响协奏曲》是巴托克逝世前两年（一九四三年）的作品，在此之前，他一直在贫困和白血病的双重重压下艰难地活着，精神处于极度的痛苦煎熬中，许多时候没有创作也不愿意创作，是他的好友指挥家库塞维茨基的竭力约请，他才出山谱就了这支乐曲，我们就会对这支乐曲更加充满敬意。如果我们知道巴托克创作完这支乐曲，由库塞维茨基在波士顿指挥演奏成功，而巴托克的白血病也出奇地有了好转，有了回光返照般的生命的最后两年，我们就会对这支乐曲更加充满感情。我不知道别人听了《交响协奏曲》的创作背景之后会不会涌出敬意和感情，反正我自己是通过这支乐曲对巴托克多了一份感情。

有人说："巴托克是活跃于一九一〇至一九四五年间留下传世之作的四五位作曲家之一。"

这是很高的评价。这也是一个苛刻的评价。

这让我想起在前面曾经提到过的问题，为什么在一个世纪之前的二十世纪初期，这个世界会如此欣欣向荣、英雄辈出？这实在让我们这些后辈汗颜惭愧。其实，在那段时期，并非仅仅活跃着如巴托克一样拥有传世之作的四五位作曲家，但只要面对巴托克一个人就可以了。我们可以从巴托克身上学到一些对艺术追求的执着与真诚；得到艺术之树重新返回民间，在大地生根的一点精神的净化和意义的启迪。